LUZES DO NORTE

GIULIANNA DOMINGUES

8ª edição

— Galera —
RIO DE JANEIRO
2023

EDITORA-EXECUTIVA
Rafaella Machado

COORDENADORA EDITORIAL
Stella Carneiro

EQUIPE EDITORIAL
Juliana de Oliveira
Isabel Rodrigues
Lígia Almeida
Manoela Alves

REVISÃO
Marco Aurélio de Souza

DIAGRAMAÇÃO
Mayara Kelly

CAPA
Taíssa Maia

CIP-BRASIL. CATALOGAÇÃO NA PUBLICAÇÃO
SINDICATO NACIONAL DOS EDITORES DE LIVROS, RJ

D718L Domingues, Giulianna.
8. ed.   Luzes do norte / Giulianna Domingues – 8. ed. – Rio de
Janeiro : Galera Record, 2023.

ISBN 978-65-5981-083-3

1. Ficção brasileira. I. Título.

21-75257   CDD: 869.3
                            CDU: 82-3(81)

Camila Donis Hartmann – Bibliotecária – CRB-7/6472

Copyright © 2022 by Giulianna Domingues

Todos os direitos reservados.
Proibida a reprodução, no todo ou em parte, através de quaisquer meios.
Os direitos morais da autora foram assegurados.

Texto revisado segundo o novo Acordo Ortográfico da Língua Portuguesa.

Direitos exclusivos desta edição reservados pela
EDITORA GALERA RECORD LTDA.
Rua Argentina, 120 - Rio de Janeiro, RJ - 20921-380 - Tel.: (21) 2585-2000.

Impresso no Brasil

ISBN 978-65-5981-083-3

Seja um leitor preferencial Record.
Cadastre-se e receba informações sobre nossos
lançamentos e nossas promoções.

Atendimento e venda direta ao leitor:
sac@record.com.br

Capítulo 1

Dimitria farejou o ar, sentindo o frio invadir suas narinas e seus pulmões. Era o último dia de verão — o que, no Norte, significava que o inverno estava prestes a fazer sua cama branca e gélida. Lógico, ainda havia o outono por vir — as árvores ficariam secas, perdendo seu viço para queimarem em laranja e vermelho —, mas isso tudo seria no espaço de semanas. O povo de Nurensalem sabia que o vale tinha apenas duas estações: o frio, e a espera por ele.

Para uma caçadora, o outono não era só um mau presságio — era o relógio que anunciava o fim de sua temporada, para o bem ou para o mal. Se o caçador tivesse tido um bom verão, conseguiria colocar comida na mesa para sua família durante os meses frios que viriam — senão... Ela preferia não pensar no "senão".

Por sorte, Dimitria não era somente uma caçadora — era considerada a melhor caçadora do Cantão da Romândia. Mesmo que seu verão não tivesse sido particularmente produtivo — a escassez tinha sido terrível aquele ano — havia uma última chance de conseguir algum sustento para sua pequena família, e a oportunidade residia exatamente naquele último dia glorioso. Na verdade, o dia havia virado noite: os rastros de sol derradeiros derretiam do lado esquerdo do céu, manchando a abóbada de laranja e cor-de-rosa. Do outro lado, era possível ver a noite estrelada, seu manto de sombras escondendo o mundo.

Era com isso que Dimitria contava: seu esconderijo era precário quando iluminado pelo sol, mas seria perfeito uma vez que não houvesse mais luz. Ela recostou as costas largas na madeira do estábulo, sabendo que a noite também convidaria sua presa para o passeio. O urso que ela caçava devia pesar meia tonelada e ter quase dois metros de altura — mas ele também usava a noite para se esconder.

Ela sabia que era um urso por causa dos rastros deixados em seu ataque anterior. O verão também havia sido escasso para ele, e, em seu desespero e fome, o estábulo dos Van Vintermer era tão convidativo quanto um banquete. O urso tinha matado dois cavalos puros-sangues na primeira noite, e só não terminou de comê-los por causa dos gritos dos guardas da família. A experiência de Dimitria dizia que, apesar de o bicho ter conseguido arrancar um bom naco do primeiro cavalo, não tinha sido o suficiente para saciar sua fome. O urso voltaria em breve.

Por isso mesmo Bóris van Vintermer a contratara. Não que a riqueza do homem fosse sofrer um baque por causa de alguns cavalos, mas aquele era seu estábulo particular — e abrigava o potro preferido de Astra van Vintermer, sua caçula. A perspectiva de abater um urso-branco não era lá muito convidativa, mas a oferta que o patriarca havia feito... aquele tanto de dinheiro faria com que Dimitria caçasse até o demônio. Especialmente com o inverno chegando...

Seu fluxo de pensamentos foi interrompido pelo som de folhas secas se partindo. Era uma das vantagens de caçar no entardecer que antecedia ao outono: armadilha nenhuma era melhor do que as folhas espalhadas pelo chão, partindo-se ao mínimo toque. Dimitria girou o corpo com agilidade, tensionando uma flecha em seu arco e virando-se na direção do som. Sua mira era boa, mas ainda melhores eram as flechas encantadas que ela usava. Dimitria sentia o arco puxando levemente para a esquerda, e sabia que a magia estava procurando o alvo. Ela relaxou os músculos, deixando que o arco a guiasse: era seu irmão, Igor, que fazia suas armas, e ela confiava mais nele do que em si mesma. A qualquer momento agora...

Em um segundo, o bicho apareceu. Era maior do que Dimitria esperava — pelo menos dois metros e meio de altura —, mas tinha enfrentado um verão difícil: sua pele flácida evidenciava as costelas, o manto branco emplastrado de lama e sangue. Seu focinho arreganhou ao sentir o cheiro de Dimitria, e, com as garras à mostra, ele avançou.

Ela desviou do ataque rolando para o lado, sentindo o impacto do animal contra a parede do estábulo. Os cavalos relincharam do lado de dentro, assustados — e isso fez com que o urso, levado pela fome, tivesse sua atenção desviada. Ele investiu contra a madeira novamente, e, mesmo com seu corpo emaciado, rachaduras surgiram no estábulo. Dimitria se apoiou no joelho, tensionando novamente a flecha e soltando-a com fluidez.

Sua mira foi quase perfeita, e a arma encantada corrigiu a trajetória da flecha em alguns milímetros — para cravar no flanco esquerdo do urso. Ele urrou, virando-se novamente para Dimitria, cujo braço dobrou por cima da cabeça para apanhar mais flechas — mas suas mãos encontraram o vazio.

— *Merda.*

Ela viu a aljava caída a alguns metros, tendo se soltado quando ela rolou.

O urso aproveitou o momento de hesitação e lançou o corpo contra ela, derrubando Dimitria com um impacto dolorido. Ela deslocou o ombro debaixo do corpanzil do animal, agarrando suas patas para evitar que as garras destroçassem o seu rosto. Ainda assim, o urso conseguiu descer a pata direita contra o ombro dela, e Dimitria sentiu sua carne arder como fogo, um grito de dor escalando pela garganta. O urso urrou novamente, e ela pôde ver os pedaços de carne de cavalo que ele ainda levava presos entre os dentes afiados como facas.

— *Facas. Facas!*

Dimitria mal pensou, alcançando a faca de caça presa na cintura, e, com um gesto violento, cravou a lâmina no pescoço do urso. Ele rosnava de dor, sem conseguir esboçar reação. O sangue jorrava do ferimento, banhando Dimitria em uma torrente quente e carmim, e ela puxou a faca em direção a si — abrindo uma linha vermelha que atravessava a jugular do animal. Em instantes, os urros gorgolejaram até cessar — e o corpo do urso cedeu, inerte, por cima de Dimitria.

Dimitria agradeceu a todos os deuses que conhecia pela fome do animal — não fosse isso, ela jamais teria conseguido levantá-lo de cima de si. Ela engolia o ar frio em espasmos profundos. Seu corpo estava coberto de sujeira e sangue, e ela sentiu uma dor aguda ao mover o braço — era o ombro que o urso havia rasgado, a carne exposta por baixo dos retalhos da roupa de couro. Bom, com o dinheiro daquele trabalho ela poderia repor seu guarda-roupa.

Mas não era nisso que Dimitria estava pensando, na verdade, e mesmo a dor ficou em segundo plano quando seus olhos pousaram no animal. Sim, ela era uma caçadora, e sua relação com predadores como aquele era no mínimo conflituosa. Caçador tem que caçar, caça tem que morrer: era assim a lei que regia a vida de Dimitria, que trazia sustento para sua casa e propósito para sua vida. Mas ela não sentia prazer em matar. Ao se aproximar do urso, a única coisa que conseguia sentir era tristeza.

Dimitria se ajoelhou ao lado dele, pousando a mão do braço não ferido em seu focinho. O nariz dele ainda estava quente, e ela sentia os pelos rígidos e brancos pinicando-lhe a mão. Não havia nada além dos relinchos preenchendo o ar gelado, e, quando ela falou, sua voz saiu rouca e baixa:

— A uma noite longa e sem fome, querido urso. Que seu corpo alimente a terra e que a terra me alimente, para que um dia eu possa descansar a seu lado.

Ela deixou alguns minutos passarem, os olhos erguidos para o céu. Apenas quando se levantou percebeu que estivera prendendo a respiração — e a soltou em um suspiro trêmulo, a névoa gelada misturando-se ao seu hálito.

Era hora de pegar sua recompensa.

* * *

Os inimigos de Bóris van Vintermer costumavam dizer que o mercador tinha feito sua fortuna em razão de sua lábia, e seus amigos provavelmente diriam a mesma coisa. Dimitria não sabia se era verdade — mas, se fosse, ele devia ter uma língua de prata, pois a mansão dos Van Vintermer era uma das casas mais bonitas que ela já havia visto.

Uma coisa era certa: ela não pertencia àquele lugar. Dimitria riu ironicamente ao observar seus pés deixando marcas marrons e vermelhas no piso de mármore, e tentou se mover o mínimo possível para que sangue e sujeira não pingassem no saguão imaculado. Ainda assim, foi como se Bóris não tivesse notado seu estado: o patriarca sorria abertamente ao descer a escada, e tomou a mão de Dimitria na sua para um aperto caloroso.

Bóris era um homem grande e robusto, e, por mais que o tempo tivesse desgastado suas feições, continuava ainda muito bonito. Seus cabelos ainda não davam sinais de ralear, as ondas loiras acomodadas por cima de um par de olhos verdes e brilhantes. As sardas lhe garantiam um ar jovial, quase inocente, escondendo um temperamento de ferro e um ótimo faro para negócios.

— Eu sabia que não me arrependeria de contratá-la, Coromandel. Há homens que podem derrubar um urso daquele, evidentemente, mas não com a sua eficiência. E você salvou Tornada, é lógico, o mais importante.

— Tornada? — Dimitria arqueou uma sobrancelha, apertando de volta a mão de Bóris. Nisso, uma cabeça ruiva saiu de trás do corpanzil do homem, os cachos balançando alegremente.

— Minha pônei. É Princesa Tornada Feldspato Estrela. A gente achava que era menino quando nasceu, por isso era Tornado, mas ele não tem o...

— Astra. — Bóris, bem-humorado, interrompeu a filha, pousando a mão livre na cabeça da garota. — Educação, filha. Acho que a senhorita Coromandel não precisa saber dos detalhes íntimos do seu pônei.

— Minha pônei, papai. E a moça salvou a vida da Tornada. Pensando bem, talvez ela devesse se chamar Princesa Tornada Feldspato Estrela Coromandel...

— Dimitria. Pode me chamar de Dimitria. — A caçadora soltou a mão de Bóris, sorrindo sem jeito. — E foi um prazer salvar a Princesa. Falando nisso...

Dimitria enfiou a mão no bolso e puxou a flecha que usara para atirar no urso, girando-a nas mãos para que a ponta fosse direcionada para si antes de oferecê-la a Bóris. Ele fechou os dedos ao redor do objeto, admirando-a. Era costume da caçadora deixar ao menos uma flecha com quem quer que a contratasse, como a recordação de um trabalho bem-feito.

— Muito bem. — Bóris guardou a flecha no próprio bolso, os olhos brilhantes. — Os guardas estão lhe esperando com a sua recompensa do lado de fora, Dimitria. Há mais alguma coisa que eu possa oferecer a você antes de sua partida?

Um banho, um barril de cerveja e uma cama cairiam bem. Além de alguma companhia.

Dimitria mordeu a língua, sem querer perder o cliente por causa de uma piada.

— Nada que me venha em men...

— Ah, papai, chame Dimitria para jantar! — Astra puxou a manga da camisa do pai, os olhos como duas estrelas brilhantes. — Ela merece um jantar em sua honra, salvou o membro mais importante da nossa família.

Bóris riu, bem-humorado.

— Sua irmã ia gostar de ouvir isso. — Ele se voltou para Dimitria, aparentemente incapaz de demonstrar sequer um pingo de má educação. — Adoraríamos tê-la conosco, Dimitria.

— Eu não posso aceitar. — Dimitria sorriu, constrangida, imediatamente pouco à vontade: não tinha nem ao menos o que vestir para frequentar um jantar dos Van Vintermer. Ainda assim, Bóris tinha um jeito de falar que parecia não admitir respostas negativas — mesmo que Dimitria não fosse exatamente tímida.

— Não só pode como deve. Um convite de Astra é uma ordem em nossa casa! — ele riu, bem-humorado.

— Olha, eu realmente...

— Eu faço questão: amanhã, às oito horas. Mandarei um cocheiro buscá-la. — Bóris mostrou os dentes como uma barracuda, encaminhando Dimitria para a porta sem lhe dar espaço para contestar. — Você gosta de carne suína, certo?

— Bom. — Dimitria deu de ombros e suspirou, resignada, frente ao brilho de seu sorriso. Ela podia domar um urso, mas era impossível fazer o mesmo com Bóris van Vintermer. — Vejo vocês amanhã. — *Como se você tivesse me dado chance.*

— Ótimo. Até amanhã, Dimitria.

Quando a porta da mansão se fechou, Dimitria lembrou-se do que era dito sobre Bóris, e discordou mentalmente. Sua lábia não era proporcional à sua fortuna — devia ser muito maior.

* * *

— Adivinha quem irá jantar ao lado de sua musa inspiradora? — Dimitria escancarou a porta da cabana com um estrondo, largando a sacola de dinheiro ao lado do batente. O objeto caiu com um satisfatório *clink* de moedas — era o suficiente para mantê-los por um tempo, e Dimitria sorria satisfeita pelo bom trabalho.

— Não. — Os olhos castanhos de Igor deixaram a adaga que ele manuseava, e seu maxilar pendeu em surpresa. — Quer dizer que os Coromandel finalmente estão galgando os degraus da alta sociedade?

— Quase, irmãozinho. — Dimitria riu, aproximando-se da bancada de Igor e bagunçando os cabelos do irmão. Ela largou a aljava e a faca de caça (ainda manchada de sangue) na bancada, e Igor franziu o nariz.

— Custa você limpar suas armas, Demi?

— Esse é seu trabalho. E, de mais a mais, eu sou "alta sociedade" agora, se esqueceu? Tenho lacaios para fazer isso. Meus lacaios têm lacaios.

Igor revirou os olhos, puxando a faca e passando a lâmina por uma tira de couro. A lâmina brilhou sob a luz trêmula da lareira que esquentava o pequeno chalé, e ele enfiou os dedos em um pote que repousava na bancada, recheado de uma pasta escura. Com a ponta dos dedos, Igor deslizou a pasta pela borda da lâmina enquanto murmurava palavras desconexas — e a pasta brilhou suavemente, sendo absorvida imediatamente na faca. Igor girou a arma nas mãos com facilidade, entregando-a pelo cabo para Dimitria.

— Pronto, como nova. Preciso fazer as suas medições para uma espada, Demi, essa adaga está ficando muito pequena para você... — Ele levantou, apoiando as mãos nos ombros da irmã e fitando-a nos olhos. — Agora me explique direito. Você vai jantar com os Van Vintermer?

Olhar para Igor era quase como olhar-se no espelho — os mesmos contornos rígidos, o nariz reto e pontudo, a pele negra. Até mesmo os cabelos dos dois eram iguais: ambos usavam as mechas presas em uma trança comprida — mas Dimitria havia raspado as laterais, mantendo sua trança como um moicano. A maior diferença entre os dois estava nos olhos: Igor os tinha ligeiramente mais claros, de um castanho quente como os de seu falecido pai. Apenas um ano de diferença os separava, mas Igor sempre seria o caçulinha. Dimitria sorriu ante a excitação do irmão, piscando um olho.

— Aparentemente eu me tornei convidada de honra dos Van Vintermer ao salvar a Princesa Tornada Feldspato Estrela. — Ela riu ao ver a testa franzida de Igor — O cavalo preferido de Astra van Vintermer.

— Dizem que agradar Astra é o caminho para o coração de Bóris. Eu não acredito que finalmente vou me aproximar de Aurora! — Os olhos de Igor brilharam, e Dimitria bufou.

— Não lembro de ter me oferecido para falar bem de você. E, de mais a mais, Aurora van Vintermer não é para o seu bico, Igor. Ela é a filha mais velha — mais um cavalo puro sangue entre os tantos que Bóris tem. Ele não vai querer entregar sua filha para um Coromandel, certo?

— Demi. — Igor pedia com os olhos muito mais do que com as palavras, e Dimitria sentiu o coração afundar. Desde a morte do pai, ela achava muito difícil dizer não a seu irmão caçula — ele era a única família que restava a ela. — Eu a amo. Posso não ter dinheiro, mas tenho o coração no lugar, sou uma boa pessoa. Estou estudando para ser um mago... desde que a mamãe morreu você sabe que não temos mais de um bom mago por essas bandas, Demi. Eu não tenho dinheiro agora. — Ele suspirou. — Mas me dê alguns anos e eu serei um partido à altura de Aurora.

— Você nem sabe por que gosta dela. Nem a conhece direito. Por tudo que sabemos, Aurora van Vintermer é uma garota mimada e iludida...

— Eu a conheço, sim. A acompanho de longe. Sei como ela é. Aurora é mais do que linda, Demi, ela é...

— O amor da sua vida. Eu sei, eu sei, já ouvi isso. — Dimitria começou a tirar o cinto de couro e as botas, gemendo ao sentir o ferimento no ombro. Ela precisaria fazer uma visita a uma curandeira mais cedo ou mais tarde. Igor era excelente armeiro, mas não sabia fazer um curativo por nada naquele mundo.

— Ela sempre foi gentil comigo. Quando eu trabalhava na feira, ela fazia questão de comprar os legumes na minha barraca, sabia?

— Ah, por que não mencionou isso antes? — Dimitria desdenhou, mas com carinho ainda assim. — Se ela comprou legumes de você, estamos a um passo de um pedido de casamento.

— Não zombe de mim. Eu estou falando sério, Demi. Tenho um bom instinto com as pessoas. — Igor parecia resoluto. — Ela distribui pão para quem mora na rua. Já a vi dividindo seu almoço com o Toco--Murcho. — Toco-Murcho era o vagabundo local, que vivia zanzando pela aldeia sem ter onde cair morto.

— O Toco-Murcho é um partidão.

O irmão a ignorou.

— Não preciso de muito, só que você mencione que eu sou o mago extremamente habilidoso que faz as suas armas. E que se não fosse por mim, você mal conseguiria ter saído viva do encontro com o urso. — Igor arreganhou os dentes, como um vendedor mostrando sua peça principal. — E pronto.

— Fique você sabendo que eu sou uma ótima caçadora, com ou sem as suas armas. — Dimitria riu, mas o riso se transformou em careta com mais uma pontada do ferimento. É, ela era uma boa caçadora, mas as armas encantadas do irmão a tornavam excelente, além de terem salvado a vida dela algumas vezes. Ela se sentou ao lado da lareira, deixando o calor das chamas aquecer seus músculos cansados. — Está bem.

— Sério? — Igor arregalou os olhos, incrédulo e satisfeito. — Você, Dimitria Coromandel, é a melhor irmã que alguém poderia ter.

Seu riso afetuoso ecoou pela cabana, e Dimitria sentiu uma onda de afeição encher o peito. Viviam naquela casa desde que haviam nascido — e mais de uma vez a cabana simples de madeira tinha sido o mais distante possível de um lar. Era pequena demais, rústica demais, envolta por uma floresta densa e perigosa — floresta que havia tirado a vida de sua irmã, de sua mãe, de seu pai. Por muitas vezes Dimitria tinha vontade de empacotar suas coisas e ir embora — de Nurensalem, da Romândia no geral —, mas eram aqueles momentos, em que o riso ecoava e havia lenha na lareira, que aquele lugar parecia... bom, um lar.

— A melhor irmã do mundo está faminta. Como meu banquete é amanhã, que tal um jantar?

— Eu cuido disso. Você, descanse. Quero que esteja em perfeita forma para amanhã.

Igor saiu esbaforido da cabana em busca de água, e Dimitria pegou-se pensando que não precisaria se esforçar muito para encontrar coisas boas para falar de seu irmão. Os Coromandel não tinham muito — mas Aurora haveria de ver que, ali, amor não faltava.

Capítulo 2

Dimitria percebeu rapidamente que Bóris van Vintermer cuidava muito bem de quem ele gostava — e salvar Princesa Tornada a tinha colocado definitivamente nessa lista. Ela estava acostumada com comida simples, honesta, que ela mesma caçava e cozinhava (não muito bem) —, mas, depois daquela noite, nem poderia chamar o que preparava de comida. Não, se os Van Vintermer estavam servindo comida, os Coromandel certamente se alimentavam de uma espécie de grude ou coisa parecida.

Não era apenas na qualidade dos pratos ou nos ingredientes que ela mal saberia pronunciar dançando como mágica em sua língua — mas já era a quarta vez que trocavam a louça a sua frente, trazendo mais um prato apetitoso e fumegante. Dimitria respirou fundo, sabendo que era feio raspar o talher na louça quando a comida estava acabando — mas ela não conseguia evitar. Jamais tinha comido algo tão gostoso.

Para os Van Vintermer, porém, aquilo parecia ser absolutamente normal — o que era evidenciado tanto pela quantidade absurda de comida deixada em cada prato quanto pelo fato de que a família mal piscava quando mais um criado chegava para trocar a louça.

Quer dizer, nem todos. Se Astra e Bóris se comportavam como perfeitos membros da realeza, Aurora van Vintermer parecia conter em si toda a gentileza da família. Era a primeira vez que Dimitria a via tão de perto, e em alguns minutos conseguiu entender a fascinação de Igor pela garota. Aurora era muito bonita. Seus cabelos longos e loiros caíam em ondas perfeitas até o meio de suas costas, emoldurando um rosto redondo e salpicado de sardas. Os olhos, intensamente verdes, brilhavam entre os cílios claros, grandes como os de um cervo e perfeitamente simétricos com relação ao nariz Seus lábios fechavam a pintura — duas pétalas de rosa que mal se moveram durante o jantar, exceto para agradecer aos criados e oferecer ajuda para trazer os pratos.

Sim, pois, além da inegável beleza, Aurora parecia também ser retraída e calada. Dimitria pegou-se observando a garota mais de uma vez durante o jantar, reparando que Bóris lançava alguns olhares furtivos para a filha de vez em quando. Era fascinante observá-la — seus gestos fluidos, a doçura com que agradecia a cada prato, as pérolas delicadas dos dentes quando ela sorria —, e Dimitria sentiu o corpo esquentar, da mesma maneira que acontecia quando ela via uma garota bonita na aldeia. Ela reprimiu o sentimento, irritada consigo mesma por, ainda que suavemente, cobiçar a amada de seu irmão.

Era óbvio que ela havia visto Aurora vagueando por Nurensalem — a garota às vezes acompanhava Bóris em suas negociações, e estava sempre presente no festival das luzes, que ocorria todos os anos. Ainda assim, uma coisa era vê-la de longe — a filha mimada e distante do mercador mais importante do Cantão — e outra muito diferente era poder analisá-la de perto. Dimitria sentiu vontade de puxar conversa, entender o que se passava na quietude intensa de Aurora. Mas a estrela da noite era Astra, e ela parecia ignorar sumariamente a irmã.

— Agora chegamos à melhor parte da refeição: a sobremesa. — Bóris deu batidinhas suaves em sua barriga enquanto os criados serviam um pudim brilhante, submerso em uma calda espessa. — Espero que goste de amêndoas, Dimitria. Aceita mais vinho?

— Não posso recusar uma proposta como essa, senhor Van Vintermer. — Dimitria deu um sorriso largo, sentindo um criado se aproximar para encher novamente sua taça. Era a terceira taça da noite, e o vinho de mel lhe aquecia o corpo e amolecia agradavelmente a língua.

— Posso tomar vinho, papai? — Astra estendeu o copo pequeno, e Bóris riu.

— Só porque temos visitas você acha que pode ser atrevida, não é? — Suas palavras eram carinhosas, mas Astra mostrou a língua em desafio.

— Mas a Aurora pode. É a segunda taça dela, papai.

— Aurora tem vinte e um anos e pode fazer o que quiser da vida dela. — Dimitria notou que, ao ouvir isso, os lábios de Aurora fizeram uma curva delicada, como se houvesse nas palavras de Bóris uma piada que apenas ela podia ouvir.

— Por favor, papai. Um gole!

— Você ouviu nosso pai, Astra. — Aurora falou pelo que parecia a primeira vez durante o jantar, a sombra de uma provocação amigável em sua voz. Ela era delicada, mas incisiva, e o som fez com que o vislumbre de atração que Dimitria sentira se intensificasse levemente. Igor teria muita sorte se Aurora desse bola para ele. — Enquanto você for uma criança, nada de vinho. — Ela enfatizou a palavra "criança" e, logo após, tomou um gole deliberadamente longo da bebida em sua própria taça.

— É o papai que manda em mim, não você. — Astra mostrou a língua, os olhos apertados. — E, até onde eu sei, ele também manda em você, pelo menos até você fazer um favor pra todos nós e achar alguém pra casar.

Aurora enrubesceu imediatamente, e Bóris pousou a mão nos cachos ruivos da filha mais nova.

— Ei. As duas, chega.

— As duas? Eu não fiz nada! Fale de casamento de novo, Astra, e vai acordar sem seus cachinhos. — Aurora sorriu, maliciosa, e Astra colocou-se atrás de Bóris.

— Papai! — Ela empunhava o garfo como uma espada. — Controle a sua filha!

Dimitria reprimiu a vontade de rir — a briga entre as duas fluía como se ensaiada, e ela teve a impressão de que aquela era uma discussão corriqueira. Ela sabia quão irritantes podiam ser os irmãos, e por isso simpatizou com Aurora. Irmãos tinham o hábito de saber exatamente quais eram nossas fraquezas, e se Astra havia mencionado "casamento", não devia ser um assunto particularmente agradável para a filha mais velha.

— Eu disse chega, para as duas! — Bóris bateu na mesa duas vezes, a voz cortante, e Astra voltou para seu lugar, sem desfazer o bico do tamanho de uma carroça. — Belas maneiras estamos mostrando para nossa hóspede. — Ele riu, sem jeito. — Me desculpe, Dimitria.

— Ah, não tem problema. Eu tenho um irmão, sei exatamente como é.

— Espero que não exatamente. — Bóris deu de ombros, enfiando uma porção de pudim na boca. — O dia que você tiver filhos, não tenha duas meninas. Uma casa cheia de mulheres é um pesadelo. — Ele estremeceu comicamente, e Dimitria observou Aurora revirar os olhos.

— Não sei se pretendo chegar a esse ponto, senhor Van Vintermer, mas levarei em consideração seu conselho. Meu irmão deu menos trabalho do que eu.

— Você tem um irmão? — Astra suspirou fundo, ainda mantendo seu olhar mortal em direção a Aurora. — Era meu sonho. Ou um cachorro. Ou a Princesa Tornada, que podia se mudar pro quarto da Aurora.

— Ah, você não ia querer isso. — Dimitria balançou a cabeça, dramática. — Meu irmão ameaça cortar meu cabelo pelo menos três vezes ao dia. — Ela virou-se para Astra, um brilho malicioso no olhar, enquanto passava uma das mãos pela parte raspada na lateral da cabeça. — Como você acha que eu fiquei assim?

Os olhos de Astra se arregalaram, o bico esquecido.

— ELE CORTOU SEU CABELO?

Dimitria ouviu Aurora tentando, sem sucesso, conter uma risada, e a acompanhou com os olhos. O som da garota provocou de novo a onda de calor em Dimitria, e ela se censurou mentalmente.

— Pode falar para o seu irmão que ele fez um ótimo trabalho, Dimitria. — Aurora não desviou os olhos do pudim de amêndoas ao dizer isso, mas os lábios se mantiveram curvados em um sorriso. — O visual ficou excelente.

Pela primeira vez os olhos das duas se encontraram, e Dimitria retribuiu o sorriso de canto da outra. Ela correu os dedos pela parte raspada de novo, sentindo Aurora acompanhar seus movimentos, e deu de ombros, em falsa modéstia.

— Com isso eu tenho que concordar.

— Aurora. — Bóris colocou os talheres sobre o prato vazio enquanto Dimitria dava a última colherada em seu pudim. — Por que você não mostra o jardim para Dimitria, enquanto Gothe prepara o chá?

— Não precisa, senhor Van Vintermer.

— Você é nossa convidada. — Dessa vez, foi Aurora quem respondeu. — E eu realmente quero pegar algumas dicas de cabeleireiro. — A garota se levantou, alisando o vestido lilás e estendendo uma das mãos. A piscada suave que Aurora deu foi o suficiente para convencer Dimitria, que se levantou da mesa com uma mesura.

— Ah, eu tenho muitas dicas para te dar.

*   *   *

O inverno parecia ter recuado suavemente naquela noite, retomando a lembrança de que o outono havia acabado de começar, e Dimitria apreciou a brisa fresca que soprava pelo jardim enquanto as duas caminhavam. Acácias e flamboiãs formavam um caminho dourado, aparadas cuidadosamente pelos diversos jardineiros que tomavam conta da propriedade. Um caminho ladeado por pedras saía de uma escadaria e serpenteava por entre arranjos e fontes, que gorgolejavam suavemente. Era por ele que as duas caminhavam, enquanto as luzes da mansão eram substituídas pela iluminação suave de lanternas suspensas.

Elas não tinham conversado ainda — a timidez de Aurora não parecia confinada apenas à mesa de jantar —, mas entre elas não pairava nenhum silêncio desagradável. Pelo contrário, à medida que a noite fechava-se ao redor das duas, uma calmaria suave crescia, contrastando intensamente com o clima caótico do jantar. Ainda assim, Dimitria precisava controlar o impulso de falar — não queria assustar Aurora com um fluxo incessante de palavras. Por alguma razão, queria que a garota gostasse dela.

Elas passaram ao lado de um arranjo de flores lilases, da mesma cor do vestido de Aurora, e Dimitria inclinou-se para inspirar o aroma doce.

— Lavanda, não é?

— Alfazema, na verdade. — Aurora corrigiu, sorrindo. — É muito boa para isso aí. — Ela apontou para o ombro de Dimitria, indicando o curativo malfeito e manchado de sangue. Ela tinha tentado se arrumar para aquela noite, com a ajuda de Igor, mas parecia não ter feito o melhor dos trabalhos. Pelo menos estava apresentável: uma roupa de couro escuro envolvia seus músculos, e anéis dourados brilhavam enrolados em sua trança.

— Você é curandeira, é?

— Mais ou menos. — Aurora girou nos calcanhares, caminhando de costas. — Digamos que tenho tempo livre e tédio de sobra.

— Tédio? — Dimitria arqueou uma das sobrancelhas.

— Sim, o problema mais ridículo que uma garota rica poderia ter. Culpada. — Aurora riu de repente, parecendo deixar escapar algo de sua altivez. — Acaba que fico bastante tempo na biblioteca, e, como você pode ver, nossos jardins são imensos. Uno uma coisa a outra e aprendo sobre a melhor forma de curar infecções.

— O mínimo que eu esperaria de você, obviamente. — Dimitria riu, incrédula. — Talvez eu venha te pedir atendimento médico, se você é tão entendida assim.

— Eu adoraria. — Os olhos de Aurora brilharam, e Dimitria pôde ver que ela falava sério. Ela parecia gostar mesmo de botânica. — E você pode me contar tudo sobre sua temporada de caça.

— Não tem muito para contar. — Dimitria sentiu um rubor espalhar--se por seu rosto. — A gente tem que caçar, o urso tem que comer...

— Muita modéstia. Essa deve ser a parte mais fascinante de ser médica. Ouvir as histórias de todo mundo. — Aurora suspirou.

— Você pensa em ser médica?

Nisso, o semblante da loira se fechou, e ela resmungou em deboche:

— Esse seria o jeito mais fácil de matar meu pai do coração.

— Segundo ele, você pode fazer o que quiser, não é? É uma adulta e tudo.

— Óbvio que é isso o que ele diz...

— Parece que você não concorda muito com ele.

Aurora riu em escárnio, um som agressivo que não combinava com ela.

— Eu e meu pai não concordamos em diversas coisas. Ainda assim, cá estou, podendo fazer exatamente o que quero — desde que coincida com os desejos dele. Não que você tenha que ouvir esse tipo de coisa, lógico. — Ela acrescentou a última parte rapidamente, retomando a postura fechada e distante. — Se você puder evitar mencionar isso a meu pai...

Dimitria estudou os olhos da outra, tentando compreendê-la. Por fim, seus lábios se curvaram em um sorriso irônico.

— Ah, sim, lógico. *Senhor Van Vintermer* — Dimitria falava de um jeito afetado, exagerando comicamente. — *Você não vai acreditar no que Aurora me disse. Ela quer ser médica. Médica! Uma mulher! O horror, o horror!* — As duas riram, e Dimitria ficou satisfeita em ver que havia desfeito a camada de mau humor sobre Aurora.

— Você brinca, mas é sério. Meu pai é absolutamente retrógrado.

— Não pode ser. — Dimitria não conseguia conciliar a imagem do Bóris anfitrião, cheio de sorrisos e gentilezas, com um homem tradicional e machista.

— Ele acha que tenho que me casar o mais rápido possível. Mal pode esperar para se ver livre de mim.

— Ei. — Dimitria freou o impulso de passar seu braço ao redor dos ombros de Aurora, abraçando-a como fazia com Igor, para confortá-lo. Elas mal se conheciam, e Aurora a acharia estranha. — Aposto que não é isso. Ele não deve saber se expressar, é só...

Aurora não respondeu.

As duas caminharam em silêncio por alguns minutos, até que chegaram ao estábulo — o mesmo que Dimitria havia protegido na noite anterior. Pelo visto, alguém havia recolhido a carcaça do urso, uma boa ideia, considerando que a carniça poderia atrair toda a sorte de predadores. Porém, era nítida a rachadura na madeira contra a qual o animal havia se lançado, e Dimitria sorriu, orgulhosa. Havia sido uma bela luta.

Ao fundo, um cavalo relinchava alegremente — ignorante ao fato de que a maior ameaça à sua vida havia sido aniquilada.

— Essa é a Princesa Trovão?

— Tornada. — Aurora sorriu, revirando os olhos. — Minha irmã não para de falar que você salvou a vida do membro mais importante da família, e que precisamos te dar uma medalha. — Ela cruzou os braços, os lábios apertados em um sorriso afetuoso. Não havia só conflito naquela família, afinal de contas.

— Eu também acho que mereço uma medalha.

— Pode pedir a Astra.

— Ela realmente parece gostar desse cavalo.

— Você não faz ideia. Enquanto a maior preocupação de Astra for a vida de um cavalo, acho que consigo continuar aturando meu pai. Pelo menos ela ainda não está na idade de pensar em casamento, graças aos céus. — Aurora estremeceu. — Se bem que eu tenho pena do homem que se casar com Astra. Esse, sim, vai ter de pedir ajuda a toda e qualquer entidade sobrenatural...

— Irmãos. — Dimitria deu de ombros à guisa de explicação, e as duas trocaram um olhar compreensivo. A caçadora passou os olhos novamente pelo local em que havia lutado com o urso, e viu uma de suas flechas caída ao lado do estábulo. Ela cruzou a distância em passos largos, abaixando-se para apanhar a flecha, e girou o objeto nas mãos.

Aurora aproximou-se, observando a arma por cima do ombro de Dimitria.

— É afiada.

Em sua voz havia um misto de fascínio e medo, e ela inclinou a mão para tocar a ponta de pedra. Dimitria estendeu o objeto, abrindo um sorriso enquanto elevava o corpo do chão.

— Você sabe atirar?

Aurora balançou a cabeça em negativa, e Dimitria pensou por alguns minutos antes de falar.

— Eu estou sem meu arco, mas segure a flecha.

Dimitria colocou-se por trás da garota. Uma das mãos desceu até a lombar dela, empurrando-a para endireitar a postura de Aurora, e espalmou contra suas costas. A outra guiou o braço de Aurora para a frente, empunhando a flecha como uma espada. A mão de Dimitria se fechou sobre o punho dela, ajudando-a a manter o gesto firme. Ela sentiu a respiração de Aurora vacilar, e se surpreendeu com a inten-sidade da resposta de seu próprio corpo — seu coração parecia estar ligado aos pontos em que a pele delas encostava, desacelerando para caber no espaço entre as duas.

Dimitria aproximou o rosto por cima do ombro de Aurora, sentindo que a garota forçava o olhar para a frente.

— Mantenha o olhar fixo na ponta da flecha. O arco vai guiar os seus movimentos, mas nada acontece se você não conhecer a flecha, se não souber exatamente para onde quer que ela vá. — Dimitria inspirou fundo, apertando a mão que segurava na cintura de Aurora para virar o corpo dela em direção a uma árvore.

— A flecha é uma extensão do seu braço. Uma extensão de você.

A mão direita abandonou a cintura de Aurora, e ela elevou o cotovelo da garota, simulando o movimento que ela mesma faria ao segurar um arco.

As mãos de Aurora se encontraram, e Dimitria puxou seu pulso em direção ao corpo dela, tensionando uma corda imaginária até encontrar as penas na ponta oposta da flecha.

— Quando você se sentir pronta, é só soltar.

Aurora abriu os dedos ao mesmo tempo que soltava a respiração, e Dimitria se afastou delicadamente dela. O espaço que ela deixara parecia especialmente vazio — e Dimitria cruzou os braços, tentando recuperar o calor em seu corpo.

— Acho que eu vou querer acertar algo da próxima vez. — Mesmo com a névoa da noite, Dimitria conseguia ver que o rosto de Aurora estava enrubescido, e orgulho aninhou-se em seu peito como um gato.

— Da próxima vez você precisa trazer seu arco, senhorita Coromandel.

A voz masculina fez com que as duas girassem o corpo e vissem Bóris van Vintermer apoiado em uma árvore na direção do caminho pelo qual elas haviam vindo. Ele tinha um sorriso enigmático — e seus olhos não pareciam deixar Dimitria, que sentia os lábios formigando. Elas não tinham feito nada de errado, tinham? Então por que aquela sensação estranha de terem sido pegas?

Aparentemente Aurora também sentia a mesma coisa, pois seu rubor suave se transformara em brasa, que queimava as bochechas claras. Dimitria agradeceu em silêncio por seu tom de pele negro, que escondia sua timidez — mas ela desejou ser Aurora quando Bóris falou novamente.

— Dimitria, posso falar com você em meu escritório?

* * *

Dimitria tinha sido caçadora pela maior parte da sua vida, acostumada desde pequena a estar no lado de quem empunha a arma, e não de quem é caçado. Igor nunca teve aptidão para as armas — ele gostava demais de se aninhar com a mãe atrás de um bom livro, um perfeito adulto mesmo quando ainda era uma criança de seis anos. Por isso, caçar tinha sido o maior elo com seu pai, que encontrou na filha de olhos e mãos ágeis uma companheira e aprendiz.

Ela se lembrava da primeira vez que tinha saído com ele, antes da tragédia — quando Galego ainda tinha um sorriso leve e os dois olhos intactos. O pai a ensinara a preparar seus equipamentos, amarrá-los ao corpo para que fossem de fácil acesso, escolher o melhor tipo de arma para cada caça. Na época, Dimitria tinha apenas sete anos, não muito maior do que o arco que o pai levava no corpo.

Galego dera um arco para a filha e a ensinara a empunhá-lo da mesma maneira que Dimitria havia feito com Aurora. Sua ideia era começar aos poucos, com alvos pequenos, para que Dimitria entendesse os princípios básicos de uma caçada — e pudesse acompanhá-lo à medida que fosse ficando mais velha. Eles haviam saído para atirar antes — Galego mantinha um alvo de madeira no jardim do chalé dos Coromandel, pronto para esse tipo de ocasião.

A diferença é que, naquele dia, ele a havia colocado atrás de um alvo vivo — um coelhinho selvagem, a pelugem branca contra a folhagem outonal. Dimitria e o pai se esconderam por trás de algumas árvores, silenciosos e ocultos — mas ao apontar sua flecha para o animalzinho, ela teve certeza de que o coelho podia senti-la. Sua narina rosada tremia nervosamente, os olhos agitando-se assustados, e Dimitria não conseguiu soltar a flecha, caindo no choro ao tentar fazê-lo.

O pai a confortou com gargalhadas, deixando que ela se aninhasse em seu colo e chorasse. Mesmo tantos anos depois, Dimitria conseguia se lembrar das palavras exatas que havia proferido ao pai, um misto de indignação e vergonha:

"Ele era muito pequeno, pai. A mãe dele vai ficar muito, muito triste."

Eles haviam praticado muito mais vezes depois — ainda que Galego não sorrisse mais como antes —, e Dimitria havia abandonado suas inclinações mais sentimentais. Ainda assim, ela tinha alguma ideia do pânico que havia passado por sua mente naquela primeira vez — a sensação de ser o coelho, com uma flecha apontada direto para sua cabeça.

Era assim que ela se sentia, de pé no meio do escritório de Bóris van Vintermer. Os olhos dele eram a flecha, tesos e prontos para atirar. E ela era o coelho.

— Minha filha parece gostar de você. — Ele falava com cuidado, o sorriso quente ainda estampado no rosto. — E isso é um grande feito, visto que Aurora não gosta de muita gente.

— Eu faço o possível. — Dimitria arriscou, nervosa no espaço apertado.

— Não acho que seja nada do que você faça, Coromandel, mas quem você *é*. Aurora tem o dom de desejar o perigo em sua vida... um dom particular de quem nunca teve nem ao menos o mínimo encontro com perigo de verdade. — Ele revirou os olhos, puxando um decanter que repousava na ponta da mesa. Bóris verteu seu conteúdo — um líquido âmbar e brilhante — em um copo baixo de vidro, e deu um gole longo na bebida. De repente, o homem parecia ter muito além de seus sessenta e cinco anos. Dimitria não devia nenhuma lealdade a Aurora, mas sentiu que precisava discordar.

— Ela me parece uma jovem sábia.

Bóris revirou os olhos, emitindo algo entre um riso e uma bufada. Seu olhar demorou-se em um retrato pendurado na parede esquerda do escritório — era uma mulher ruiva, seus cabelos como cascatas de fogo emoldurando um rosto delicado. Ela parecia a cópia adulta de Astra, e Dimitria não precisou pensar muito para notar que aquela deveria ser a finada matriarca dos Van Vintermer.

— Ah, evidentemente. Aurora tem ótimas maneiras e sabe recitar todo o conteúdo dos livros daquela biblioteca. — Por mais que parecesse cansado, havia afeição na voz de Bóris, e Dimitria sorriu. — Você não entende. Ela parece uma mulher por fora, mas Aurora viveu a vida inteira com todo o conforto que eu pude lhe oferecer. E isso foi bom, obviamente, Úrsula teria querido assim. Mas isso fez com que

— 27 —

ela perdesse o senso de certas coisas, e eu tenho medo de que o mundo real um dia devore a minha garotinha... se é que me entende. Você, por outro lado...

— Receio que você terá de ser um pouco mais explícito. Como eu posso ajudar? — Dimitria ergueu uma sobrancelha. Lógico, Aurora era protegida... mas ela tinha quase a mesma idade de Dimitria, e vinte e um anos eram um pouco demais para ser chamada de "garotinha".

Bóris deu mais um gole na bebida, pousando o copo na escrivaninha.

— Você tem uma vivência ampla, que vai além de sua idade. Viveu uma vida de verdade, por assim dizer, tem uma casca muito mais grossa. E, como eu disse, Aurora parece gostar de você; o que significa que você conseguiria observá-la com facilidade.

Dimitria sentiu a irritação subir por seu peito, uma cobra prestes a dar o bote. Ela estava acostumada com a condescendência dos homens de Nurensalem, mas nunca ficava mais fácil.

— Eu não sou uma babá, senhor Van Vintermer.

— Não! Não, veja, não é isso que eu quero dizer. — Os olhos de Bóris assumiram o mesmo brilho convidativo que ele exibira durante o jantar, e o patriarca se levantou da escrivaninha para aproximar-se de Dimitria. — O que eu quero dizer é que o inverno está chegando. E você precisará de uma ocupação mais fixa durante esse período tão duro.

— Eu tenho uma ocupação.

— Ah, é evidente. Mas acredito que os animais sejam bem mais escassos durante os meses frios. E eu poderia providenciar algo mais garantido. Uma oportunidade de mentoria, por assim dizer.

— Sem rodeios. — Dimitria cruzou os braços, fitando-o nos olhos sem vacilar.

— Minha filha está escondendo algo de mim. Pode ser algo inofensivo, até onde eu sei... mas com suas ideias sobre liberdade e aventuras, eu não estou preparado para arriscar minha linhagem por causa de uma aventura inconsequente. — O tom dele mudou imediatamente, a suavidade do hidromel sendo substituída por algo muito mais ácido e cortante. — O homem errado poderia arruiná-la, Dimitria. Eu preciso saber o que se passa com Aurora.

— Então você quer que eu a espione.

— Pode chamar do que quiser. Eu nem ao menos preciso saber dos detalhes. Quero apenas garantias de que ela não está jogando seu futuro fora com um qualquer. Ou alimentando ideias imorais com outras mulheres...

Dimitria travou o maxilar. Pela própria definição de Bóris, ela se encaixaria em "um qualquer", e ela tinha uma boa ideia do que ele queria dizer com "ideias imorais" — isso sem falar em Igor, que ambicionava se aproximar de Aurora. Ela entendia as preocupações de Van Vintermer — mas seu método era, no mínimo, questionável.

— Como eu disse, senhor Van Vintermer, não sou babá.

Bóris riu, e, embora fosse educado, havia algo de cortante em seu gesto.

— Então não seja. Dê aulas de combate a Aurora, seja sua guarda-costas. Desde que minha esposa morreu eu tenho perdido a noção de quem é minha filha... e você pode me ajudar a trazê-la de volta. — A ternura havia voltado à voz de Bóris, inesperada e subitamente. — Ela gostou de você. Eu não preciso saber de todos os seus movimentos, tenho guardas que podem me dar essa informação. Mas preciso saber que ela está segura.

Dimitria ficou em silêncio, ponderando as opções. Sim, ela também havia sentido: Aurora era uma garota solitária, de poucos amigos e insatisfeita em seu mundo. Ainda assim, ela e Dimitria não tinham nada em comum. Se houvera uma simpatia inicial, era apenas isso: simpatia e cordialidade, nada mais. Não era o início de uma amizade.

Ao mesmo tempo, sua mão ainda formigava por conta da proximidade, a inegável atração que ela sentira pela jovem. Sim, era irrelevante — ainda mais levando em consideração que seu próprio irmão nutria sentimentos por Aurora —, mas a moça não deixava de ter seu encanto. E, além de precisar pensar em sua família, Dimitria precisava considerar os meses difíceis que teria pela frente, caso o inverno se mostrasse tão desafiador quanto o verão havia sido.

— Cinquenta coroas por mês até o inverno acabar. — Bóris parecia ler seus pensamentos. — Você fica aqui durante os dias da semana, dá a Aurora aulas de combate, a acompanha em suas idas à cidade. Cinquenta coroas.

Dimitria considerou a oferta. Cinquenta coroas era, seguramente, bem mais da metade do que ela fizera no verão. Igor poderia comprar seus livros, materiais, e, para variar, haveria comida boa durante o inverno. E ela poderia falar de seu irmão para Aurora...

Em um segundo, ela havia se decidido.

— Eu não irei espionar sua filha, senhor Van Vintermer. Posso protegê-la e ensiná-la a se defender. Posso tentar trazer um pouco do mundo lá fora para dentro de seu castelo. Mas não trairei seus segredos, nem sussurrarei suas palavras no ouvido dela. Não irei desrespeitar a sua filha de nenhuma maneira. O dia em que você pedir isso de mim, considere nosso trato acabado. — Dimitria inspirou fundo, estendendo a mão. — Temos um trato?

Bóris considerou a mão de Dimitria por alguns momentos, e estendeu a própria — grande e forte, cheia de nós e calos — para envolvê-la num aperto.

— No Norte, selamos negócios com um brinde. — Ele repetiu o gesto que fizera antes, enchendo o próprio copo e mais outro com o líquido âmbar do decanter, entregando-o a Dimitria. O encontro dos copos soou cristalino pelo escritório, e Dimitria virou a bebida em um único gole — sentindo o fogo queimar por sua garganta, acender seus músculos. Era forte, mas ela se obrigou a engolir sem permitir que sua expressão se alterasse. Aquilo era um acordo, afinal de contas, e ela não podia se dar ao luxo de demonstrar fraqueza.

— Te vejo amanhã, senhor Van Vintermer.

— Me chame de Bóris, Coromandel.

— Apenas no dia em que você conseguir me chamar de Dimitria.
— Ela deu de ombros, virando o corpo em direção à porta. À medida que saía do escritório, um pensamento cruzou sua cabeça.

Talvez ela estivesse enganada, mas tinha certeza de que, pelo menos por um segundo, havia conseguido fazer com que Bóris van Vintermer se sentisse exatamente como um coelho na mira de uma flecha. Considerando tudo que sempre ouvira a seu respeito, aquele era um feito e tanto.

* * *

Dimitria mal tinha fechado a porta atrás de si quando cruzou com Aurora, o semblante fechado e o corpo recostado ao lado do batente. Ela ainda estava com o vestido que usara no jantar — uma peça lilás de tecido pesado, perfeita para o vento frio do outono. As golas e mangas eram adornadas por pele branca de arminho, e o tecido, decorado com os padrões geométricos comuns do vale.

Ainda que cheio de detalhes, sob a influência da bebida Dimitria reparou apenas em como a roupa acentuava as curvas definidas de Aurora. Seu olhar se demorou no broche de opala que ela usava preso no decote do vestido, e Dimitria teve que forçar o olhar para cima para encontrar os olhos verdes da outra.

— Então quer dizer que você vai ser minha babá. — Havia desagrado na voz de Aurora, é lógico, mas também havia outra coisa... algo que Dimitria não conseguia identificar.

— Eu prefiro chamar de supervisora geral. — Aurora riu com escárnio evidente.

— Eu tenho vinte e um anos. Meu pai é ridículo.

— Acredito que todos sejam.

— Eu não preciso de supervisão. Ele está fixo nessa ideia de que estou escondendo alguma coisa, mas se ele acha isso pode vir perguntar direto a mim. Eu não entendo essas suspeitas dele.

— Bom, você estava ouvindo atrás da porta. É um comportamento bem suspeito, se você quer saber a minha opinião. — Dimitria tentava manter o semblante sério, mas era quase impossível com o álcool correndo com tanto ímpeto por suas veias. Ela mordeu o lábio, dando de ombros em deboche, e Aurora revirou os olhos. Ainda assim, sua expressão suavizou subitamente, e quando seus olhos verdes encontraram os de Dimitria, havia gentileza neles.

— Obrigada. Por dizer a ele que não vai contar os meus segredos e que vai me respeitar.

Dimitria deu de ombros novamente, mas seu sorriso espelhava a doçura do de Aurora.

— Eu sou ótima em guardar segredos. Não trairei sua confiança.

— Não que eu tenha segredo algum — completou Aurora, corando. — Ainda assim, é uma atitude muito honrada de sua parte.

— Honra? — Dimitria ergueu uma sobrancelha. — Eu esperava que nós pudéssemos acertar um acordo monetário à parte. Nada vem de graça nesse mundo. — A boca de Aurora pendeu em indignação, e Dimitria encheu o ar com sua risada. — Ei. É brincadeira. Se vamos conviver tanto, você vai precisar aprender a reconhecer quando estou brincando.

— Ah. Tudo bem, talvez eu precise de aulas mesmo.

— Professora, dama de companhia... Estou rapidamente acumulando funções.

— Dama de companhia? — Aurora franziu o nariz. — Isso é tão provinciano. Acho que prefiro chefe da guarda.

Dimitria desceu um joelho ao chão, puxando sua faca do coldre em sua cintura. Ela virou a lâmina para si e entregou o objeto nas mãos de Aurora. Dimitria era mais alta que a outra, mas, ajoelhada, precisava elevar o rosto para manter o olhar das duas conectado.

— Faça as honras.

Aurora hesitou por um minuto, quase protestando, mas a sombra de um sorriso ergueu seus lábios, e ela pousou a lâmina com cuidado no ombro de Dimitria. Primeiro o esquerdo, depois o direito.

— Dimitria...?

— Coromandel.

— Dimitria Coromandel. Eu te nomeio minha chefe da guarda, para proteger minha integridade física, mental...

— Moral?

— E moral. — Aurora acrescentou, rindo. — Você deverá servir a mim, e somente a mim. Até que a morte encerre seus deveres.

— Ou até que o inverno acabe.

— Ou até que o inverno acabe. Que assim seja. — Dimitria levantou-se do chão, e Aurora devolveu sua faca. Num gesto ágil, ela a guardou em seu coldre, e o silêncio preencheu o ar enquanto as duas encaravam uma a outra. No ar, reverberava a mesma eletricidade que havia preenchido o espaço entre elas no estábulo.

De repente Aurora puxou o broche de opala de seu vestido, estendendo-o na direção de Dimitria. A caçadora fitou o broche, sem entender — era uma joia bonita, adornada com brilhantes cravejados ao redor de uma pedra multicolorida. Há muito tempo Dimitria não via nenhuma joia; seu pai havia vendido todas quando sua mãe morrera.

— Você não precisa me dar nada. — Ela sentiu a voz seca e áspera contra a garganta.

— Eu não estou dando porque preciso. — Aurora mal moveu seus olhos dos de Dimitria. — Além do mais, como eu vou garantir que você não vai mesmo contar os meus segredos?

Dimitria ia intervir, indignada, mas foi a vez de Aurora rir. Quando os olhos das duas se encontraram novamente, os da loira tinham um brilho maroto.

— Acho que você também precisa aprender sobre o meu humor. — Aurora fez uma pequena mesura, colocando uma mecha loira por trás da orelha. Ela aproximou-se de Dimitria, pressionando o fecho do broche no casaco de pele escura dela e fechando-o com delicadeza. A pedra brilhava suavemente contra o couro, e Dimitria deixou os olhos se demorarem no objeto. Era lindo. Aurora sorriu. — Boa noite, Dimitria. Até amanhã.

— 33 —

Dimitria ficou parada no corredor durante um bom tempo, acompanhando Aurora com o olhar até sua figura sumir na dobra do corredor. Foi então que ela percebeu que não havia sequer mencionado Igor na conversa das duas — e, com um aperto de culpa, garantiu a si mesma de que haveria tempo para isso. Mas não foi nas qualidades de seu irmão que seu pensamento se demorou, durante a volta para casa: e sim em como os olhos de Aurora brilharam ao encontrar os seus, e nas tardes que elas passariam juntas muito em breve.

Talvez o inverno não fosse ser tão difícil, afinal de contas.

Capítulo 3

— Calma, calma, me deixa respirar!

Dimitria mal pisou em casa e Igor estava em cima dela, os olhos cheios de antecipação e curiosidade. As perguntas dele vinham em uma corrente: "Como ela é? O que ela gosta de comer? O que vocês conversaram?", mas foi a última que fez com que Dimitria hesitasse, e ali Igor encontrou uma brecha.

— Você falou de mim?

Ela desviou os olhos.

— Dimitria. — Igor segurou os ombros dela como um marinheiro à deriva. — Pelo amor das luzes, me diga que você falou de mim. Minha habilidade com magia? Minha inteligência? — Dimitria nem conseguia olhar para ele. — Meu nome?

— Eu disse que tenho um irmão. — Ela ofereceu, sem graça, e a boca de Igor pendeu em surpresa. Ele se largou no sofá no meio da sala, seu corpo magro caindo com um impacto suave.

— Não posso acreditar. É uma completa inútil.

— Ei! — Dimitria chutou a perna do irmão, e, logo após, arrancou as botas, deixando-as ao lado da lareira para secarem. — Completa inútil, não. Você ainda nem sabe como foi o jantar.

Igor levantou os olhos, ainda vestindo uma expressão carrancuda, mas suavizada pela curiosidade repentina.

— *Como* foi o jantar?

Dimitria se jogou no sofá, por cima das pernas de Igor, recostando-se satisfeita. Ele grunhiu em protesto.

— Bom, o primeiro prato foi sopa de cebola e uvas frescas. E depois veio o pato assado com mel.

— Dimitria.

— Também teve pão de passas com manteiga, salada de endívias com nozes... E a sobremesa. Eu falei da sobremesa? Pudim de amêndoas.

— Dimitria! Eu lá quero saber da sua comida, me fale de Aurora! — Ele a empurrou para fora do sofá, e Dimitria gargalhou. Igor não parecia muito feliz, seu semblante vermelho e irritado.

— Você é ridícula!

— E você acha que está apaixonado por uma garota da qual só sabe o nome. Qual a novidade?

— Eu disse, não sei só o nome dela. Conversamos algumas vezes. E você não acredita em amor à primeira vista?

— Não. — Dimitria foi categórica. — Nem ao menos acredito em amor. Acredito em flechadas aleatórias, camas sempre quentes e nunca o mesmo nome duas vezes. — Igor sempre tinha sido tolerante com suas conquistas, que variavam vastamente em idade e gênero; e nunca permaneciam mais que uma noite. Tolerar não queria dizer compartilhar: ela sabia que o irmão sonhava em encontrar sua alma gêmea e passar o resto da vida a seu lado, com direito a uma casa cheia de filhos.

O pensamento a fazia estremecer. Seu pai havia morrido por aquele tipo de sentimento. Além do mais, como poderia o amor surgir de maneira tão aleatória? Como você poderia escolher a pessoa com quem passaria o resto da vida com base em um olhar?

Era loucura.

— Desconsidere seu coração gelado e sem salvação por um segundo, Demi. — Igor se endireitou, a ironia afiada como uma faca. — E lembre-se de que nem todos nós queremos marcar território em cada Cantão por onde passamos, de Romândia a Catalina.

— Acho que nunca dormi com ninguém de Catalina.

— Você não precisa me entender, Demi, nem ao menos aceitar. Não muda o fato de que eu sou apaixonado por Aurora, havendo uma explicação racional ou não. E eu sou um homem de carne e osso...

— Mais osso do que carne.

Igor continuou, ignorando a provocação.

— E minha curiosidade está levando o melhor de mim. Então, como foi o jantar? Ou você quer que eu desencante suas flechas pra perderem a mira?

Dimitria suspirou fundo e fitou o irmão. Como alguém que era sua cópia completa por fora poderia ser tão oposto a ela em todos os outros sentidos? Mas seu coração era mole demais, ainda que ela negasse.

— Aurora é realmente muito doce. Muito sozinha, também. — A sombra de um sorriso tocou os lábios de Dimitria, com a lembrança da caminhada das duas. — É cheia de ideias. Quer ser médica. Mas nem Bóris nem Astra tornam sua vida mais fácil.

— Astra é a preferida. — Uma nota de desprezo surgiu na voz de Igor.

— Ela é uma criança, e é igualzinha à finada esposa dele.

— Esposa, Astra, pouco me importa. Me fala mais da Aurora. Do que ela gosta? Você conheceu o quarto dela?

Bem que eu queria.

— Foi um jantar, não um passeio turístico. — Dimitria sentia que andava na ponta dos pés ao redor do ponto principal de sua visita aos Van Vintermer. Por algum motivo, não queria contar o que tinha acontecido depois.

— Eu sei, eu sei. — Igor baixou os olhos. — Ela é tão inatingível, Demi. Eu não sou ninguém perto dela, e poder ter uma visão, mesmo que pequena, sobre quem ela é de verdade... — Ele se deitou no sofá de novo, as mãos por trás da cabeça, e seus olhos castanhos se demoraram na claraboia de vidro que emoldurava uma noite estrelada. — Aurora é perfeita.

Dimitria sentiu o coração apertar mais uma vez. Devia ser muito difícil estar apaixonado por alguém que você nunca poderia ter.

— Bom, pelo menos você foi até lá, né? Talvez a gente possa dar um jeito de mandar outro animal selvagem para aqueles lados, hein? — Igor riu. — Dependendo do tamanho do bicho, quem sabe você não é convidada pra um baile e eu posso ir também?

Ela hesitou por um segundo antes de decidir contar.

— Acontece que eu vou virar uma frequentadora mais assídua dos Van Vintermer.

— Como assim?

— Aparentemente, Bóris van Vintermer não está satisfeito com as atividades extracurriculares de Aurora, e acha que ela precisa de cuidados mais... dedicados. Ele não gosta que ela fique andando por aí desacompanhada, especialmente com as noites ficando mais longas. E eu sou a caçadora mais habilidosa do Cantão, como ele pôde testemunhar com seus próprios olhos.

— Não. — Igor arregalou os olhos, arqueando as sobrancelhas escuras. — Você só pode estar de brincadeira. Bóris van Vintermer pediu para você ser aia de companhia de Aurora?

— Primeiro, ele não pediu, e sim praticamente mandou. Depois, eu não serei uma aia de companhia, eu serei uma guarda. — As palavras dela morreram quando Igor envolveu seu corpo num abraço agressivo que quase a derrubou no chão.

— Eu não acredito! Essa é a melhor notícia que eu recebi em meses. Finalmente vou ter uma chance!

— Me... larga...

— Você vai poder me contar todos os segredos dela. — Igor parecia uma criança na manhã de Solstício.

— Eu não vou espiar a garota, Igor. — Dimitria o censurava enquanto retribuía, meio sem jeito, o abraço. Ela nunca tinha sido a pessoa mais sentimental do mundo, especialmente desde que o pai dos dois tinha morrido. Quem sabe trazer Aurora pra perto fosse um jeito de compensar isso.

— Eu não disse isso. Mas você vai poder falar de mim pra ela.

— E vou ganhar um bom dinheiro, também.

— Dinheiro?

— Sei que você faria esse trabalho de graça, irmãozinho, mas eu não morro de amores por Aurora van Vintermer; portanto, estou cobrando. Cinquenta coroas.

— Por tudo?

— Por mês.

— Cinquen... Dimitria. — A gargalhada incrédula de Igor foi o suficiente para fazer Dimitria ter certeza de que havia feito a escolha certa. Os dois viviam sempre contando as moedas, especialmente no inverno, e, com aquele dinheiro, tudo podia mudar.

— Você vai poder comprar seus livros de magia.

— Livros? Com cinquenta coroas por mês eu compro a Biblioteca de Xandia inteira!

Ela riu com ele, colocando uma das mãos no ombro do irmão e, por fim, encontrando seus olhos.

Ali estava, novamente, o espelho masculino de todos os seus traços. A única pessoa que lhe restava naquele mundo.

Dimitria não podia decepcioná-lo.

— Você é a melhor irmã do mundo.

— Não vem com essa. Quero uma faca nova, pra compensar.

— Vou fazer uma faca que não erra mira, paralisa seus inimigos e recita poesia, se você quiser. Uma aljava com 3 mil flechas. Uma besta automática! — Igor passou as mãos, agitado, pelos cabelos. — Para começar, preciso pedir o terceiro volume dos encantamentos bélicos. Solomar abriu uma vaga de aprendiz, mas eu precisava dos livros. Talvez agora ele me aceite.

— Aprendiz de Solomar? Seria uma chance e tanto. — Dimitria finalmente tirou o casaco de pele, largando-o sobre uma cadeira. — Todo mundo precisa de um mago, ele deve ter trabalho de sobra. — Quando ela voltou o olhar para o irmão, porém, viu que ele não estava prestando atenção: seus olhos se demoraram no casaco de Dimitria.

O broche de Aurora brilhava, e Dimitria sentiu o rosto esquentar quando notou que Igor o estudava.

— Isso é de Aurora, não é?

— Ah. — Ela engoliu em seco. Por que de repente estava tão nervosa? — Sim, ela me presenteou como símbolo de sua gratidão.

Igor atravessou a pequena sala, fechando os dedos ao redor do broche de opala.

Dimitria sentiu uma pontada de ciúmes — era presente de Aurora para ela —, mas ignorou a sensação.

— É lindo. Como ela. — Igor acrescentou a última frase sorrindo, mas seu olhar era distante; ele se demorava em alguma memória. Seus olhos retomaram o foco, e ele encarou Dimitria. — Por que ela te deu?

— Já disse. Gratidão por eu ter aceitado o cargo ou algo assim.

— Por que você está corando?

— Eu? — Dimitria sentia o calor subindo pelo pescoço, mas mantinha a expressão neutra, a voz desinteressada. — Está calor aqui. Vamos, devolva o broche. — Ela estendeu a mão aberta. — Preciso ir tomar banho e guardar as roupas.

Igor parecia analisá-la atentamente, desviando o olhar do broche para Dimitria em turnos.

Não, ela não se importava com um simples broche, mas aquele havia sido presente da Aurora para ela, ora essa. Há quanto tempo ela não ganhava um presente? Tinha sido um gesto tão puro, tão doce — e encapsulava perfeitamente a sintonia estranha que reverberou entre as duas.

Dimitria tinha consciência, em algum lugar de sua mente, que estava dando significado demais a um objeto material — era apenas um broche, afinal de contas —, mas ela havia aprendido a confiar em coisas materiais. Elas não sumiam de repente, sem deixar vestígio.

Racional ou não, ela queria o broche. Mas, ao que parecia, Igor também.

— Demi. Deixa eu ficar com ele.

— Igor.

— Demi. — A testa de Igor franziu dolorosamente, e seus dedos envolviam o broche de maneira protetora. — É a única coisa que eu tenho dela. Que eu jamais terei. Por favor.

Dimitria mordeu o lábio, sem querer dar o braço a torcer. Mas era apenas um broche, afinal de contas. E seu irmão era apaixonado pela menina.

Ela respirou fundo, soltando o ar subitamente.

— Eu quero duas facas. Com cabo de madrepérola e um cinto combinando. E nada de mira aproximada, quero o encantamento de mira certeira. — Os olhos de Igor se acenderam como duas lanternas, e ele fez menção de abraçá-la novamente. Dimitria espalmou uma mão no peito dele, impedindo-o de avançar. — E uma besta, também. E você não vai me pedir mais nada, certo?

— Melhor. Irmã. Do mundo.

Ela revirou os olhos, mas sorria — e só havia uma pequena pontada de ciúmes em seu coração quando ela reparou que Igor enfiou o broche de Aurora no bolso da calça às pressas, como que temendo que Dimitria mudasse de ideia.

Capítulo 4

Dimitria não costumava ficar nervosa. Havia sido exposta a situações de perigo suficientes para criar nela uma casca grossa e rígida contra intempéries, e sua confiança — que alguns chamariam de arrogância — dava conta de protegê-la de qualquer timidez ou ansiedade. Sua abordagem com relação a tudo era simples: vá lá e faça.

Obviamente, essa tática havia funcionado melhor algumas vezes e pior em outras: Dimitria se lembrava nitidamente de quando uma moça que estava cortejando lhe empurrou direto para uma carroça de estrume. Ainda assim, costumava dar certo, e ela não deixava que alguns fracassos mudassem seu curso de ação.

Por isso mesmo lhe parecia estranho que hesitasse frente à casa dos Van Vintermer, a mão enluvada envolvendo uma das barras de ferro do portão, o coração batendo no peito como um beija-flor enjaulado. Dimitria se demorou ao olhar para a grande casa, que estivera envolta em escuridão em suas visitas anteriores. A mansão — ou Winterhaugen, como o povo de Nurensalem costumava chamar — reluzia à luz clara da manhã, seu branco e cinza um contraste perfeito com o frio céu azul do fim de outono.

Dimitria nunca tinha pensado em dar um nome a sua própria casa.

Winterhaugen era grande — toda a propriedade devia ter, facilmente, dez vezes a área da cabana de Dimitria. Incluía o estábulo, dois jardins, pomares e, lógico, a casa que Dimitria olhava agora, uma construção antiga, na família há gerações. Até o caminho de pedras do portão até a casa era amplo, ladeado por um jardim baixo, cujas flores haviam cedido ao frio e perdido todas as suas pétalas.

A parte da frente da casa ia até o segundo andar, com um balcão proeminente que devia vir do quarto de Bóris. Todas as janelas tinham gradis vermelhos, como olhos angulosos que se fechavam em pálpebras de seda. Mais à esquerda havia um afundamento na pedra branca, que abrigava uma varanda cheia de livros e brinquedos espalhados. O quarto de Astra, certamente.

Do lado direito, a casa perdia sua simetria para se elevar em uma torre — não muito alta, chegando apenas ao terceiro andar. A torre era encimada por telhas cor de grafite, tal como o resto da casa, e a janela do meio revelava a única luz acesa da propriedade, com cortinas tremulando levemente. Dimitria quase podia ver o quarto lá dentro. Ela franziu a testa, sorrindo. Uma torre para uma princesa?

A torre tinha sua própria porta no nível térreo — também vermelha, como as janelas.

Foi ao olhar para ela que Dimitria reparou em alguém esperando do lado de dentro da propriedade. Ela não havia notado o jovem antes, embora ele parecesse estar vestido exatamente para ser notado.

Ele estava nobremente vestido com um sobretudo preto e uma faixa amarela que cruzava seu peito na diagonal. Uma de suas mãos — envolta em uma luva tão limpa que reluzia mesmo a distância — estava apoiada no batente da porta, enquanto a outra descansava em sua cintura, os dedos fechados ao redor de um buquê enorme. Era a imagem perfeita da segurança e calma, e Dimitria logo o reconheceu. Pouca gente em Nurensalem teria dúvida sobre quem era Tristão Brandenburgo.

Tristão não era um homem comum, em sua própria opinião, e era importante que todos soubessem disso. Como filho mais velho do chefe da Junta Comunal de Nurensalem, ele tinha algumas obrigações — mas a única que parecia importante era garantir que as pessoas jamais se esquecessem do rosto de seu futuro líder. Não era segredo algum que ele era o solteiro mais cobiçado de Nurensalem — e, portanto, também era óbvio o que ele estava fazendo batendo à porta de Aurora van Vintermer.

Eles formariam um par perfeito.

Pra começar, Tristão era lindo. Mesmo Dimitria precisava admitir isso: seu rosto parecia esculpido em pedra, considerando a precisão geométrica de suas feições; os olhos, duas safiras reluzentes contra a compleição pálida como leite. Ele mantinha os cabelos loiros — como os do pai tinham sido, antes da calvície — cortados na altura do queixo, em ondas meticulosas e perfeitas.

Lógico, ele era mais que um rostinho bonito: Tristão era rico, poderoso, versado culturalmente (mesmo que não muito inteligente, se fosse verdade o que as más línguas diziam). E havia a maldita luva, a luva branca que ele sempre usava e que representava a coisa que mais irritava Dimitria. Era óbvio que Tristão jamais havia sequer empunhado a espada de platina que carregava no cinto. Um olhar para a luva imaculada diria isso.

Não que as moças — e, provavelmente, Aurora — ligassem para isso.

A imagem surgiu intrusa na mente de Dimitria, chutando a porta e assaltando a dispensa. Era óbvio que a Tristão faltava apenas um acessório: uma moça linda, tão rica quanto ele, que lhe enchesse de filhos.

Aurora era a opção perfeita para carregar sua prole loira e gorducha.

Dimitria afastou o pensamento como faria a um mosquito, estalando a língua contra o céu da boca para afastar o gosto amargo, e empurrou o portão. Não que lhe interessasse quem Aurora gostava ou deixava de gostar. De mais a mais, Tristão podia estar de passagem...

Filho da puta.

Ao se aproximar, Dimitria pode ver os detalhes do buquê que Tristão carregava.

Nurensalem vivia seu curto e seco outono, mas os lírios-do-vale do buquê pareciam frescos como se fosse abril.

Ninguém carregava um buquê de lírios-do-vale se estivesse de passagem.

Ela pigarreou alto, sem nem reparar que uma das mãos descansava despretensiosamente sobre o cabo de sua adaga, presa à sua cintura.

— Bom dia, Brandenburgo. Procurando alguém?

Tristão girou o corpo e fixou os olhos em Dimitria. Ela percebeu o vestígio de confusão no semblante bonito — é lógico que ela não se lembraria dela de cara. Os Coromandel nem ao menos chegavam a se fixar na mente de gente como Tristão. Ainda assim, ele era filho de político — e tinha de lábia o mesmo tanto que tinha de beleza.

— Coromandel. — Ele fez um aceno breve com a cabeça. — Bom dia para você. Receio que os Van Vintermer tenham resolvido seu problema com o...

— Urso? Eu sei, fui eu que cacei. — Dimitria sentiu os músculos da face flexionarem, mas não dava pra chamar aquilo de sorriso. — E você? Meio cedo pra reuniões.

Se Tristão não gostou de seu tom incisivo, ele não demonstrou.

— Estou esperando a senhorita Van Vintermer. Temos um encontro.

— Encontro? Estranho... ela não disse nada. Não sei se te contaram, mas eu sou a nova guarda-costas de Aurora. — Dimitria omitiu a parte de que aquele era seu primeiro dia, e, portanto, ela pouco teria como saber de algum compromisso da agenda de Aurora.

Mas a confusão no rosto de Brandenburgo valia a mentirinha.

— Guarda-costas? — Tristão parecia contrariado. — Não será necessário para nosso passeio, eu acho...

— Eu disse que prefiro chefe da guarda. — A porta vermelha se abriu e de trás dela saiu Aurora, o corpo envolto em um vestido de

— 45 —

linho marrom que deixava seus ombros à mostra. Dimitria segurou a respiração, sem graça de repente. — São pra mim? — Aurora puxou o buquê da mão de Tristão, sem cerimônia. — Ah, Tristão, obrigada, mas... Qual a ocasião?

— Eu pensei que poderíamos passear pelo lago nessa bela manhã. — Tristão devotou toda sua atenção a Aurora, como se Dimitria fosse um inseto irritante. Sua voz baixou pelo menos uma oitava, grave e sedutora. — Você sabe que meu pai tem algumas gôndolas na parte sul do rio, e...

— Ah, sim, eu adoraria saber absolutamente tudo sobre as gôndolas de Clemente Brandenburgo. Mas receio que vamos precisar deixar para outro dia.

— Eu insisto. — Tristão mostrou os dentes perolados. — Devemos aproveitar o fim de outono antes que a neve caia.

— Quem insiste sou eu: hoje não. — Os olhos de Aurora eram como flechas em Tristão. — Dimitria e eu temos uma agenda cheia hoje. — Ela sorriu docemente, aproximando o rosto do buquê e inalando fundo. — Obrigada pelas flores, Tristão.

— Mas...

— Você ouviu a moça. — Dimitria interveio, sem conseguir conter um sorriso quando Aurora enlaçou um braço no seu. — Bom dia, Brandenburgo.

Tristão parecia ter perdido a fala, mas algo em seu olhar disse a Dimitria que aquela não era a última vez que ela o veria rondando por ali.

— Um bom dia, senhorita Coromandel.

A figura de Tristão foi ficando cada vez mais para trás à medida que as duas avançavam pelos jardins da propriedade, disfarçando risadinhas.

— Ah, os homens. — Quando estavam a uma distância segura, Aurora pareceu finalmente soltar a respiração. — Sempre munidos da certeza de que sua presença é desejada e necessária. — Ela caminhava de rosto erguido, as sardas evidentes na luz do sol. — Ao menos ele acertou nas flores. Muito sensível da parte dele.

— Muito cavalheiro. — Dimitria revirou os olhos. — Me pergunto qual dos duzentos servos trouxe essas flores nesse frio desgraçado. — Suas palavras eram ácidas, e ela se surpreendeu com o desprezo que sentia por Tristão.

— Não seja tão amarga. — Aurora soltou seu braço, arqueando uma sobrancelha. — São lindas flores. Ele devia estar pelas redondezas, lembrou de mim e quis fazer um agrado.

— Agrado?

— Tristão sempre está por aqui para se encontrar com meu pai, Dimitria. Não significa nada.

— Bom. — Dimitria evitou o olhar de Aurora, os olhos fixos no caminho que levava em direção aos fundos da casa. — Ele é o solteiro mais cobiçado de Nurensalem, você sabe.

Seu tom escondeu a pergunta camuflada na frase, mas Aurora não hesitou.

— E eu, a solteira mais cobiçada. Como um objeto. — Ela bufou. — Tristão terá que se esforçar muito mais do que um buquê de flores se quiser continuar no páreo.

— Então ele está no páreo. — Dimitria apertou os lábios, meio sorrindo, e deu de ombros quando encontrou o olhar fuzilante de Aurora. Ela ergueu as mãos, rendendo-se. — Eu só estou repetindo o que você disse!

— Achei que você não fosse se intrometer na minha vida a serviço do meu pai.

— Eu não estou me intrometendo. — *Não a serviço de seu pai, de qualquer maneira.*

Dimitria sentiu as bochechas corarem ao lembrar das infinitas perguntas com as quais Igor tinha lhe bombardeado. Se havia alguém mais distante de Tristão na escala social de Nurensalem, Dimitria o desconhecia.

Talvez o Toco-Murcho.

— Então está fazendo o quê?

— Emitindo meu parecer como guarda-costas.

— Capitã da guarda. — Aurora corrigiu quase imediatamente. — E quem te nomeou especialista em romance, afinal de contas?

— Romance? O que Tristão quer não tem nada a ver com romance.

— Como você saberia?

Dimitria bufou, subitamente irritada.

— Acredite, *princesa*, eu sei uma coisa ou outra de como o mundo funciona para além de minhas flechas. Pra começar, Tristão não "lembrou" de você. Ele escolheu lírios-do-vale pois sabe que são as flores do brasão da sua família. — Dimitria elencava itens nos dedos, um a um, o tom cortante. — Depois, ele não *apareceu* aqui: veio direto de casa pra cá, e se arrumou pra isso. Se sua roupa perfeitamente alinhada não te convenceu, pense nas luvas tão brancas quanto os lírios que ele tinha na mão.

Aurora não disse nada.

— E as gôndolas. A casa dos Brandenburgo provavelmente está toda decorada para o festival das luzes. Um passeio no lago seria perfeito pra te mostrar isso. Especialmente considerando que ele chegou bem na hora que seu pai costuma sair.

— Ah. — A loira parecia ter perdido o fio da meada.

— Tristão não é um pobre rapaz que lembrou de você. Ele é um caçador, e sabe exatamente o que fazer para apanhar sua presa.

— Eu não sou uma presa.

— Então não aja como uma! — A irritação verteu das palavras de Dimitria, como água fervente.

Aurora fixou seu olhar na caçadora, os lábios congelados num meio sorriso.

— Para seus primeiros minutos como guarda-costas, você está se saindo uma excelente disciplinadora. Bronca aceita. — Ela riu ironicamente, empurrando a porta da casa que as duas finalmente alcançaram e entrando na cozinha.

— Não foi uma bronca. — Dimitria parou de caminhar, coçando o pescoço e sentindo um súbito constrangimento pela maneira com a qual havia falado. Ela segurou a porta antes que fechasse, seguindo Aurora porta adentro.

A loira mantinha a postura distante, as costas viradas para Dimitria.

— Eu me preocupo com você, é isso. — No momento em que as palavras saíram de sua boca, Dimitria soube que não comportavam toda a verdade: havia algo além de preocupação ali, um ciúme descabido pela garota que ela acabara de conhecer.

Mas ela não estava prestes a dar o braço a torcer naquele sentido.

— Todo mundo se preocupa comigo, Dimitria. — Aurora procurou o rosto de Dimitria, as íris verdes faiscando. — Mas eu preciso de mais do que escudos e broncas. Eu preciso de armas. — Ela apoiou o buquê contra o tampo da mesa da cozinha. — Eu não sou indefesa, e se você acha isso de mim, é uma ilusão que deve abandonar. Estamos entendidas?

Foi impressão, ou havia um quê de desespero naquelas palavras? Como se Aurora as estivesse dizendo tanto para Dimitria quanto para si mesma.

Dimitria conteve um sorriso. Conhecia bem aquele tipo de bravata — pois havia visto em si mesma.

— Justo. — Ela fez uma mesura. — E como tocamos no assunto, você diz que não é indefesa, certo? Pois bem. Prepare-se para provar isso pra mim, depois do almoço.

Aurora franziu a testa.

— E não se atrase!

* * *

O pasto que se estendia atrás dos estábulos dos Van Vintermer era ainda maior do que Dimitria havia visto em sua última visita, quando estivera coberto pelo manto escuro da noite. Se estendia por acres a perder de vista, terminando em um lago pequeno que fechava a propriedade.

O sol do meio-dia refletia na água escura, cuja superfície tinha o aspecto de vidro, típico de quando congelava. À medida que o inverno avançasse, o lago congelaria mais e mais — até que formasse uma camada espessa de gelo, segura o suficiente para que as pessoas patinassem. Mas não Dimitria: por mais rígido que fosse o gelo, ou intenso o frio, a caçadora sabia que as águas escuras continuavam a correr por baixo... prontas para devorar um patinador mais incauto.

Era assim com a maior parte das coisas, pensava ela, o corpo recostado no tronco nodoso de uma árvore. Pareciam seguras na superfície, convidando qualquer um a entregar sua vida à rigidez e à estabilidade — mas podiam se partir numa fração de segundo. Não se podia confiar em tudo que parecia sólido, especialmente no inverno — quando qualquer gota se disfarçava de floco de neve.

Falando nela, a neve viria mais cedo naquele inverno. Dimitria sentia em seus ossos, no jeito que o ar pesava, carregado de umidade. Ela pressionou com força o casaco de couro contra o corpo, mas a brisa fria e teimosa penetrou suas dobras mesmo assim, fazendo-a tremer. Ela estava acostumada a caçar no frio, e geralmente não se incomodava — mas seu corpo estava estranho naquele início de tarde.

Dimitria olhou por cima do ombro, procurando a silhueta de Aurora no caminho que ligava os estábulos à casa — o mesmo caminho que as duas haviam percorrido juntas durante seu primeiro passeio. Nenhum sinal da garota, mas, de qualquer forma, mal passava do meio-dia.

A manhã tinha sido caótica. Dimitria tentava se encaixar na rotina de Aurora o mais organicamente possível, tarefa que não era tão difícil: a vida dela parecia confinada às paredes da Winterhaugen, onde Bóris conseguia ter domínio sobre sua segurança. Ainda assim, não era uma vida menos exigente: a caçadora havia se impressionado com a quantidade de atividades — aulas, encontros, reuniões — às quais Aurora tinha que comparecer.

Por um lado, fazia sentido: Bóris carregava a continuidade do império Van Vintermer nos ombros — e no cérebro — de Aurora. Ainda assim, havia algo de exaustivo no fato de todas as horas de seu dia serem cronometradas para gerar o maior valor possível.

Não que ela parecesse se importar. Era impressionante ver como Aurora conseguia navegar pelo mundo brilhante e exigente de seu pai com um sorriso e uma doçura inegáveis. Mas Dimitria sabia que aquilo deveria cobrar seu preço.

A caçadora sobressaltou-se ao sentir uma batida suave em seus ombros, surpreendida pela protagonista de seus pensamentos bem à sua frente.

Aurora havia se trocado após o almoço, preterindo os vestidos com os quais Dimitria a vira até então por algo mais prático. Seu corpo voluptuoso estava desenhado por calças de montaria, botas escuras que iam até os joelhos, e o casaco de botões que ela usava emoldurava seu rosto em uma gola de pelos. Do pelo de arminho branco até os botões que reluziam, era evidentemente uma peça que custava mais do que o mês de trabalho de Dimitria.

Dinheiro bem gasto por um casaco que a veste tão bem...

Ela pigarreou, disfarçando o susto e afastando os pensamentos. Que caçadora ela era, se conseguia ser pega de surpresa daquele jeito.

— Bela armadura.

— É um casaco velho. — Aurora assumiu uma postura defensiva.

— Serve para sua aula?

— Com alguns ajustes.

Dimitria avançou até ela, segurando na abertura do casaco e desfazendo os botões sem cerimônia. Evitando que o olhar das duas se encontrasse, ela deslizou o tecido grosso pelos braços de Aurora, removendo o casaco e jogando-o por cima do tronco da árvore.

— 51 —

Ela conseguia sentir o calor que emanava do corpo da garota, seu perfume leve de lírios e jasmim, e sentiu seus batimentos acelerarem levemente.

Por baixo do casaco, Aurora usava uma camisa branca e simples, cuja gola aberta revelava um colo cheio de sardas.

Dimitria pigarreou, se afastando e finalmente fitando Aurora. A tez dela tinha se tingido de um vermelho profundo, e ela tremia levemente — de frio ou de outra coisa, não dava pra ter certeza.

— Eu vou morrer congelada desse jeito!

— Tenho certeza que você aguenta um ventinho. — Dimitria riu, satisfeita. — E eu preciso dos seus braços livres. Quanto mais ágil, melhor.

— Mas você está de casaco. — Aurora quase fez bico. Era estranhamente adorável.

— Eu sou a professora e você a aluna, lembra? Menos questionamento e mais ação, vamos. — Dimitria sacou sua adaga da bainha de couro que levava à cintura, estendendo-a pelo cabo em direção a Aurora. A garota segurou-a como quem manuseava uma faca de mesa.

— Estou pronta.

— Pronta pra jantar. — Dimitria riu, ajustando seus dedos e girando a adaga nas mãos delicadas.

— Sempre garanta que a lâmina esteja virada pra longe de você. Segure o cabo e deixe o polegar livre. Assim.

— Parece estranho.

— Parece, mas você vai pegar logo o jeito. Eu acho bom começarmos com a adaga, por ser a arma mais fácil de você esconder nas suas roupas. E a mais discreta, também. Mas lutar com uma adaga exige proximidade, e você precisa ser esperta.

— Meio caminho andado.

Dimitria sorria enquanto guiava o corpo dela.

— Este braço — Dimitria segurou o braço livre de Aurora, levando-o à altura do rosto da loira — vai proteger seu rosto e pescoço. Tente não baixar a guarda.

— Mas... e meu braço? Eu gosto desse braço.

— Melhor o braço do que aqui. — Dimitria tocou a bochecha de Aurora com a ponta dos dedos, deslizando-os até a lateral do pescoço dela. — Ou aqui.

O corpo de Aurora pareceu tensionar levemente. Dimitria reprimiu um sorriso, e continuou.

— O seu objetivo é sair viva de um encontro potencialmente letal. Não é matar seu oponente, e sim distraí-lo por tempo suficiente para que você possa fugir. E qualquer oponente vai estar preocupado com o seu pescoço, então sua melhor aposta é tentar ir pelos flancos. Assim que você tiver uma chance, deve atacar.

— Entendi.

— Agora, me dê a adaga.

Dimitria apanhou um galho do chão, partindo-o em dois e dando um pedaço para Aurora. Ela trocou a arma pelo pedaço de madeira, e enfiou-a novamente em sua bainha enquanto assumia posição de combate; braço erguido na frente do rosto, pés ligeiramente afastados. Aurora espelhou sua postura.

— Caso alguém te ataque, não pare de se mover. Troque o peso do corpo de um pé para o outro, assim. — Dimitria demonstrou, e Aurora repetiu os movimentos. — Quando eu avançar, tente bloquear meu braço.

Dimitria deu alguns passos e fez uma finta para um dos lados, usando o galho como se fosse atingir o rosto de Aurora — mas a loira girou o corpo, rebatendo o movimento de Dimitria com o antebraço. Ela avançou de novo, mais agressiva desta vez. Aurora se esquivou novamente, movendo-se para trás e fechando sua guarda.

Seus movimentos eram duros, mas mais ágeis do que Dimitria esperava. Então ela não era mesmo uma presa inocente, afinal.

Dimitria desacelerou, convidando Aurora a atacá-la, mas ela não arredou o pé, mantendo a postura defensiva. Dimitria aproveitou seu vacilo e avançou novamente, derrubando seu galho com um tapa e segurando-a pela gola da camisa para subjugá-la.

— Te peguei.

Os olhares delas foram como faísca e fogo, encontrando-se imediatamente. A sensação era a mesma que Dimitria sentira antes: intensa, quente, inexplicável. As duas ofegavam baixinho — e, de perto, o cheiro de lírios e jasmim era ainda mais inebriante.

Dimitria a soltou, quebrando o feitiço.

— Foi, hum, muito bom. — Ela pigarreou, subitamente sem graça. — Mas você não tentou me atacar. Por quê?

— Você é rápida. — Aurora também parecia ofegante.

— É minha especialidade. — Dimitria cedeu, sorrindo. — Ainda assim, qualquer pessoa que te atacar vai ser mais experiente que você, então você deve aproveitar qualquer brecha.

— Eu não tinha certeza de que ia conseguir. — Aurora soava defensiva. — Não queria me arriscar.

Dimitria riu, dando de ombros.

— Você luta como quem negocia.

— O que isso quer dizer?

— Quer dizer que eu te observei o dia inteiro, e você é acostumada a pessoas que te bajulam sem que você precise se impor. Mas se alguém te ameaçar... — Dimitria meneou com a cabeça. — Essa abordagem não vai funcionar. — Ela se aproximou de Aurora, fitando-a diretamente. — Não tenha medo de atacar.

Aurora ficou em silêncio, parecendo extremamente interessada em estudar as nuances do galho que segurou alguns minutos antes — e que agora jazia caído no chão. Por um momento, Dimitria temeu ter dito algo errado; por que não conseguia segurar sua maldita língua?

Mas o canto dos lábios de Aurora se curvou em um meio sorriso, e ela concordou, parecendo resignada.

— Meu pai diz que uma dama jamais deve se impor.

— Ser o maior mercador da Romândia não o impede de falar merda.

— Dimitria! — O ultraje e o riso misturaram-se na voz de Aurora enquanto ela gargalhava. — Você tem razão. De fato, eu estou acostumada a não ser contrariada. E, naturalmente, uma tentativa de assassinato seria o oposto disso. — Ela respirou fundo, abaixando-se para pegar o galho. — Vamos de novo.

— Quantas vezes você quiser.

O treino avançava na mesma medida que a tarde, que se espalhava como mel — doce e viscosa. Ainda que fosse rígida e temerosa, Aurora era uma boa aluna: aprendia rápido e fazia as perguntas certas. Mais do que isso: ela era uma boa companhia, do tipo que tornava os silêncios confortáveis. Dimitria se pegou desejando que o tempo desacelerasse, nem que fosse para ela ter mais alguns minutos desfrutando da companhia de Aurora.

Uma coisa era certa: Aurora ainda precisaria de muitos treinos de combate. Por mais que ajustasse seus movimentos, ela não parecia conseguir achar uma brecha para acertar Dimitria.

— Você está quase conseguindo. — Ela tinha perdido a conta de quantas vezes elas tinham feito a mesma dança. Dimitria desenhava um arco ao redor de Aurora, sentindo as pernas protestarem pelo movimento repetido.

Aurora avançou, e Dimitria bloqueou com o braço. A loira levantou o antebraço, pronta para tentar mais uma vez, e Dimitria viu ali sua chance de cravar seu graveto no flanco exposto da garota — mas sua intenção morreu ao som alto de um relincho, que desviou sua concentração.

Pisando em falso, Dimitria perdeu o movimento e escorregou, desabando no chão. O choque em seu rosto se desfez ao ver Aurora curvada sobre si mesma, gargalhando.

— Derrotada por um cavalo! — A loira ofegou, abanando o rosto coberto de gotículas de suor. Alguns fios loiros grudavam na face rosada de Aurora, e Dimitria não pôde evitar admirá-la.

— 55 —

Igor tinha razão. Ela era linda.

Aurora estendeu a mão e ajudou Dimitria a se levantar, e à medida que ela se erguia percebia de onde vinha sua distração: um cavalo Brabantino enorme pateava alegremente o chão de terra. Seu corpanzil reluzia numa pelagem castanha e viçosa, cuja cor clareava para branco na altura das patas peludas. A crina preta emoldurava dois olhos brilhantes e gentis, contrastando com uma faixa creme que corria por seu focinho.

Aurora se aproximou, dando batidinhas amigáveis em seu pescoço.

— Ei, Cometa. — O cavalo espirrou, contente. — Ela é nossa amiga. Tá tudo bem.

— Cometa? — Dimitria se dava bem com a maior parte dos animais (apesar da contradição de seu ofício), desde que estivessem abaixo dela na cadeia alimentar. Ainda assim, tinha uma antipatia por cavalos: seu pai nunca teve tempo de ensiná-la a cavalgar, e ela preferia fazer seus trajetos a pé.

Na sua opinião, não dava pra confiar no que dava na telha de um bicho. Dimitria se aproximou com desconfiança, as mãos firmes nas laterais do corpo.

— Pode fazer carinho, se quiser. — Aurora ofereceu. — Cometa é meu melhor amigo.

— Você tem um gosto peculiar para companhia.

— Não gostou dele? — Algo no tom de voz de Aurora sugeria que era uma pergunta cuja resposta ela levaria para o pessoal.

— Eu não disse isso. É um belo cavalo...

— Mas?

Dimitria mordeu o lábio, sem saber o que dizer. Afinal de contas, o que lhe importava que Aurora soubesse que ela não sabia cavalgar?

— Eu não sei montar.

— Não sabe?

— Nem todo mundo tem um cavalo em casa. — Dimitria sabia que estava sendo defensiva à toa, e suavizou o tom. — Nunca ninguém me ensinou.

— E como você faz com a caça?

— Carona, quando preciso. E eu caminho bastante, também.

Aurora ficou em silêncio por alguns segundos, o olhar oscilando entre Cometa e Dimitria, até que sorriu. Dimitria compreendeu instantaneamente sua intenção.

— Não.

— Ora, não há nada mais justo, não é mesmo? Você me ensina a me defender, e eu te ensino a cavalgar.

— Seu pai está me pagando bem o suficiente, eu te garanto.

Ainda assim, Aurora falava sério. Ela empurrou a caçadora pelas costas em direção a Cometa.

— Não seja boba. Vou me sentir menos inútil assim, e você vai poder caçar melhor. Tenho certeza que a Romândia é pequena para as suas ambições.

Dimitria tentou argumentar, mas era fútil perante a resolução de ferro de Aurora. A verdade é que não era só que ela não sabia cavalgar: cavalos, com seus olhos grandes e profundos, lhe provocavam um certo... medo não era a palavra que ela gostaria de usar, mas era a única que lhe vinha à mente.

Cometa parecia ignorar o evidente desconforto de Dimitria, acompanhando os movimentos de Aurora, que explicava alegremente sobre selas e arreios.

De repente, ela segurou os ombros de Dimitria, virando-a para si.

— A única coisa que você tem que fazer é confiar nele. Cavalos sentem o seu medo, e ficam arredios rapidinho.

— Confiar no cavalo? — Dimitria tentou reprimir o ceticismo em sua voz, sem muito sucesso. — É um bicho.

Como se tivesse entendido, Cometa relinchou, afastando a cabeça enquanto Aurora lutava para mantê-lo no lugar.

— Não é porque ele pensa diferença de você que não pensa. — As palavras dela soavam entre a reprimenda e a diversão. — Vamos, confie em mim. Confie em Cometa. — Sem esperar resposta, Aurora tomou uma das mãos de Dimitria e a apoiou de leve no pescoço do cavalo.

Dimitria conseguia sentir a força bruta do animal, seus músculos movendo-se suavemente à medida que a besta respirava, a calidez suave por baixo da pelagem curta. Ela sentiu o próprio coração vacilar, caindo como que em queda livre — mas sempre que seu orgulho e medo digladiavam entre si, o primeiro acabava vencedor.

Daquela vez não seria diferente.

Dimitria engoliu em seco, avançando os dedos até alcançar o ponto em que a crina do animal crescia em sua cabeça. Ela moveu os dedos ao redor do pelo escuro, sentindo Cometa estabilizar suavemente sua postura.

— No três? — Aurora apoiou a mão direita na cintura dela, guiando seu corpo. — Um, dois...

Dimitria flexionou o braço e forçou todo o peso do corpo para cima, girando o quadril e jogando a perna direita por cima do flanco do cavalo. As mãos de Aurora ajudaram, mas os músculos firmes da caçadora garantiram impulso suficiente para que ela se acomodasse sobre Cometa. Suas mãos tremiam, mas ela apertou os dedos ao redor da crina do cavalo — Aurora não precisava saber que ela estava com medo.

— Olha só! Você monta muito bem.

É o que todas dizem. Dimitria não conseguiu reprimir o pensamento pouco cordial, mas reprimiu o sorriso que ele gerava.

— O que eu faço agora? — Ela balançou as pernas no ar, perdida sem o apoio de uma sela. Montar no pelo parecia pouco seguro, e ela se sentia um pouco tola sob o olhar vigilante de Aurora. A loira avaliou sua postura por alguns segundos e deu de ombros.

— Agora? — De repente, um sorriso malicioso apareceu em seus lábios. — Bom, agora você segura firme.

Sem aviso, Aurora deu um tapa no flanco de Cometa, que respondeu imediatamente ao comando. Dimitria precisou agarrar-se ao pescoço do cavalo à medida que ele o inclinava para a frente num pinote desgovernado, suas pernas fortes galgando a terra.

Ela se agarrou ao animal como se sua vida dependesse daquilo.

Cometa dava uma volta ampla ao redor do campo, e a paisagem era um borrão aos olhos de Dimitria.

De repente, uma curva. Cometa inclinou o peso para dentro da elipse que desenhava com seu trajeto, e Dimitria sentiu o corpo deslizar pelo flanco do cavalo, ainda que tentasse estabelecer um contrapeso ao movimento dele.

A voz de Aurora soou ao longe.

— Confie nele!

— VOCÊ PERDEU O JUÍZO! — Suas palavras foram roubadas pelo vento, mas seu corpo sabia que não tinha tempo a perder. Dimitria contraiu os músculos e ajustou a postura, acompanhando a curva. Num passe de mágica, seu corpo voltou a se endireitar.

Ela agarrou a crina escura com força, puxando-a em direção a si. Cometa reagiu, desacelerando para um leve trotar e voltando a se aproximar de Aurora, que batia palmas de alegria.

— Isso! Você conseguiu! Ah, vamos, não me olhe assim.

Dimitria trazia no rosto uma expressão de ódio.

— Algo me diz que você não está acostumada a não ser a melhor, não é? — Sua doçura tornava suaves as palavras, os olhos, poços límpidos de provocação e culpa em partes iguais.

A caçadora se jogou do cavalo assim que ele desacelerou, as pernas tremendo enquanto ela se afastava de Cometa.

— Você é absolutamente insana. — Ela respirou fundo, a expressão séria. — Eu não sei se quero trabalhar para alguém assim.

— Ah. — Aurora pareceu reconsiderar a brincadeira, subitamente soando tensa. — Eu achei que fosse o melhor jeito de você, sabe, começar a pegar o jeito. — Ela se atrapalhou com as palavras, interrompendo-se quando Dimitria apoiou uma das mãos em seus ombros.

— Pegar o jeito? Algo me diz, princesa, que você queria que eu caísse do cavalo. — O rosto de Aurora assumiu uma coloração rubra sob as sardas. — Ainda assim. Eu estou inteira, não é? Então acho que foi uma boa primeira aula.

— Você achou?

— Talvez eu use essa tática da próxima vez. Vou te vendar e largar no meio da floresta durante a noite, sem nada para se defender além de um graveto e esse cérebro diabólico.

— Acho que eu aprenderia mais rápido.

— Está questionando meus métodos?

— Só providenciando outro ponto de vista.

— O ponto de vista de alguém insano.

— É um avanço, considerando que de manhã você achava que eu era uma presa indefesa.

Dimitria reconheceu um vestígio de ressentimento em suas palavras. É, a manhã poderia ter começado melhor. Ela deixou o olhar se perder no horizonte, alaranjado pelo sol que começava a se pôr. A iminência do inverno se fazia presente, encurtando os dias.

Ela não olhou para Aurora ao falar de novo, mas as palavras saíram como uma torrente.

— Eu não chego perto de um cavalo desde que meu pai morreu. Era uma das coisas que ele pretendia me ensinar antes que... bom. — Ela sempre tratava da morte assim: era apenas um fato. Uma nota de rodapé. — E eu nunca tive vontade de aprender, até hoje.

O vento acariciava o rosto de Dimitria, e ela sentiu Aurora se aproximando.

— Ele morreu quando eu era muito nova. Logo depois da minha mãe. — Seu tom era nítido, leve, o mesmo que ela tinha usado para falar do manuseio de uma adaga. — Meu irmão mal sabia andar. Naquele primeiro inverno, ele chorou de fome todas as noites, até que eu resolvi apanhar o arco do meu pai e caçar um coelho para nós.

Dimitria finalmente fitou Aurora. Sob a luz do entardecer, seus cabelos pareciam fios de ouro.

— Eu costumo assumir que qualquer um é indefeso, e fiz a mesma coisa com você. De agora em diante, não cometerei mais esse erro.

Foi como se uma armadura estivesse sendo tirada do corpo de Aurora. Ela se aproximou de Dimitria, e, mesmo que não se tocassem, havia algo íntimo no olhar que as duas trocaram — uma concordância tácita e mútua, uma resposta a uma pergunta muda.

Por que de repente tudo parecia mais calmo? Mais profundo, como o lago que corria por baixo do gelo.

Aurora parecia saborear o silêncio antes de responder.

— Acho bom. Afinal, eu quase quebrei seu pescoço agora há pouco.

Sua leveza quebrou a camada de gelo, desfazendo o encanto.

— Quebrou meu pescoço? Por favor. — Dimitria riu. — No máximo, criou um trauma que eu vou resolver com álcool e luxúria desenfreada. — Aurora riu. — O quê? É meu jeito de lidar com os traumas!

— Eu sou uma dama, você sabe. Não posso com esse tipo de linguajar.

— Uma dama perfeita para Tristão, não é? — Dimitria sentiu uma leve fisgada no peito ao lembrar da forma com que Tristão tinha cortejado Aurora. Ela não sabia dizer exatamente o porquê, mas sabia que não ia com a cara dele. Nem um pouco.

Não que fosse de sua conta, é lógico.

— Você não precisa se preocupar com Tristão, Dimitria. Primeiro, ele não faz meu tipo.

Ah, tá.

Ela ensaiou uma intervenção, uma piada pronta na ponta da língua, mas, antes que pudesse duvidar de Aurora, a loira continuou.

— E, além disso, eu estou interessada em outra pessoa. — Ela deu de ombros suavemente, evitando o olhar de Dimitria e fitando as próprias unhas com interesse.

— Hum. — O "hum" foi a única coisa que Dimitria conseguiu dizer, subitamente consciente de seu próprio corpo como nunca antes. O nervosismo impulsionou seu humor, e ela se viu ansiosa para preencher o silêncio. — Bom, quer uma dica? Não ensine essa pessoa a cavalgar, tá bem? A menos que a sua técnica de sedução seja ferir permanentemente o cara, não é uma boa ideia...

— Desde que eu não ampute partes essenciais, acho que consigo lidar.

As risadas das duas ecoaram durante o resto do tempo, e suas vozes encheram a tarde que se derramava ao redor delas — doce e dourada.

Capítulo 5

Dimitria não sabia muito bem como, mas teria que falar de Igor uma hora ou outra.

Ela tinha conseguido evitar o assunto nos primeiros dias, especialmente com a desculpa conveniente da agenda lotada de Aurora — e da sua, que agora contemplava aulas de cavalgada. Mas após uma semana no novo emprego, ela sabia que suas desculpas estavam acabando.

Ainda assim, era difícil pensar no irmão quando ela e Aurora estavam se divertindo tanto. Mesmo quando a observava de longe, acompanhando-a solenemente em suas obrigações, havia algo de calmante em estar ao lado de Aurora, poder trocar com ela, de vez em quando, um sorriso furtivo.

Era bom ter uma companhia.

Naquele dia, porém, Aurora parecia ter algo diferente em mente. A garota alcançou Dimitria quando ela atravessava o portão da Winterhaugen, desbravando o frio para mais um dia de trabalho — ou amizade, como a caçadora tinha começado a pensar.

— Ah! Nem feche a porta. Vamos sair! — Aurora estava absolutamente radiante em um vestido de veludo azul, o rosto corado pelo vento gelado. Seus olhos estavam emoldurados por fios soltos do cabelo dourado, cuja maioria estava domada em uma trança. A luz da manhã lhe caía de maneira majestosa, e Dimitria sorriu. — Preciso ir ao boticário.

— Seu desejo é uma ordem. Vamos a pé?

— Não seja boba. — Aurora revirou os olhos, indicando algo que estava atrás de Dimitria. A caçadora se virou, e viu um dos criados trazendo Cometa pela rédea. O cavalo estava devidamente selado, e ela percebeu imediatamente a sela dupla.

— Não, obrigada.

— Andar vai demorar horas, Demi! — Aurora puxou-a pela mão, ignorando seus protestos. A loira estava acostumada a conseguir tudo que queria, hábito evidente na maneira como agia naquela manhã. — A estrada é tranquila, e eu vou conduzir. Não reclame.

— Bom saber que eu tenho escolha.

— Não tem. — Aurora agradeceu ao criado com uma mesura, segurando uma das rédeas com a mão esquerda e, com a direita, acariciando o nariz de Cometa. — Ninguém poderia dizer não ao meu bebê, não é, Cometa?

Era impossível não sorrir.

A loira ajustou o vestido e em um segundo estava em cima do cavalo com um movimento fluido, ajeitando o corpo na sela. Havia espaço suficiente para Dimitria sentar atrás dela — mesmo que as duas fossem ficar bem próximas.

Próximas até demais.

— Algum problema? — Aurora percebeu seu olhar em direção à sela, e foi impressão ou ela estava mesmo corando?

Devia ser o frio.

— Nada além do animal assassino. — Dimitria falou com algum carinho, e, tentando não fazer cerimônia, içou o corpo para cima de Cometa, encaixando-se atrás de Aurora.

Era difícil não notar as curvas das costas dela pressionadas contra o torso de Dimitria, sua temperatura derretendo o frio gélido da manhã.

— 64 —

Ela respirou fundo, focando na sensação do ar inflando seu peito e trazendo um pouco de nitidez para sua mente.

Qualquer coisa para não se demorar no corpo de Aurora, e na sensação que ele causava no seu.

Se a loira passava pelo mesmo desconforto, não demonstrou. Com uma graciosidade nata, ela repuxou as rédeas e Cometa começou a fazer o caminho até o centro da cidade.

As duas cavalgaram em silêncio, que não era de todo desagradável. Era diferente da cacofonia constantemente presente na vida de Aurora, de todas as pessoas que a rodeavam. Dimitria percebeu que a respiração da outra desacelerou, como se Aurora estivesse, também, respirando fundo.

— Relaxando? — Ela estava acostumada a ver Aurora tensa e sempre de prontidão. Era algo novo vê-la daquele jeito.

— Acho que sim. — Aurora deu de ombros, virando o rosto para responder. — É bom fazer o que eu quero, pra variar.

— Ah, sim, o retiro rebelde de todas as garotas ricas de Nurensalem; o boticário.

— Pode rir o quanto quiser. — Aurora sorriu. — Para o passarinho de gaiola, qualquer jardim é uma floresta.

Justo, e não por isso menos triste.

O caminho que ligava Winterhaugen ao centro de Nurensalem era bem-cuidado, o paralelepípedo brilhando como novo à luz do sol relutante. Bóris van Vintermer certamente tinha cuidado disso: era o caminho que ele fazia todo dia para se encontrar com os outros mercadores e influentes da cidade.

Ainda assim, à medida que elas se aproximavam do centro um pouco do caos começou a ganhar espaço. Aqui e ali havia barracas de vendedores de rua, algumas lojas e casas se amontoando ao longo da estrada.

Após vários minutos, elas finalmente alcançaram a praça central. Era como se todos os estabelecimentos de Nurensalem se reunissem em um só pátio redondo, coberto de pedras de paralelepípedo e construções antigas de rocha e madeira.

A mais proeminente delas era a Junta Comunal, de onde o pai de Tristão — Clemente Brandenburgo — liderava a cidade. Um edifício imponente, que se erguia para além dos outros e adornado com bandeiras e estandartes de ouro. Também era lá que Bóris desfiava suas palavras em fortuna.

Mas a praça servia a outros propósitos. Diversos mercadores e comerciantes de Nurensalem tinham as próprias lojas ali — a incluir o boticário que Aurora queria visitar —, e era também ali que acontecia, todo ano, o festival de inverno mais famoso de Nurensalem: o festival das luzes.

Ainda não era hora disso, obviamente, e naquela manhã a praça parecia apenas um conjunto meio sujo de prédios e pessoas. Aurora desacelerou Cometa e parou ao lado de outros cavalos, que aguardavam pacientemente enquanto seus donos cuidavam de seus negócios.

Mais do que um pouco triste por ter que se afastar de Aurora, Dimitria desceu de Cometa e alongou as costas, rígidas pela tensão da cavalgada. Ela estendeu a mão, ajudando a loira a descer.

— Muito generoso de sua parte.

— É por você ter segurado seus impulsos assassinos no Cometa, hoje.

Aurora revirou os olhos, mas sorria.

As duas caminharam pela extensão da praça até se aproximarem de uma loja mirrada, vizinha à Junta Comunal, suas vitrines de madeira protuberantes como olhos desgastados. Frascos e jarros cheios de coisas que Dimitria não sabia nomear recheavam as vitrines, e Aurora puxou um ramo de lavanda do cesto que ficava próximo à porta.

— Bom, vou começar com esses. Você se importa de me esperar um pouco? A loja é meio caótica.

Dimitria acenou com a cabeça, acompanhando-a com os olhos quando a figura de Aurora sumiu para dentro da loja.

A praça estava movimentada mesmo apesar do horário, e Dimitria se divertia observando as figuras — conhecidas e desconhecidas —

caminhando por ela, em busca do que quer que fossem seus desejos. Assim que o inverno começasse de verdade, a praça se transformaria completamente para receber o Festival das Luzes — quando a cidade celebraria a aurora boreal e pediria a ela bênção e fortuna.

Era uma superstição, lógico, remanescente das crendices de fazendeiros e locais.

Mesmo Igor, que fazia da magia seu ofício, diria que era ingênuo crer que os encantamentos só funcionavam por causa da força que vinha do céu, especialmente durante as noites de inverno. Ainda assim, Dimitria não recusava uma boa festa: a praça era certamente mais interessante quando havia movimento e bebida à vontade.

Mas, naquela manhã, a praça não estava exatamente pacata. A porta do edifício da Junta Comunal se abriu com um estrondo, e por ela saíram dois homens que, juntos, concentravam em si boa parte do poder da Romândia: Bóris van Vintermer e o chefe da junta, Clemente Brandenburgo.

Embora não fosse mais tão bonito quanto fora na juventude, Clemente ainda era uma figura imponente. Seus poucos cabelos loiros estavam penteados para trás, meticulosamente arrumados, e os olhos gelados e azuis eram iguais aos de Tristão. Mas, naquela manhã, era óbvio que ele não estava feliz.

— Eu preciso encontrar o meu filho, Bóris. — Ele falava alto o suficiente para que Dimitria ouvisse, e ela não conseguiu disfarçar seu interesse.

— Não se preocupe, Clemente, eu vou colocar minha melhor pessoa para trabalhar no caso. — Era óbvio que Bóris faria de tudo para agradar o líder da cidade. Como se a estivesse procurando, seu olhar encontrou Dimitria, que acenou, sem jeito. — Ah! E falando no diabo. Coromandel, um minuto, sim?

Lógico. Mais um pedido especial de Bóris van Vintermer

Ela se aproximou dos dois, fazendo um pequeno aceno a Clemente Brandenburgo.

— 67 —

— Estou acompanhando Aurora a uma visita ao boticário. — Ela acenou na direção da loja, à guisa de explicação.

— Coromandel é a nova guarda-costas de Aurora, Clemente. A melhor no ramo! Você deve ter ouvido o que ela fez com o urso que quase matou o cavalo da minha filha.

Clemente não parecia muito impressionado.

— Não imagino que meu filho tenha sido levado por um urso, senhorita...

— Dimitria. — Ela ofereceu, estendendo a mão. — E o que aconteceu com Tristão?

— Essa é uma excelente pergunta. O que é que aconteceu com Tristão... — Em uma frase, Dimitria pôde perceber que Clemente não gostava muito do filho. Havia desdém evidente em suas palavras. — Ele está desaparecido desde ontem à noite. Disse que ia sair para ver não sei o quê com Solomar, e não voltou para a casa. Eu o esperava numa reunião dos mercadores e ele não apareceu.

— Solomar? — Dimitria ergueu a sobrancelha. Tristão nunca lhe parecera o tipo interessado por magia, mas todo mundo tinha uma necessidade vez ou outra. Fosse para consertar um membro quebrado ou encomendar equipamentos mágicos: a magia era uma ferramenta poderosa, e Solomar era o mago local.

— Meu filho coloca certas coisas na cabeça que... — Clemente respirou fundo, mudando de ideia. — Não me importa onde ele foi. O que importa é que ele não está onde eu preciso dele, para variar. Eu juro por Deus, se não fosse pelos netos que ele vai me dar...

— Você tentou ir até o ateliê de Solomar? — Naturalmente, Dimitria sabia onde era: Igor estava pleiteando seu cargo de aprendiz e ia diariamente até o ateliê. — Se ele disse que foi pra lá...

— É óbvio que já. — Clemente tinha o mesmo tom cortante que o filho. — Solomar disse que os assuntos que trata com seus clientes são confidenciais. Ele nem mesmo quis me dizer se Tristão apareceu por lá. Pareceu achar graça.

Dimitria reprimiu um sorriso. *Ele gostou de te dizer isso.*

— Coromandel, será que você...

— Pode deixar comigo, senhor Van Vintermer. Eu conheço alguém que trabalha lá.

— Trabalha onde? — Aurora tinha saído da loja, aparentemente, e se aproximou do grupo com os braços carregados de alfazema. O cheiro se misturava ao seu perfume, distraindo Dimitria por um momento. — Espero que você não esteja alugando a minha chefe da guarda, papai.

— Querida Aurora. — A postura de Clemente mudou imediatamente; ele agora era o político, e fez uma mesura exagerada. — Nada com que você precise se preocupar.

— Eu insisto, Clemente.

— Eu te explico no caminho. — Dimitria girou nos calcanhares, mas Bóris fez menção de interrompê-la.

— Não precisa levar Aurora, Coromandel, pode deixar que...

— Eu vou com ela, papai. — Aurora não estava pedindo. — Tenho certeza de que Tristão vai ficar feliz em me ver.

Bóris assentiu, resignado. Aparentemente, até ele sabia que contrariar a filha era uma má ideia.

*   *   *

O ateliê de Solomar ficava a alguns minutos de cavalgada da praça central, e em pouco tempo as duas estavam em frente à imponente casa de madeira. Dimitria olhou ao redor, procurando pelo irmão: talvez aquela fosse uma boa chance de apresentá-lo a Aurora, não é?

Eu não quero.

Era difícil entender por que havia uma parte sua que resistia tanto àquilo, mas Dimitria afastou-a como a um inseto. Talvez fosse medo de que seu irmão fosse rejeitado, ou um pouco de ciúmes — de Igor, é lógico. Ela não gostava de pensar em ter que dividi-lo com ninguém, e isso era normal. Certo?

— 69 —

Ela não tinha a resposta para essa pergunta.

— Pra onde acha que Tristão foi?

— Provavelmente ele se perdeu vindo até aqui. É difícil caminhar sozinho sem ter um lacaio que te leve numa liteira.

— Dimitria. — Aurora a repreendeu. — Ele está sumido. Pode estar em perigo.

A verdade era que, pela experiência de Dimitria, a maior parte dos casos de "desaparecimento" masculino geralmente era resolvida com uma boa olhada nas camas de outras mulheres. Não que ela quisesse que Aurora se desapontasse com seu possível pretendente, mas não lhe surpreenderia se elas encontrassem Tristão se enroscando com uma plebeia "qualquer". Afinal, se até Aurora estava interessada em um alguém secreto...

Não que interessasse a Dimitria, é lógico. Era uma curiosidade.

— Eu sei. Vamos salvar Tristão, venha.

Em vez de bater na porta da frente, Dimitria desviou pela lateral da casa, levando Aurora consigo. Ela já havia caminhado com Igor até ali, todas as vezes que ele viera pedir ajuda ou fazer algum encantamento com Solomar.

A bem da verdade, Dimitria não gostava muito de Solomar. Quando sua mãe era viva, costumava ser a maga mais requisitada da região — especialmente em razão de seu talento com magias de cura. Quando ela morreu, corriam às más línguas que Solomar havia comemorado o aumento em seus negócios, e Dimitria nunca tinha conseguido perdoá--lo por isso.

Ainda assim, era bom que Igor estudasse ali: com o talento dele, muito em breve passaria Solomar. O mago mais velho ensinava um grupo de aprendizes, que faziam as tarefas práticas dos encantamentos e rituais e observavam de perto os ossos do ofício. Eles passavam seus dias ali, no ateliê — e ao dobrar a esquina da casa, Dimitria viu alguns deles trabalhando pelo pátio; Igor entre eles.

Dimitria acenou para o irmão, que limpou as mãos nas vestes escuras e se aproximou, sorrindo — mas o sorriso dele congelou quando percebeu que a irmã estava acompanhada por Aurora.

— Gui! — Ela chamou, feliz. Os ciúmes que tinha sentido alguns minutos antes se dissiparam ante a presença do irmão; era difícil prestar atenção em um sentimento tão pequeno quando via estampado na expressão dele o quanto ele gostava de Aurora. Igor parecia um garoto, subitamente bem mais novo do que seus vinte anos. — Quero que conheça uma pessoa. Esse aqui é o Igor.

Aurora fez uma pequena mesura, sorrindo.

— Você deve ser irmão da Demi. Vocês são iguaizinhos. Prazer em conhecê-lo, Igor.

Pela própria confissão de Igor, Aurora e ele haviam trocado algumas palavras, mas fazia sentido que Aurora nem ao menos soubesse seu nome. Ainda assim, Dimitria sentiu o coração fisgar pela maneira doce com que ela sorria para ele, seus olhos claros brilhando à luz do sol. Aurora era gentil sem fazer esforço.

Mas por mais gentil que ela fosse, foi como se Igor tivesse perdido completamente a habilidade da fala. Ele abriu e fechou a boca como um peixe, estendendo o silêncio.

— Igor? — Dimitria incentivou, baixinho. — Esta é Aurora.

De repente ele respondeu, a voz vários tons acima do volume — e timbre — normais.

— PRAZER EM CONHECÊ-LA. — Igor engoliu em seco, tentando compensar o volume com velocidade. — A gente já se conhece, na verdade, teve uma vez em que você comprou algumas ervas do Solomar no dia em que caíram na fonte da praça. Não eu. Outra pessoa. Você estava de verde.

Aurora parecia ter sido atingida com uma torrente verbal, e seu sorriso suave parecia congelado em seu rosto.

— Ah, eu não...

— Bonito o seu vestido. Você usou ele outro dia.

— U-usei?

— Não que eu tenha decorado o que você veste, é só que esse é o mais bonito. Digo, todos são bonitos. Mesmo esse. Inclusive esse, quero dizer.

Dimitria se sentiu na obrigação de interromper aquele desastre.

— Na verdade, Gui, a gente veio procurar por Tristão Brandenburgo.

Ela sabia que seu irmão nutria o mesmo desdém que ela por Tristão. Igor franziu a testa.

— O que é que Tristão Brandenburgo viria fazer aqui?

— É exatamente o que eu queria descobrir. Ele não voltou pra casa desde a noite anterior.

— Deve estar perdido na cama de alguém. — Igor deu de ombros, parecendo desinteressado, e Dimitria percebeu que Aurora franzia a testa. — O pai dele apareceu aqui hoje mais cedo, mas Solomar o mandou embora.

— Bom, eu...

Nesse momento, um grito cortou o ar — um som gelado e gutural, de alguém que tinha visto algo terrível.

Dimitria correu em direção ao grito, que vinha do fundo da propriedade de Solomar. A origem do som era uma garota vestida com a mesma túnica de aprendiz que Igor usava, e ela apontava para algo alguns metros além, no campo que ladeava o pátio.

— Tem um corpo ali! — Seus olhos escuros estavam arregalados, e ela se virou em direção aos outros aprendizes que começavam a se aglomerar.

Dimitria se aproximou, a mão apoiada em sua adaga. Um corpo?

Havia mesmo algo ali. Provavelmente ninguém tinha percebido ainda por causa da névoa da manhã, que se dissipava aos poucos, mas que cada vez mais concentrava-se próximo ao chão.

Dimitria deu alguns passos adiante, aproximando-se da massa que jazia caída ao lado de uma macieira, e seus olhos logo reconheceram um corpo envolto por uma pesada capa de veludo.

Ela não precisou se aproximar muito mais para reconhecer, bordado no tecido, o brasão dos Brandenburgo.

— Para trás. — Dimitria impediu a passagem dos outros aprendizes e de Aurora, ajoelhando-se ao lado do corpo e puxando a capa para revelar o rosto; sem surpresa, reconheceu Tristão. Sua pele estava coberta de arranhões profundos e vermelhos, os ferimentos frescos de alguém que tinha acabado de passar por um encontro violento.

Ele estava sujo de lama e sangue, mas, apesar dos cortes no rosto e pescoço, parecia intacto. Dimitria notou que seu peito subia e descia em um resfolegar lento, e respirou aliviada. Pelo menos ele não estava morto — Clemente Brandenburgo não ficaria mais feliz com o filho em morte do que em vida, ela tinha certeza.

— Demi. É Tristão? — Aurora falava cautelosamente, a uma certa distância, e Dimitria acenou com a cabeça.

— Ele está vivo. Talvez acorde com uma dor de cabeça daquelas, depois de uma noite nada fácil. Mas está vivo.

Dimitria sentiu que Igor se ajoelhava ao seu lado, os olhos fixos em Tristão.

— O que raios atacou ele?

— Boa pergunta. — Dimitria baixou o tom de voz, para que ninguém ouvisse. — E o que foi aquilo com Aurora?

Igor corou furiosamente.

— Você me pegou de surpresa. Eu não achei que ela fosse aparecer aqui.

— É lógico.

— Olha, me dá uma trégua. Da próxima vez eu vou agir melhor.

— Não sei se vai ter próxima vez com essa performance lastimável.

Foi então que, no chão, Tristão grunhiu. A briga teria que ficar para outra hora. Dimitria inalou o ar gelado pelo nariz, erguendo a mão e desferindo um tapa certeiro na cara de Brandenburgo.

Ela jamais admitiria, mas era uma sensação agradável.

— 73 —

O golpe surtiu efeito imediato, e Tristão se ergueu do chão num solavanco — mas antes que Dimitria pudesse dizer algo, ele avançou em direção a Igor, suas mãos ao redor do pescoço do mago.

— AARRREEEEEE!

Tristão parecia um animal, e contra seu porte atlético Igor não tinha chance.

Dimitria se jogou sobre Brandenburgo, tentando tirá-lo de cima do irmão, mas os músculos de Tristão pareciam impulsionados por uma força sobrenatural, e ele mantinha a pressão no pescoço de Igor.

A pele negra de Igor assumia uma coloração roxa e feia, e Dimitria soube que mais alguns segundos apenas seriam o suficiente para matar o irmão.

— CHEGA! — Foi apenas quando a voz de Aurora ecoou na clareira que algo pareceu surtir efeito. Como num estalo, Tristão soltou o pescoço do rapaz, deixando as mãos caírem, flácidas, a seu lado. Ele olhou para Aurora com confusão evidente estampada no rosto.

Igor se desvencilhou de Tristão, arfando, tentando recuperar o fôlego, e Dimitria ergueu o irmão do chão, colérica.

— A gente estava te salvando, seu imbecil! Que merda foi essa?

Tristão não parecia saber o que dizer.

— Eu... eu...

— Você perdeu o juízo?

Foi a vez de Aurora se voltar para Dimitria, indo até ela e segurando-a pelos ombros.

— Demi. Acho que ele não sabia o que estava fazendo.

— Ele ia matar o meu irmão!

— Eu sei. — Os olhos de Aurora se encontraram com os dela, e Dimitria se sentiu imediatamente mais calma. Era impressionante o efeito que a garota causava nela. — E foi muito assustador, mas eu tenho certeza que Tristão estava fora de si. — Ela voltou o olhar para Tristão, cautelosa. — Não é, Tristão?

Brandenburgo acenou vagarosamente, a sombra de confusão ainda em seu semblante.

— Qual é a última coisa de que você se lembra, Tristão? — Aurora indagou, os olhos estreitos, e por um segundo Tristão não respondeu.

— Eu desmaiei. Estava a caminho de casa, e desmaiei.

— E esses arranhões? Vai dizer que são do desmaio. — Dimitria podia até estar mais calma, mas não significava que sua raiva tinha passado; ela ainda borbulhava, como água que acabara de ferver.

— Devem ter acontecido quando caí. — Tristão manteve o olhar fixo nela. — Você me deu um susto quando me acordou, e eu reagi de maneira... inapropriada.

Dimitria não precisava ser uma investigadora para saber que ele estava mentindo — uma mentira deslavada, visto que a casa de Solomar nem ao menos ficava no caminho da mansão dos Brandenburgo. Mas se Aurora percebeu a falsidade nas palavras dele, nada disse.

Tristão se ergueu do chão, afastando a poeira da roupa como se estivesse simplesmente alisando um vinco. Suas luvas brancas, Dimitria reparou, estavam sujas de terra e sangue, mas, antes que ela pudesse olhar com mais cuidado, Tristão removeu ambas e as colocou no bolso.

— Sinto muito que tenha me encontrado dessa maneira, Aurora. — Ele fez uma pequena mesura e Dimitria engoliu o riso de escárnio: ele tinha quase estrangulado Igor, mas as desculpas eram para Aurora? A audácia...

Aurora, porém, não pareceu satisfeita.

— Não é para mim que você deve se desculpar, Tristão. — Ela foi até Igor, que ainda estava encolhido ao lado da macieira, tentando recuperar o ar. Ele tinha os olhos vidrados em Aurora. — Você está bem?

Igor apenas assentiu. Considerando a torrente desconexa de palavras que ele havia vomitado anteriormente, talvez fosse melhor assim.

— Ele está ótimo, ficou só engasgado.

— Engasgado? — Dimitria mal conseguia conter sua vontade de arrebentar a cara de Tristão, mas Aurora interveio.

— Eu espero no mínimo um pedido de desculpas, Brandenburgo. — Seu tom era frio, como o olhar que ela lançava ao loiro.

Ele hesitou por alguns segundos, como se pensasse em dizer algo menos lisonjeiro.

Até que deu um meio sorriso, contrariado.

— Você tem razão. É o jeito que um nobre deve se comportar. — Revirando os olhos, ele se voltou para Igor, o olhar de quem estava fitando uma criatura desagradável. — Sinto muito se você se sentiu machucado, Coromandel.

— Isso nem ao menos foi uma desculpa!

Tristão continuou, ignorando-a e tirando algumas moedas de uma sacola que levava pendurada no quadril.

— Essa quantia deve bastar... Por seu desconforto. — E pelo silêncio de Igor, evidentemente. Ele fitou as moedas em silêncio; deviam ser pelo menos trinta coroas. Mas Dimitria sentiu a fúria subir-lhe à garganta como bile.

— A gente não quer o seu dinheiro!

— Dimitria. — Eram as primeiras palavras que Igor falava depois do ataque, sua voz ainda rouca. — Está tudo bem.

— Tudo bem? — Dimitria sabia que o irmão preferia evitar conflitos; ela, por sua vez, estava quase desembainhando sua adaga. Não que fosse prudente atacar o filho de Clemente Brandenburgo, mas, àquela altura, Dimitria pouco se importava com o que era considerado prudente. — Não está nada bem, você podia ter machucado seriamente meu irmão! — Ela inflou o peito para acrescentar mais alguma coisa, mas Igor se aproximou dela e colocou a mão em seu ombro, segurando-a com força.

— Eu disse — ele procurou os olhos da irmã, sério — que está tudo bem.

A tensão pareceu pesar no ar, como uma nuvem carregada. Por um momento, Tristão sustentou o olhar desafiador de Dimitria, com a sombra de um sorriso em seus olhos, e a caçadora sabia exatamente o que ele estava pensando:

Não importa o que eu faça ou deixe de fazer, Coromandel. Não há nada que meu dinheiro não possa comprar, inclusive o seu silêncio.

Mas Aurora também olhava para ela, tensa, e se seus pensamentos eram menos óbvios do que os de Tristão, sua expressão de desconforto era evidente.

Dimitria cruzou os braços, amenizando a postura de ataque.

— Que bom que conseguimos chegar a um acordo, Coromandel. Se é apenas isso...

— Seu pai está te procurando. — Dimitria disse, quase cuspindo as palavras. — Parece que alguém não apareceu pra trabalhar na Junta Comunal hoje cedo... não que você faça muita coisa, não é?

A menção do pai pareceu surtir algum efeito em Tristão; seu rosto empalideceu por trás dos arranhões, e ele engoliu em seco, ajeitando as ondas douradas, desgrenhadas e sujas de terra. Fez pouco para remover as evidências de sua aventura noturna, e mesmo assim continuava bonito.

— Vejo você mais tarde, Aurora.

Ele fez uma mesura educada e saiu em direção à estrada, em passos rápidos.

Em alguns minutos o movimento havia se dissipado — os aprendizes de Solomar tinham se divertido um pouco, e ainda restava trabalho a fazer. Só sobraram Igor, Dimitria e Aurora, e, entre eles, um silêncio pesado.

— Você tem certeza de que está bem? — Dimitria estudou a figura do irmão, sentindo uma fisgada no peito ao perceber as manchas roxas que começavam a se revelar na pele negra de seu pescoço. Ele ainda tremia, e Dimitria não conseguia ver nada além de seu irmãozinho parado ali.

Ainda assim, ele respondeu, a voz firme:

— Com o dinheiro que ele me deu vou poder comprar os ingredientes para o elixir de mira e ainda sobra para vestes novas. Se ser estrangulado é o preço a se pagar para ser rico...

— Trinta coroas não vão te deixar rico. Ele poderia ter te matado.

— 77 —

— Mas não matou — disse Igor, contundente, enfiando as moedas no bolso. — E só um idiota cheio de dinheiro daria trinta coroas para silenciar um reles aprendiz de feiticeiro. É impressionante como o ouro costuma ser inversamente proporcional ao cérebro nesse tipo de gente.

— Aurora pigarreou, aparentemente desconfortável, e Igor percebeu imediatamente o que tinha dito.

— Ah, não, Aurora. Não foi isso que quis dizer. Não de você.

Ela deu um sorriso que Dimitria sabia ser forçado.

— Não se preocupe. Eu estou feliz por você estar bem e por não ter havido nenhuma briga. — O próximo sorriso foi sincero, mas dirigido a Dimitria. — Não ia ser muito agradável precisar tirar a minha chefe da guarda da prisão por matar Tristão Brandenburgo.

— Quem aqui falou em matar? — Dimitria ergueu os braços, na defensiva. — No máximo quebrar uns ossos. Ferir permanentemente.

As duas riram. Em meio às risadas, a tensão parecia dissipar como água, e Dimitria se impressionou com o quão fácil seu coração parecia se aliviar, deixando que o ódio por Tristão fosse embora.

Ela mal percebeu que Igor observava intensamente a interação das duas, e não ria.

— Bom, Demi, foi muito bom ter a sua visita. — Ele olhou incisivamente para Aurora. — Mas eu preciso ir trabalhar. Solomar está sempre dizendo que tem aprendizes demais. — Ele riu, dando de ombros.

Havia nas palavras dele a sombra de alguma outra coisa que Dimitria não conseguiu identificar. Talvez um vestígio de ressentimento?

Mas, como uma brisa, a sensação foi embora. Não, Dimitria conhecia o irmão mais do que qualquer outra pessoa no mundo. Ele devia estar irritado por ter tomado um safanão de Tristão Brandenburgo na frente de Aurora.

— Aventura o suficiente por um dia, Van Vintermer? — Dimitria sorriu para a loira, que pareceu considerar a pergunta.

— E pensar que eu só queria pegar uns ramos de alfazema.

— Te vejo mais tarde, maninho.

Ela sentiu os olhos treinados de Igor fixos nas duas até que elas desaparecessem ao redor da casa de Solomar.

* * *

Dimitria sabia que Aurora estava se segurando para dizer algo.

Talvez fosse na maneira silenciosa com que fizeram a cavalgada até Winterhaugen ou no jeito com que ela de repente respirava, inalando como se prestes a dizer algo, e depois engolia. Dimitria estava passando tempo suficiente com ela para começar a entender seus maneirismos, seu comportamento por vezes arredio.

De repente Aurora puxou as rédeas de Cometa para si, interrompendo os passos do animal.

— Se importa se eu fizer uma pergunta?

Sentada na sela atrás de Aurora, Dimitria não conseguia ver seu rosto — mas podia sentir o corpo dela contra o seu, absolutamente imóvel. Ninguém anunciava a intenção de fazer uma pergunta banal; se fosse algo qualquer, Aurora teria simplesmente perguntado.

— Além dessa?

Aurora riu.

— Além dessa.

— Sou um livro aberto, princesa. — Considerando o quanto Dimitria estava precisando conscientemente ignorar a proximidade com Aurora, aquilo não era exatamente verdade. — O que você quer saber?

— O que aconteceu com seu irmão?

Dimitria soube que ela não estava perguntando da cena que as duas tinham acabado de presenciar; ao contrário, ela estava tentando entender de onde vinha o comportamento evidentemente estranho de Igor. Ela hesitou antes de responder; não podia dizer com todas as letras que ele estava obviamente aos pés de Aurora e não sabia ao certo como se comportar perto dela, não é?

Ela podia mentir, lógico, mas havia algo em si que rejeitava a ideia. Mentir para Aurora parecia errado, e a verdade seria um punhal nas costas de seu irmão.

Mas havia uma parte da verdade que ela podia contar.

— Quando a gente era criança, Igor era grudado na minha mãe. Ela era uma maga muito talentosa, sabe.

Falar de Hipátia era difícil, não porque doía (Dimitria tinha enterrado essa dor bem fundo), mas porque ela mal conseguia se lembrar do rosto da mãe. Ela se lembrava de seu cheiro de lavanda, de sua risada alta e escandalosa, de seus dedos cheios de calos. Mas o rosto parecia perdido na memória, desfazendo-se a cada ano que passava.

E tinha Denali, que sempre vinha em sua mente quando lembrava-se de Hipátia — mas Dimitria não gostava de pensar em Denali.

Ela voltou a falar de Igor.

— Era sempre assim em casa; meu pai e eu de um lado, Igor e ela, de outro. Quando ela morreu, bom, ele era muito pequeno, então não entendeu muito bem o que havia acontecido. Ele acordava durante a noite para me perguntar quando ela iria voltar.

Era difícil esquecer a imagem do garotinho atarracado, sentado do lado de fora da cabana mesmo nas noites de inverno.

— Eu sinto muito, Demi. — Aurora tirou uma das mãos das rédeas e, girando o corpo suavemente, alcançou os dedos de Dimitria, apertando-os de leve. Um nó pareceu se formar na garganta da caçadora, e ela o engoliu.

— Faz muito tempo. Mas eu acho que isso fez com que Igor ficasse meio com medo de mulheres no geral, sabe? Ele é uma boa pessoa. Só um pouco esquisito. — Uma sombra de remorso surgiu na mente de Dimitria. — Mas esquisito de um jeito bom. Ele é um mago muito talentoso, tenho certeza que em breve Solomar vai promovê-lo. E também é muito inteligente. É Igor quem faz todas as minhas armas. Ele as encanta para que nunca percam a mira.

— Ei. — Aurora a interrompeu com um meio sorriso. — Não precisa me convencer a gostar do seu irmão, está bem? Você gosta dele, é o suficiente pra mim. Eu vejo o quanto ele é importante pra você.

Era impressão sua, ou seu coração tinha acabado de acelerar?

— Cuidar dele tem sido minha maior responsabilidade nos últimos treze anos. Depois que ficamos órfãos, ele não tinha ninguém. Precisei ser forte por nós dois.

Aurora ficou em silêncio por alguns segundos antes de responder.

— Quantos anos você tinha?

— Oito.

— Eu não consigo imaginar o quanto foi difícil pra você.

Foi a vez de Dimitria ficar em silêncio. Ela nunca tinha parado para pensar naquilo, na verdade: cuidar do irmão era sua maior prioridade na vida. Ser forte nunca foi uma opção: era o único caminho da sobrevivência.

Por um momento, ela sentiu o peito fisgar ao imaginar a criança que um dia tinha sido: oito anos, mas carregando um mundo nas costas.

Ela afastou o pensamento.

— Como eu disse, o álcool e boa companhia são minhas armas para lidar com o trauma. — Ela riu, mas Aurora não a acompanhou. Dimitria não sabia se comportar sob a observação silenciosa da outra; o humor era um território muito mais confortável. Mas Aurora não parecia disposta a ceder.

— Se vale de alguma coisa, eu acho que Igor não sabe a sorte que tem por ter você em sua vida. — O coração de Dimitria continuava batendo forte, pressionando seu peito. — Assim como eu.

Aurora voltou a bater as rédeas contra Cometa, seguindo o percurso para Winterhaugen. Durante todo o trajeto, as duas permaneceram em silêncio; mas havia algo por trás da ausência de palavras.

Algo que Dimitria não sabia nomear, mas que se assemelhava muito com amizade.

Capítulo 6

Havia algo de errado com Igor.

Dimitria não sabia dizer exatamente o quê — e isso, por si só, a incomodava. Há tanto tempo eram apenas os dois, unha e carne, que ela tinha desenvolvido até mesmo a habilidade de prever com exatidão as coisas que afetavam seu humor. Igor não era somente seu irmão; era uma extensão de sua vida.

Ela sabia qual era sua comida preferida (torta de hadoque defumado), quais eram seus medos (trovões, embora gostasse da chuva), seus talentos (rituais mágicos) e falta deles (feitiços de dissimulação). Sabia que, quando pequeno, ele tinha a língua presa — e a zombaria foi tamanha que por anos ele evitou enunciar as palavras no plural.

Então como é que, de repente, ele parecia um livro fechado?

A primeira semana de Dimitria na mansão dos Van Vintermer não foi fácil, obviamente. Depois do encontro desastroso no pátio de Solomar, Igor tinha pedido que a irmã esperasse um pouco mais antes de colocá-lo frente a frente com Aurora; sem dúvida Igor ainda não estava pronto para um encontro direto em que pudesse mostrar todo o seu potencial.

Era um pedido que Dimitria respeitava, mas não entendia direito as coisas entre ela e Aurora eram tão fáceis que parecia difícil crer que Igor precisasse de alguma preparação. De mais a mais, ele estava ocupado como nunca: o trabalho com Solomar lhe consumia todo o tempo, e quanto mais ele acompanhava o mago em visitas a povoados vizinhos, menos Dimitria o via.

Um mês tinha se passado, e Igor ainda não se sentia pronto para um encontro. Em vez disso, ele pedia que Dimitria falasse dele para Aurora, contasse as histórias de seu talento mágico e de sua personalidade.

Do ponto de vista de Dimitria, aquilo parecia tolo, e, na verdade, ela também andava ocupada, tanto quanto Igor. Aos poucos, Dimitria foi achando justificativas para nunca falar do irmão para Aurora, e as distribuía diligentemente nas vezes em que Igor perguntava: *Aurora estava ocupada com aulas de pintura. Eu fiquei com Astra o dia inteiro*, era a próxima desculpa, *mas amanhã, eu prometo, falarei*.

As promessas eram tão frequentes quanto vazias, e, aos poucos, as suspeitas do irmão foram eclipsando sua inocência — pois da mesma maneira que Dimitria sabia tudo que havia para saber sobre Igor, o oposto também era verdadeiro.

Dimitria evitava, mas toda vez que Igor fazia a pergunta ela queria responder a mesma coisa: *eu não posso ser charmosa por você. Você não vai conquistar Aurora de bandeja, ela é mais inteligente que isso*.

Isso era verdade, lógico, ainda mais frente ao comportamento de Igor quando viu Aurora pela primeira vez. Mas havia outro motivo para que Dimitria não quisesse falar do irmão, um motivo no qual ela não gostava muito de pensar. Quanto mais a amizade com Aurora se desenvolvia, menos ela tinha vontade de falar de Igor — ou de qualquer outro possível interesse romântico para Aurora, na verdade.

Havia também a pessoa misteriosa pela qual a loira estava interessada; outro assunto no qual Dimitria preferia não pensar.

As semanas avançaram e aos poucos Igor não perguntava mais. Suas perguntas tinham sido silenciadas, não porque ele tinha se dado por satisfeito — Dimitria sabia que ele era teimoso demais para isso. O que ela não sabia, ou pelo menos escolhia não encarar, era o motivo pelo qual o irmão de repente tinha se tornado uma incógnita.

Ela contemplava o assunto naquela noite, quando sua cabeça descansava no travesseiro e os olhos passeavam pelo teto da pequena cabana. Tinha sido assim durante as últimas semanas: era apenas na calada da noite, quando o dia havia se coberto para dormir, que Dimitria conseguia ficar frente a frente com sua culpa.

Ela sabia que Igor gostava de Aurora — mais do que isso, sabia que ele colocava todas as suas esperanças em Dimitria. E, dia após dia, ela o desapontava.

Se ao menos ele topasse um segundo encontro. Você precisa vender o peixe dele.

Por que eu tenho que fazer isso? Eu nem ao menos vendo peixe. Você é a irmã dele.

Tenho que protegê-lo. Aurora jamais se misturaria com alguém da minha, quer dizer, da nossa laia.

Dimitria deixou sua voz interior acalmá-la, acalentar sua mente inquieta para conseguir dormir. Mas havia outro problema, quase tão grande quanto Igor: ela sabia que assim que tentasse dormir, seria inevitável encontrar os olhos de Aurora, verdes como a grama, tão intensos e acesos em seus sonhos. Nos últimos dias, Aurora parecia ter feito morada em sua mente, e nem ao menos pagava aluguel.

É por causa de Igor, é lógico. Estou preocupada com ele

Preocupada, e nada além disso. Preocupada com o irmão e, ao mesmo tempo, obcecada pela garota de cabelos loiros, que caíam em ondas perfeitas de trigo e pôr do sol em sua pele marcada de sardas, como respingos de tinta espalhados por seu pescoço e colo...

Dimitria levantou-se da cama. Não havia sentido em dormir, não quando sua cabeça estava tão... preocupada.

Seus passos leves a levaram à cozinha, e Dimitria abriu a janela, deixando que o ar frio da noite esfriasse seu corpo. Apesar de serem os primeiros dias do inverno, ela suava, mas a brisa providenciava um respiro agradável. Ela deixou seu olhar se perder na floresta à frente, que se estendia para além da cabana, uma massa escura e disforme sob o manto de estrelas que pontilhava o céu.

Em seu cansaço, todas as estrelas eram os olhos de Aurora.

— Merda.

É lógico, Dimitria sabia o que estava acontecendo. Mas aquilo não podia estar acontecendo, não daquele jeito.

Primeiro de tudo, era ridículo: ela conhecia Aurora havia um mês. Estava sendo paga pra acompanhar a garota em tudo quanto era função, e só isso. Se as duas tinham desenvolvido uma relação amigável, isso não era motivo para Dimitria ficar suspirando pelos cantos.

Além do mais, geralmente eram *as garotas* que suspiravam por ela, e não o contrário.

— Em que merda eu fui me meter?

— Pesadelos com cavalos? — Antes que Igor pudesse concluir a frase, Dimitria tinha sua adaga (a qual levava consigo mesmo em trajes de dormir) apontada diretamente para sua garganta; ela a embainhou quando reconheceu o rosto magro do irmão.

— Igor. Você me assustou.

— Porque falei de cavalos? — Ele arqueou uma sobrancelha.

Ela riu, a contragosto. Mais uma evidência de que o irmão a conhecia bem.

— O que você faz acordado?

— Te pergunto a mesma coisa. — Igor puxou uma garrafa de chá que jazia na mesa ao lado dos dois e serviu duas canecas. Ele entregou um a Dimitria, que bebeu à guisa de resposta, desviando o olhar para o céu. O chá fumegava em espirais suaves que se desfaziam no ar.

— As luzes vão vir em breve. — O irmão apontou as estrelas, lendo-as como a uma língua que só ele conhecia. Dimitria sabia que ele tinha razão; a noite estava fria como um cristal de gelo, quieta como se à espera de algo. — Está vendo Andrômeda ali? Ela geralmente aparece alguns dias antes da aurora.

— Quem falou de Aurora? — Dimitria sentiu seu rosto queimar, e ficou grata pelo chá quente e pelo escuro da noite. — Aurora boreal, você quer dizer.

Igor respirou fundo, seu hálito condensando na frente do rosto.

— Ao menos um de nós é capaz de falar dela, Demi. — Ele apoiou a mão no braço de Dimitria, e ela encontrou seus olhos; um erro, percebeu, pois havia tristeza real neles. A mesma tristeza que ela evitava fazia dias, tristeza que ela sabia ser sua culpa. — Você não falou de mim para ela.

Não era uma pergunta.

Dimitria bebeu mais um gole de chá para adiar sua resposta, a culpa aninhada em seu estômago como um gato.

— Não, Gui. Não falei. Mas...

— Demi. — Igor bateu a própria caneca de chá na mesa com mais força que o normal, e Dimitria percebeu que ele estava à beira das lágrimas. — Solomar me mandou embora. Um mês de trabalho, e ele disse pra todo mundo ir passear, que ele não tinha condição de ficar ensinando a todos nós.

O rosto de Igor era uma careta feia e desolada.

— Como assim?

— Ele escolheu a aprendiz dele. *"A mais talentosa do grupo"*. — Ele riu com escárnio. — Uma tal de Isadora Oleandro. Os feitiços dela são bem-feitos, lógico, mas eu achei que eu tinha uma chance. Aparentemente, foi uma desculpa para ele se aproveitar de nós por um mês. Eu tinha comprado todo o uniforme. Sou um idiota.

As lágrimas finalmente deslizaram pelo rosto dele, e Dimitria sentiu o amargor escondido nelas. Ela sabia o quanto Igor tinha se esforçado por Solomar.

— Aquele babaca não sabe o que deixou passar! — Dimitria repousou a caneca na mesa, segurando o irmão pelos ombros. — Vamos falar com ele amanhã. Você leva as armas que fez para mim, Solomar vai ver a qualidade...

— Não, Demi, me escuta! — Igor se afastou dela, exasperado, batendo as mãos na mesa. — Ele tem razão. Eu não passo de um ensaio patético de mago, e é por isso que você não quer falar de mim para Aurora, não é? — Os olhos dele brilhavam de mágoa, tão eficazes quanto uma faca no coração de Dimitria. — Você também me acha fraco e incapaz. Eu sei que você acha.

Os soluços dele eram suaves, como a maré de um oceano profundo.

— Gui... — Dimitria apertou as mãos, sem saber o que dizer. Emoções não eram algo ao qual ela estava acostumada, mas ela conhecia bem aquela sensação mista de ultraje e tristeza. Igor podia ser um homem, mas vê-lo chorar era o suficiente para transformá-lo em um menino novamente.

Ele era seu irmão. Ela encurtou a distância entre os dois e o envolveu em um abraço firme

— Você *não é fraco*. Ouviu bem? — Sua voz era feroz, desesperada. — Você é forte para cacete. E inteligente. E um mago absolutamente fantástico. Eu teria morrido mais de cem vezes se não fosse a sua habilidade. E se Solomar não foi capaz de reconhecer isso, bom, o problema é dele. Você vai conquistar o que é seu por direito, Gui. Eu sei que vai.

Ela sentiu o corpo de Igor relaxando, e, sem jeito, Dimitria o soltou, procurando seus olhos — os mesmos que, ela sabia, brilhavam no próprio rosto. Eram cortes do mesmo pano, os dois, e ela tinha essa consciência em seu âmago.

Dimitria jamais quereria fazer algo para machucá-lo.

— Eu sei que é o seu trabalho, Demi. Sei que você tem mil coisas para fazer que não envolvem falar sobre mim. E sei que eu preciso criar coragem para encará-la de novo. — As palavras saíram em torrentes ansiosas dos lábios de Igor, atropelando-se em sua ânsia. — E eu sei que não sou digno de alguém como Aurora...

— Calado. Pelo amor do que há de mais sagrado, cale a boca agora ou eu vou te dar um soco. — Dimitria revirou os olhos. — Igor, você precisa parar de falar esse tipo de coisa sobre si mesmo. É tóxico.

— A questão é que eu estou tentando melhorar. — Igor ignorou as palavras dela. — Estou me esforçando. Comprei livros novos, estou estudando mais. Coisas que Solomar jamais imaginaria. Coisas que ele não tem coragem de fazer. Tudo para que eu me torne digno dela.

— Igor, qualquer garota seria sortuda em tê-lo. — Dimitria tentou mais uma vez, e não ficou surpresa quando Igor respondeu.

— Inclusive Aurora?

Por um segundo ela hesitou. Por mais que tentasse, não conseguia imaginar os dois juntos. Mas era o que Igor precisava ouvir.

— Inclusive Aurora.

— Você vai falar com ela, não vai? — Dimitria via, nos olhos do irmão, tristeza e ansiedade; mas havia algo mais ali, um desespero latente, um desafio silencioso.

Eram os olhos do pai. O nome não era a única coisa que Igor dividia com o pai, e Dimitria jamais tinha conseguido dizer não para Igor Galego.

— Sim. Amanhã. — Era uma promessa e Dimitria sabia disso, uma promessa que ela não poderia quebrar. — Falarei sobre você até o dia amanhecer. Até que Aurora implore para que eu me cale, até que ela ordene que cortem minha língua se eu ousar mencionar novamente as palavras "Igor Coromandel"...

— Você está comprometida mesmo. — Ali estava a doçura com a qual Dimitria estava habituada a ver no irmão. A confiança. — Obrigada, minha irmã.

Dimitria deu de ombros, sem saber o que dizer. Naquele momento, ela sabia que faria qualquer coisa para vê-lo feliz — mesmo que isso significasse passar mais uma noite acordada para não ser obrigada a encarar os olhos verdes que ela sabia esperá-la do outro lado de seus sonhos.

— 88 —

* * *

O raiar do dia encontrou Dimitria desperta em sua cama, os olhos quase escondidos por sombras fundas e arroxeadas na pele negra. Era cedo demais para ir à casa dos Van Vintermer, mas ela não conseguiria passar nem mais um segundo deitada — e, de mais a mais, não queria encontrar seu irmão ao sair de casa. Já tinha sido difícil o suficiente conversar na noite anterior.

Ela não precisava de mais uma sessão de culpa, quando sua mente se encarregava disso tão bem.

O cerne do problema era que, após uma noite contemplando sua situação, Dimitria sabia muito bem o porquê de não conseguir imaginar Igor com Aurora. Tinha bem menos a ver com qualquer preocupação pelo irmão, e bem mais com o fato de que Aurora estivera invadindo seus pensamentos de maneiras não exatamente corretas.

A bem da verdade, Dimitria tinha certeza de que sua atração por Aurora era apenas isso: uma chama incandescente que passaria em alguns dias, e a deixaria em paz. Seu coração era leviano e superficial, sempre tinha sido, e assim ela pretendia continuar.

Em outras ocasiões em que tinha se pegado deslumbrada por alguma moça ou moço em suas viagens de caça, Dimitria tinha uma solução nítida: coçar a sarna que ela arranjou e depois desaparecer. Não era bonito, nem elegante, mas geralmente conquistar a pessoa — e levá-la para a cama — era o suficiente para saciar aquela sede específica.

Como ela não podia fazer isso com Aurora — o mero pensamento lhe causava um leve desespero —, precisaria ser mais engenhosa.

Ainda assim, havia algo além de diferente em Aurora — e enquanto Dimitria caminhava em direção à casa dos Van Vintermer, apreciando o ar gelado que lhe recuperava um pouco a cor no rosto mal dormido, ela não conseguia decifrar exatamente o quê.

Mais do que a beleza da garota, era aquele não saber que a encantava e a deixava alucinada. Aurora era o oposto de tudo que geralmente a atraía, salvo por sua aparência exterior. Dimitria geralmente gostava das pessoas ásperas, diretas, cheias de humor e malícia; jamais fora atraída por donzelas em apuros.

A lembrança da primeira aula de duelo das duas lhe veio à mente, e, sem se dar conta, um sorriso surgiu em seus lábios. Não que Aurora fosse exatamente uma donzela em apuros.

Talvez fosse isso, então. Sua doçura escondia um interior diferente e inexplorado. A mesma garota que tinha tudo à disposição também achava tempo para ouvir a história de uma caçadora qualquer, e simpatizar com sua dor de maneira que mais ninguém tinha feito.

Talvez fosse a mesma coisa que atraía cães para pernis assados, fumegantes sobre a mesa: o inalcançável parecia absolutamente delicioso.

— Chega de pensar em Aurora. — Dimitria estava quase chegando na Winterhaugen, e revirou os olhos quando percebeu que falava em voz alta. *Ainda por cima isso,* pensou, *falando como uma desavisada no meio da rua.*

Estava tão distraída que mal percebeu o homem prostrado na frente da casa, indo imediatamente de encontro ao tronco másculo e imaculado de — quem mais poderia ser? — Tristão.

— Ei, olha por onde anda! — Ele a empurrou com uma expressão de desgosto, apanhando o buquê de flores que caíra no chão. Era ainda maior que da última vez, os lírios vermelhos cascateando por cima de rosas comicamente imensas.

Dimitria não conseguiu deixar de reparar que as cicatrizes no rosto dele tinham quase desaparecido.

— Que buquê lindo... mas você acha que é grande o suficiente? — Ela zombou, sem conseguir conter seu escárnio. — Ouvi dizer que o que Aurora quer, mesmo, é uma árvore pra colocar na torre dela.

— Não que eu tenha que me explicar pra alguém como você, mas essas são verdadeiras *Hemerocallis fulva de Catalina.* Uma mulher do porte de Aurora vai apreciar o gesto.

Porte. Como se ela fosse um cavalo. Dimitria engoliu o misto conhecido de raiva e bravata que ela tinha começado a associar a Tristão.

— Com ou sem nome em latim, morrerão amanhã. Você não fica cansado de se esforçar tanto? Relaxa, Tris. É uma maratona, não uma corrida.

Tristão não riu.

— Não que uma pessoa como você saiba o que é esforço, não é? — Ele passou os olhos lentamente pelo corpo e roupas de Dimitria, a zombaria evidente. — Dizem que todas as mulheres são flores, mas você está mais pra uma erva daninha.

— As garotas devem amar esse conhecimento todo em botânica, em como você é especialista em se plantar onde não é chamado.

— Ah, Tristão, mais flores! — A voz de Aurora era nítida como a luz da manhã, e Dimitria se virou na direção dela, esquecendo-se por um minuto de Tristão.

Um olhar para a garota foi o suficiente para que Dimitria vacilasse em sua decisão de não pensar nela. Aurora usava um vestido azul que parecia ter sido costurado a partir de fragmentos do céu de inverno, um cinturão castanho marcando sua cintura e fechado em amarrações diagonais. A gola larga de babados mostrava um pedaço de seu colo, e, apesar do tempo frio, os cachos loiros estavam amarrados em um coque.

Aurora era uma manhã de inverno azul e ensolarada, e a insolência de Dimitria frente a Tristão se derreteu.

— Bom dia, Aurora. — Tristão curvou-se numa mesura elegante, de repente transformado de volta em príncipe. Ele estendeu o buquê. — Um pouco de cor para agradar seu dia.

Aurora mal conseguia segurar o buquê de tão grande que ele era; as flores enchiam seus braços quase violentamente. Ainda assim, não havia sequer uma gota de malícia em sua voz quando ela respondeu:

— Muito gentil, Tristão, obrigada. Nem imagino como você conseguiu lírios-vermelhos tão perto do inverno.

Dimitria teve que segurar o revirar de olhos.

— A que devo o presente? — Mesmo que Tristão sempre estivesse rondando, era óbvio que aquele era um buquê especial. Aurora perguntou com calma, mas Dimitria sabia que aquela era uma pergunta válida.

— Eu gostaria de convidá-la para o festival das luzes, Aurora. — Ele lançou um olhar de soslaio a Dimitria, como se desejasse que ela fosse embora. A caçadora cruzou os braços, determinada a nem mesmo se mover. — O astrônomo do meu pai disse que as primeiras luzes devem estar prestes a chegar, e começaremos os preparativos em breve. Se você me desse a honra, adoraria levá-la como meu par.

Aurora ficou em silêncio por alguns segundos, o olhar demorando-se nos lírios-vermelhos. Finalmente, voltou-se para Tristão — e se em seu primeiro olhar Dimitria só tivesse conseguido reparar na beleza de Aurora, agora Dimitria atentou para seus olhos vermelhos, como se ela tivesse chorado.

Ela hesitou, uma tensão não dita sob suas palavras.

— Vou pensar com carinho em seu convite, Tristão.

Não era um "sim", mas Dimitria reparou que também não era um "não". Ainda assim, os olhos de Tristão se acenderam como dois vagalumes.

— Será uma noite inesquecível.

— Eu disse que vou pensar, não que aceito. — Aurora riu, tensa, mas o estrago estava feito: Tristão puxou a mão dela (quase derrubando o buquê) e lhe plantou um beijo no dorso.

— Os pensamentos de uma mulher são leves e doces como um beija-flor, senhorita, e servem para uma única coisa: deixar homens à sua mercê. Estarei esperando por sua... decisão. — Tristão piscou um olho, como se contasse uma piada, e, a passos confiantes, se afastou.

Aurora estremeceu assim que Tristão sumiu de vista.

— Pensamentos leves e doces como um beija-flor...? Ele escuta o que diz?

— Asqueroso. — Dimitria concordou, solene, mas algo a incomodava. — Não que seja da minha conta, mas você podia simplesmente ter dito não.

Aurora apertou os lábios, sem sorrir.

— Aparentemente eu não sou a única pessoa com opiniões sobre a minha própria vida.

— Eu não quis...

— Meu pai. — Aurora explicou. — Ele viu Tristão da janela, e, bem... — Ela sorriu sem qualquer humor. — Pode imaginar que há poucas coisas que Bóris van Vintermer queira mais do que uma aliança com os Brandenburgo.

Dimitria podia sentir a mesma raiva que a impulsionara com Tristão alguns segundos antes subindo por sua garganta.

— Você é filha dele, não uma mercadoria.

— Ah, Dimitria. — Aurora zombou, jogando o buquê de flores, que caiu com um baque no chão. — Você não sabe que não há qualquer diferença?

* * *

Dimitria mal tivera chance de falar com Aurora — o que não era de todo ruim, pensava ela, enquanto esvaziava as latrinas do estábulo. Se a tarefa não era particularmente agradável, pelo menos era algo concreto em que focar.

Era melhor do que pensar em Aurora, ou em como falar de Igor para Aurora, ou em Aurora indo ao festival das luzes e sendo cortejada pela almofada humana Tristão Brandenburgo.

Realmente, baldes de estrume eram mais convidativos naquele momento.

Por que raios ela se incomodava tanto com o que Aurora fazia ou deixava de fazer? Sim, ela sentia por ela uma leve atração. Algo idiota, mas talvez Dimitria estivesse voltando à adolescência ou algo assim. Sim, ela também se preocupava com Igor, e em como ele se sentiria ao ver Aurora nos braços de Tristão.

O simples pensamento fazia Dimitria ferver de raiva.

Nós somos só amigas. Não é da sua conta. Sim, no último mês as duas tinham estabelecido uma amizade mútua, pautada na curiosidade que uma tinha pela outra. Lógico, Dimitria não conseguia deixar de admirar a doçura impassível de Aurora, seu intelecto tão afiado quanto sua língua. Mas para todos os efeitos, ela ainda era uma estranha — uma linda estranha.

Tristão não é um homem decente pra ela. Não chega aos pés dela.

Seus pensamentos zumbiam por sua mente como abelhas furiosas, enquanto Dimitria arrastava o balde para fora do estábulo.

O idiota não seria capaz de diferenciar a mão esquerda da direita se o pai dele não mandasse.

Ela se sentia tão afoita que era como se alguém a estivesse observando, e a caçadora tentou ignorar a sensação de formigamento em sua nuca. Além de tudo, estava começando a ficar paranoica.

Dimitria jogou o conteúdo do balde no terreno, com mais força do que gostaria — e o balde escapou de suas mãos, batendo com força contra a cerca que ladeava o estábulo.

— Essa merda.

— De fato me parece uma maneira bem literal de descrever; embora não sei se era o que meu pai tinha em mente quando te pediu pra esvaziar as latrinas.

A voz de Aurora provocou-lhe um sobressalto repentino. Dimitria pigarreou, limpando as mãos nas calças e ficando subitamente envergonhada.

— Eu estava acabando por aqui. — A caçadora arrancou as grossas luvas de borracha e jogou-as por cima do balde, dirigindo-se novamente ao estábulo. O céu estava tingido de roxo e cor-de-rosa, o sol se espreguiçando no horizonte.

— Ei. — Aurora foi atrás dela, mas Dimitria fingiu não ouvir, indo até um dos baldes de água limpa e enfiando as mãos, lavando-as com raiva. Embora não se atrevesse a olhar para Aurora, podia sentir os olhos da loira firmemente cravados em suas costas.

— Sei que você desaprova Tristão, Demi. — Maldita diplomacia. Era difícil ignorar Aurora quando ela adotava aquele tom de voz, e o apelido que Igor usava com ela. — Mas minha vida é um jardim perfeitamente cercado. Eu não tenho escolha, entende?

— Há! — Dimitria não conseguiu conter a risada irônica que subiu por sua garganta.

— É muito conveniente isso, não é, não ter escolha? — Ela se virou para Aurora, cujos braços cruzados mostravam uma postura absolutamente defensiva. Dimitria sentiu o impulso de empurrá-la contra a parede, do mesmo modo que faria com uma presa.

— Mas eu não tenho. — Aurora suspirou, a raiva escapando dela como a fumaça de uma fogueira. — Meu pai me chamou hoje para "conversar". Conversar, uma ova. Ele queria me exibir para Clemente Brandenburgo, que convenientemente veio a Winterhaugen para falar de negócios. Eu ouvi o que estavam dizendo. Falavam de casamento! Entre mim e Tristão!

— Casamento? — A palavra provocou em Dimitria uma onda de náusea. — Mas você nem mesmo gosta dele!

— Você não ouviu o que eu disse? Brandenburgo é chefe da junta da Romândia. Se ele tiver ao menos uma razão para odiar meu pai, pode arruinar tudo. Ele é um homem influente, Dimitria.

— Influente ou não, Tristão não é homem pra você! Ele é um asno que adquiriu senciência. Você sabe disso tanto quanto eu.

— Como se importasse... Não importa o que eu pense ou deixe de pensar. — Aurora revirou os olhos, brilhantes e raivosos. — Sou um objeto de decoração naquela casa. Um cavalo premiado!

Dimitria sentiu a frustração subir pela garganta com a simples imagem de Tristão e Aurora se casando. Ela podia imaginar Aurora de vestido branco, os cabelos longos e trançados...

— 95 —

Não.

— Se todo dinheiro do seu pai não te compra liberdade, para que ele serve?

— É exatamente esse o problema! — Aurora gesticulou, impaciente. — Meu pai tem tesouros espalhados pela Romândia. Tem castelos, mansões grandes como essa, e gado e mercadoria. Mas de todos os seus tesouros, poucos são mais rentáveis do que eu.

Dimitria sabia disso em sua mente — era seu coração que custava aceitar.

— Eu sou filha da maior riqueza da Romândia. — Aurora parecia suplicar, como se fazer Dimitria entender pudesse resolver tudo. — Sou garantia de poder e influência a qualquer um que tenha coragem de pedir minha mão a meu pai. E uma promessa do mesmo poder para ele. — Seus olhos verdes brilhavam perigosamente. — Posso espernear o quanto quiser. Posso me trancar na torre mais alta do castelo mais alto. No fim do dia, quem me vende pode decidir o comprador.

Sob a meia-luz do estábulo, as lágrimas de Aurora reluziam como flocos de neve.

— Aurora. — A culpa se espalhou como veneno pelo peito da caçadora. Ela sabia que Aurora tinha razão. Que ficar frustrada era irracional, para dizer o mínimo, e que Aurora precisava muito mais de uma amiga do que alguém que a julgasse. E talvez aí estivesse o problema: Dimitria soube, naquele momento, que não queria ser amiga de Aurora. Se fosse dar ouvido aos seus sonhos, ela sabia exatamente qual era o seu desejo.

Os últimos raios de sol se esgueiravam pelas janelas do estábulo, a luz dourada espalhando-se pelo lugar como se fosse líquida. Sob aquela luz, os cabelos de Aurora pareciam reluzir feito palha transformada em ouro, como naquela história que a mãe de Dimitria costumava contar para ela quando pequena.

Cautelosa, Dimitria deu alguns passos em direção a Aurora. Como quando se aproximava de um cervo na floresta.

— Você sabe que tudo isso, toda essa história que seu pai criou pra você... Essa história é dele. E ele pode te dizer que é isso o que ele quer, ele pode ler as páginas. Mas a única pessoa responsável por escrevê-la é você.

Aurora deu um sorriso fraco.

— Eu nem sei que tipo de história eu quero, Demi. Estou tão acostumada que me digam o que dizer, o que sentir...

Dimitria deu mais um passo, e, de repente, não mais que alguns centímetros de distância as separavam. Ela estendeu a mão para tirar um cacho loiro que caía no rosto de Aurora. Meu Deus, como era linda. Mais de perto, Dimitria conseguia traçar todas as linhas de sua compleição; as curvas suaves, as sardas ruivas.

Mesmo as lágrimas e os olhos vermelhos eram bonitos, parte que completava a pessoa inteira de Aurora. Ela a havia decorado em seus sonhos.

— Você sabe, sim. Você é dona do seu coração, Aurora. Só você.

— Eu não posso fazer o que meu coração quer. — A voz de Aurora tinha se tornado um sussurro, e ela levantou os olhos para encontrar os de Dimitria. Uma pequena voz no fundo da mente da caçadora disse que as duas estavam perto demais, mas ela a ignorou.

— Então finja que é. Se você pudesse fazer o que o seu coração quer... o que você faria? — As palavras de Dimitria pairavam no ar, diáfanas como a luz dourada do entardecer. O ar tinha gosto de mel.

Tinha o mesmo gosto que a boca de Aurora, quando esta impulsionou o corpo para a frente, indo de encontro aos lábios de Dimitria.

Por um momento, foi como se o tempo tivesse parado. Os lábios dela eram macios, suaves e urgentes, pressionados contra os seus como se pedissem licença. Dimitria abriu a boca, criando espaço para que Aurora se acomodasse, e puxou a loira pela cintura. As mãos deslizaram pelo corpo da outra, as curvas que ela tinha imaginado tantas vezes encaixando com precisão em seu abraço.

Aurora espelhou seu encaixe, puxando Dimitria pela nuca e trazendo-a para mais perto de si. A eletricidade se espalhava pelo corpo de Dimitria, unindo-as de modo magnético.

Dimitria havia beijado muitas (muitas) bocas em sua vida. Ela se considerava uma amante habilidosa, e sempre que saía de uma cama era sob protesto de suas — ou seus — ocupantes. Na maior parte das ocasiões, ela sentia que beijos eram batidas educadas em portas que levavam a muito mais, cortesias que ela não fazia tanta questão de observar.

Ela sabia o que os românticos falavam sobre beijos: que, com as pessoas certas, eram como um encontro de almas, um fósforo aceso num palheiro. Até aquele segundo, ela nunca tivera razões para acreditar.

Naquele momento, porém, era como se Aurora tivesse ateado fogo em seu espírito — e ela se incendiava com prazer.

Capítulo 7

Os lábios de Dimitria ainda estavam ardendo quando ela chegou em casa.

Era muito além do horário que ela costumava chegar. As sombras haviam se alongado, e a maior parte do céu vestia um intenso azul escuro, pontilhado de estrelas.

Ela abriu a porta devagar, empurrando a madeira exatamente na parte mais macia para evitar o ranger das tábuas contra a dobradiça. Não era a primeira vez que Dimitria precisava entrar em casa pé ante pé por causa de uma noite longa — mas era a primeira vez em que ela realmente não queria acordar Igor.

Pensar no irmão quase apagava o gosto doce em sua boca: a culpa era amarga, seca e desagradável. Dimitria fechou a porta atrás de si, esperando que a culpa entendesse a deixa e se mantivesse do lado de fora. Em seu íntimo, ela sabia que precisaria lidar com o sentimento mais cedo ou mais tarde — mas era difícil pensar nisso quando a memória de Aurora estava tão fresca, tanto em sua mente quanto em seu corpo.

Ela tinha beijado Aurora — não, Aurora a tinha beijado primeiro. E seus sonhos, a cada dia mais intensos, empalideciam quando expostos à realidade. Dimitria ainda conseguia sentir seu toque suave, seu gosto de figo e, principalmente, de desejo. Um sabor quente e incendiário, que queimava sua boca e entranhas.

Havia tantas coisas que ela queria dizer. Mas tudo se perdera no espaço de uma eternidade comprimida em segundos, quando, após sabe-se lá quanto tempo, Aurora finalmente separou as duas.

— Demi, eu preciso ir... Te vejo amanhã, não é?

Como se, depois daquele beijo, houvesse alguma chance de Dimitria não voltar. O gesto — tão mundano, até então — representava um contrato selado entre as duas, e Dimitria sabia disso. Ela sabia que teria que enfrentá-lo, de um jeito ou de outro.

Eu beijei Aurora. Seu coração batia tão alto que era como se gritasse, anunciando para quem quisesse ouvir o que ela tinha feito. Dimitria conseguia ouvi-lo rugindo em seus ouvidos, o pânico e a felicidade mesclados em batalha. Mil vozes ecoavam em sua mente, acompanhando-a enquanto Dimitria seguia seus movimentos sem pensar.

Ela se despiu do cinto, das armas e das botas, indo até a cozinha. A luz banhava o ambiente, como palco para os pensamentos da caçadora.

Ele é seu irmão.

Foi só um beijo.

Igor é apaixonado por ela, Dimitria. Isso foi uma...

Ele me ama também. Ele vai entender que isso não foi...

Uma traição inominável! Aurora é...

Tão linda, tão...

Imperdoável...

Minha...

— Demi?

Dimitria se virou para encontrar o irmão apoiado no batente da porta da cozinha, com roupas próprias para sair, uma sacola atravessada no peito e uma expressão curiosa. Em meio ao remorso que sentia, Dimitria teve certeza que ele sabia de sua traição.

A culpa era um balde de gelo que apagou o incêndio em que até então ela estava.

— Igor! — Ela engoliu em seco, tentando encontrar as palavras certas: não muitas, nem poucas demais. — Boa tarde. Quer dizer, boa noite. Você saiu? Óbvio que sim. Já está até voltando. Aonde você foi?

Ele sabe? Ele não pode saber. Ele não tem como saber!

Está escrito na sua testa.

Sério? O que tem na minha testa?

Igor franziu a testa, confuso.

— Você está esquisita. — Ele avançou pela cozinha, pegando um copo e enchendo-o de água. — Eu fui até o mercado ver se conseguia trocar alguns livros de magia, agora que não preciso mais dos que Solomar mandou.

— Livros novos? — Dimitria agarrou-se ao assunto como a um salva-vidas. — Mudando de profissão?

O irmão pareceu considerar a pergunta, dando um longo gole no copo de água.

— Mudando de especialidade. — Ele apontou para a sacola que levava ao ombro, que Dimitria percebia agora estar repleta de livros. — Nada que interesse a uma caçadora.

— Vai parar de fazer minhas armas? — Mesmo suas piadas pareciam fora de lugar, como se Dimitria estivesse atuando em uma peça mal escrita.

— Se você continuar trabalhando na Winterhaugen, acho que seus dias de caçadora vão ficar pra trás. — Ele riu, e Dimitria se preparou para a inevitável pergunta. — Falando nisso, como vai Aurora?

Vai bem. Eu a beijei mais cedo e por pouco não arrancamos as roupas uma da outra, mas, tirando isso, ela vai bem.

— Ah. — Dimitria evitou os olhos do irmão, procurando, ao invés disso, se ocupar com qualquer outra coisa, abrindo aleatoriamente os armários da cozinha, como se procurasse por algo. — Você sabe.

Continua loira, bem-nascida e rica. O de sempre. — Ela ouvia sua voz em mais alta do que o normal, meio fora de tom, suas palavras rápidas e erráticas.

Dimitria conseguia sentir os olhos de Igor cravados nela. Após o que parecia um longo tempo, ele finalmente quebrou o silêncio:

— Nem precisa dizer mais nada. Você nem ao menos tentou falar de mim.

Era hora. Ela não conseguiria mentir por mais nenhum segundo. Ela se virou para o irmão, sentindo as bochechas ardendo em brasa apesar do frio do lado de fora.

— Igor, eu e Aurora...

— E por isso, Demi, eu preciso te agradecer. — Foi como se uma lufada de ar gelado tivesse subitamente entrado pela janela da cozinha. Igor respirou fundo, e Dimitria percebeu por sua cadência que ele andara ensaiando aquele discurso. — Se eu quero que Aurora me reconheça como homem, eu preciso agir como tal. É como você disse ontem. Tenho que conquistar o que é meu por direito. E isso começa hoje.

Não sei se Aurora quer reconhecer homem nenhum.

Por isso a mudança de carreira? Igor achava que era isso que precisava para conquistar Aurora? Havia tanto que Dimitria queria dizer, mas o irmão a interrompeu novamente:

— Eu vou me tornar um mago digno de Aurora, Demi. Vou ser o homem que ela precisa, e vou mostrar a ela quem eu sou de verdade. E não vou precisar que você seja minha escudeira para isso. Você e Aurora têm um relacionamento de trabalho, e eu jamais quero me meter nisso de novo.

Ali estava, aquela era a chance: ou Dimitria falava o que tinha acontecido agora, ou engolia para sempre. Igor estava abrindo seu coração. Ele podia odiá-la por um tempo, mas os dois eram melhores amigos, não é? Ele merecia saber a verdade. Não é?

E ainda assim... Tinha sido só um beijo, não tinha?

Dimitria.

Quantos beijos ela não tinha dado na vida? E quantos tinham sido únicos, sem qualquer pretensão além de um prazer temporário.

Ele precisa saber.

Precisava mesmo? Quanto mais ela pensava, menos fazia sentido. Igor estava comprometido a conquistar Aurora sozinho. E mais do que isso: ele tinha sofrido o suficiente, não tinha? Sem mãe, sem pai. Ela ainda se lembrava da mãozinha pequena puxando a sua, pedindo ajuda para alcançar o caixão.

Não. Ela não podia partir o coração dele. Não por causa de um beijo estúpido.

Dimitria engoliu em seco, decidindo-se em uma fração de segundo.

Era engraçado como a maior das mentiras era proferida no espaço entre uma respiração e uma palavra.

— Eu admiro a sua escolha, Gui. E vou torcer por você.

— Sério? — Os olhos de Igor se encheram de doçura, e foi como se uma lâmina se enterrasse no peito de Dimitria. — Eu sabia que podia contar com você, Demi.

— Estou do seu lado, Gui. Mesmo que eu nem sempre saiba o que fazer. Mesmo que eu faça a coisa errada.

Aquelas palavras, pelo menos, eram verdade.

* * *

Como evitar a pessoa que ela deveria proteger?

Parecia uma tarefa impossível, mas, ainda assim, Dimitria excedia seu limite em tarefas impossíveis. Ademais, havia muito a se fazer em Winterhaugen: um criado precisando de ajuda ou uma biblioteca para arrumar. Era como um jogo de gato e rato: de onde estava Aurora, Dimitria logo conseguia um subterfúgio para escapar.

Se ela não ia ajudar o irmão, o mínimo que podia fazer era se manter fora do caminho.

— 103 —

Vai ser fácil. Foi só um beijo.

As palavras eram como um mantra ajudando a construir a muralha sólida que Dimitria erguia ao redor do seu coração.

E, na verdade, isso deveria ser fácil. Sempre tinha sido fácil separar as coisas, especialmente para uma mulher que se orgulhava de ter uma companhia em cada porto — era imperativo para que ela preservasse a sanidade. Portanto, ela faria o mesmo com Aurora; ela nem ao menos tinha sido dona do melhor beijo que Dimitria dera.

Ok, talvez o segundo melhor. Talvez um dos melhores, mas, ainda assim, com quantos paus se fazia uma canoa, não é mesmo?

Essa porra de analogia nem ao menos faz sentido.

Ela ia precisar aprender a ignorar aquela coisa que sentia quando pensava em Aurora, e, naquele momento, o que a estava ajudando era afiar sua adaga.

Dimitria empurrou pedra contra lâmina, concentrando-se na tarefa em questão — infinitamente mais produtiva do que pensar em Aurora, ou Igor, ou qualquer outra coisa. Além de tudo, a copa era o último lugar no qual Aurora a procuraria: ficava nos fundos da cozinha, fedia a alho e manjerona... mas, pelo menos, era aquecida.

Ela tinha quase conseguido atravessar o dia e se aproximava a hora de ir embora — para longe de Aurora. Não era uma estratégia de longo prazo, mas Dimitria tinha certeza que aquela paixonite logo ia passar e as duas poderiam voltar a ser como eram antes: amigas.

Talvez Aurora ficasse magoada, mas isso também tinha seu lado bom: em comparação, Igor pareceria um pretendente ainda melhor.

Todo mundo ficava feliz.

— Aha! — A voz de Astra encheu o aposento, tão avassaladora quanto o cheiro de alho. — Você me deve três coroas. Eu disse que ela estaria perto da comida. — A ruiva entrou na copa, triunfante, os cachos saltando alegremente ao redor do pequeno rosto. Sua irmã seguia, sem sorrir.

— 104 —

— Olha só. Não vai gastar tudo de uma vez.

Ia ser difícil esquecer do beijo se Aurora fosse aparecer cada dia mais linda.

Ela usava os cabelos presos num coque, e alguns fios dourados formavam um halo ao redor do rosto sardento. Seu vestido era branco como leite, derramando-se em uma silhueta diáfana de fada.

Ou de anjo.

— Pode ir brincar lá fora, Astra? — A ruiva fez uma careta indignada.

— Três coroas, Aurora, não esquece. Eu tenho metas pra bater. — Astra fechou a porta da copa atrás de si e, de repente, as muralhas que Dimitria tinha passado o dia construindo estremeceram.

— Escolha agradável de esconderijo.

— Prefiro chamar de retiro.

— Você está se retirando da minha presença?

— Estava procurando uma mudança de ares.

Aurora farejou o ar.

— Manjerona é certamente um tipo diferente de ar. Uma melhoria a estrume de cavalo.

Dimitria não conseguiu evitar um sorriso.

— Eu estou sobrevivendo.

A loira se aproximou, sentando-se no chão ao lado de Dimitria. A caçadora quis segurá-la no colo, para que não sujasse seu vestido — em vez disso, ficou absolutamente imóvel, como se Aurora fosse feita de brasa incandescente e fosse queimá-la ao toque.

— Eu te procurei o dia todo. — Mais do que o vestido branco ou a iminência do toque, foram as palavras que provocaram a maior reação em Dimitria. Aurora esticou uma das mãos, tímida, e fez menção de apoiar os dedos por cima da mão da caçadora.

Dimitria tirou a mão, como num reflexo.

— Procurou mal. — Se sentir qualquer coisa era um perigo, talvez fosse melhor não sentir nada. — Eu estava ocupada.

— Eu também. — Aurora franziu suavemente a testa. — E, ainda assim, não consigo parar de pensar no que aconteceu ontem.

— Aurora. — Ela precisava interrompê-la, antes que se esquecesse de Igor, mas era difícil quando o gelo das mentiras que ela pretendia contar ameaçava derreter sob o fogo da garota.

Especialmente quando ela era tão linda.

Especialmente quando ela estava tão perto.

— Não quero soar como uma criança, Demi. Sei que foi só um beijo, mas eu nunca tinha feito isso, sabe. Beijado outra garota.

A confissão foi feita de um jeito suave, mas Dimitria sabia o que aquilo devia significar para uma pessoa como Aurora, que tinha vivido a vida inteira numa torre de cristal.

— Você definitivamente não foi minha primeira. — Era grosseiro, e Dimitria se odiava por dizê-lo. Ela engoliu em seco, percebendo a leve alteração no olhar de Aurora, como esfriava e se afastava. — E não será a última.

A loira ficou em silêncio por um segundo, sua expressão inescrutável.

— Eu posso ser ingênua, Dimitria. — A pontuação com o nome completo não passou despercebida pela caçadora. — Mas não sou tola. O que foi aquilo?

Era impossível mentir sob a impassividade daqueles olhos verdes.

— Você não entende. — Dimitria estava consciente de que seu coração galopava no peito.

Palavras nunca tinham sido o forte de Dimitria. Ela queria explicar, queria que Aurora soubesse que ela também sentia alguma coisa — mas que era uma ilusão, não mais real do que as luzes que adornavam o céu nas noites de inverno. Que, independente de qualquer coisa, Igor vinha primeiro em sua vida.

Ela quis dizer tudo isso, mas não pode, pois Aurora fechou a distância entre as duas com um beijo.

Certas coisas eram inevitáveis.

Dimitria enlaçou o corpo de Aurora com as mãos, devolvendo o beijo e puxando-a para si. Ela era como água quente num dia de inverno, deslizando por seu corpo e aquecendo suas veias.

As duas se entrelaçaram num abraço, e Dimitria pressionou seu corpo contra o de Aurora, fazendo-a deitar-se no chão. O gosto de figos misturou-se ao cheiro de manjerona, e mel invadiu sua boca quando Aurora separou seus lábios. Um suspiro escapou por sua garganta, e Dimitria puxou a nuca de Aurora com mais urgência.

Ela tinha que admitir: era o melhor beijo que ela tinha dado na vida. E ainda assim... Ainda assim, Dimitria sabia o que devia ser feito.

A caçadora levantou o corpo e interrompeu a conexão entre as duas, recostando o corpo na parede de pedra e recuperando o fôlego.

— Eu gosto de você, Demi.

Ali estava: simples, como se Dimitria não estivesse lutando contra a pequena constatação desde a noite anterior. A bravata, velha conhecida dela, chegou a seu auxílio — é óbvio que Aurora gostava dela. Dimitria tinha sido a primeira pessoa a ouvi-la, não é?

Para Aurora, as coisas eram fáceis. Tão fáceis quanto dizer "eu gosto de você." E se Dimitria precisava mentir sobre o que sentira, era melhor que a mentira fosse embrulhada em suas frustrações extremamente reais.

— É lógico que você gosta de mim. — A raiva surgiu amarga em sua boca. — Eu sou paga pra estar com você a cada momento. A acompanhar você como um cachorro de colo.

Aurora parecia ter levado um soco, mas a frustração que Dimitria carregou o dia todo ou, se fosse ser sincera, desde que falara com Igor — saía em uma torrente imparável.

— Você nem ao menos me conhece. Um beijo e a princesa quer falar sério? Pois vamos falar sério. — Dimitria respirou fundo, tomando fôlego e sentindo a raiva impulsionar suas palavras. A raiva era sua velha conhecida, mais fácil que a confusão, a tristeza, a culpa.

Você diz que "gosta de mim", mas o que você sabe sobre mim? Eu sou uma caçadora órfã que vive numa cabana, um lugar menor até do que seu quintal. O que você sabe sobre a minha vida, Aurora? Sobre quem eu sou?

— Dimitria, eu...

Era impossível parar.

— E aí você me beija e diz que "gosta de mim", e que eu sou a primeira mulher que você beija, e espera que eu faça alguma coisa com isso? Você não vê a situação em que você me coloca, Aurora?

É óbvio que não, e se você vai continuar mentindo sobre seu irmão ela nunca verá.

Mas o inconsciente de Dimitria não era páreo para suas palavras.

— Você é uma garota mimada, tão acostumada com ter gente fazendo o que você quer que confunde simpatia paga por afeição. Pois bem. Que eu seja a primeira pessoa a te falar a verdade, Aurora: o mundo não é um conto de fadas. E, mesmo que fosse, não existe história em que a gente seja alguma coisa além de empregada e patroa.

Ela levantou-se do chão, limpando as roupas como quem se quisesse se livrar até mesmo da poeira dos Van Vintermer. Aurora nada disse; seus olhos eram espelhos de água, frios e silenciosos.

Melhor assim. Melhor cortar o mal pela raiz — melhor machucar Aurora do que correr o risco de fazer o mesmo com seu irmão.

— Não sinto que posso cumprir minha função de ser sua chefe da guarda, Van Vintermer. Mande meus cumprimentos a seu pai. Eu devolvo o dinheiro do resto do mês amanhã.

Dimitria se dirigiu até a porta, o rosto ardendo, a mente zumbindo para que saísse dali. Estava prestes a fazê-lo quando Aurora falou; a voz tensa, mas nítida.

— Eu não fui a única que beijou alguém, Demi.

Incapaz de pensar em uma resposta, Dimitria saiu, batendo a porta atrás de si.

*   *   *

Dimitria sabia o que tinha que fazer, sem dúvidas: ela tinha que encerrar o contrato com Bóris e nunca mais aparecer em Winterhaugen. Sua explosão com Aurora tornou óbvio o que ela não queria ver, como o céu sem nuvens que agora avançava para o fim da tarde. Aurora provocava sentimentos estranhos nela, e, pelo bem de seu irmão, era melhor que elas não mantivessem contato.

Não que você tenha dificultado isso, ela riu para si mesma, amarga, enquanto descascava uma ameixa em sua cozinha. *Depois do jeito que falou com ela, duvido que Aurora queira até mesmo olhar na sua cara.*

Ela engoliu um pedaço de ameixa, que desceu atravessado por sua garganta.

Pelo menos ela sabia que, mais que caçar, era ali que residia seu verdadeiro talento: afastar qualquer semblante de sentimento, por mais fugaz que fosse. Ela não fora feita para a doçura, para o mel que escorria das frutas no verão em Cantões do Sul. Dimitria nascera para o inverno, para a frieza pálida e inerte da neve e das coisas geladas.

Ela limpou as mãos, grudentas da ameixa, e deixou seu olhar se perder na vastidão da floresta para além de sua janela. Igor chegaria em breve, ela sabia, e era melhor que ela não estivesse lá; ainda não estava preparada para dizer ao irmão que tinha abandonado o emprego bem remunerado, especialmente por não ter palavras para explicar o motivo.

Ainda por cima, tinha aquilo para resolver. A sacola de dinheiro que Bóris pagou adiantado ainda estava guardada sob o assoalho frouxo da sala, e Dimitria foi até ele, puxando a tábua e pesando a sacola nas mãos. Devolver dois terços daquele ouro seria dolorido, mas ainda mais era pensar em como ela e o irmão sobreviveriam ao restante do inverno.

Você vai dar um jeito.

Ela sempre dava. Fosse prestando serviços n'O Berrante, estalagem conhecida da região, ou acampando em áreas de caça mais distantes: custasse o que custasse, Dimitria não deixaria seu irmão passar fome.

Nem deixaria nada de ruim acontecer.

— 109 —

Uma batida tímida na porta causou-lhe um sobressalto; Dimitria baixou a lâmina do assoalho e caminhou até a entrada. Ela não estava acostumada a receber visitas: os Coromandel não eram exatamente conhecidos em Nurensalem.

Qual não foi sua surpresa ao encontrar Aurora parada na frente de sua casa, parecendo absolutamente deslocada frente ao cenário um tanto desolado da floresta que se preparava para o inverno.

Aparentemente a princesa não era tão frágil, afinal de contas.

Ela abriu a boca para perguntar o que raios Aurora estava fazendo ali, mas a garota nem ao menos esperou Dimitria pronunciar qualquer coisa, e se adiantou para o interior da cabana. A descortesia não era de seu feitio, tanto quanto não era a expressão raivosa que ela vestia.

— Se você vai gritar comigo e sair andando, eu também tenho direito de te falar algumas verdades. — A raiva soava estranha em sua voz; como um vestido mal ajustado no corpo.

— Como é que você sabe onde eu...

— Onde você mora? Como você acha que meu pai te achou pra matar o urso? — Aurora largou o casaco de pelo no sofá, parecendo impaciente. Contra o estofado carcomido, o veludo ornamentado com o brasão dos Van Vintermer parecia ainda mais esdrúxulo. — Não é por isso que eu vim até aqui.

Dimitria não conseguia evitar achar um pouco de graça na postura altiva da loira.

— Então me explique, por favor. Por que você veio até aqui?

— Pra dizer que você está certa. — Aurora cruzou os braços. — Eu sou uma garota mimada que está acostumada a ter tudo que quer. E de fato eu joguei meus sentimentos sobre você como se fosse sua responsabilidade cuidar deles.

Não tinha sido bem aquilo, mas Dimitria aquiesceu, curiosa a despeito de si mesma em saber aonde aquilo ia levar.

— Mas você está errada, também. Sobre uma coisa, pelo menos. — Ela respirou fundo, como se enchesse o peito de coragem para falar. — Eu não costumo me enganar sobre quais afeições são ganhas e quais são compradas.

Dimitria sentiu a alfinetada, e abriu a boca para pedir desculpas, mas Aurora continuou:

— Não, você vai me escutar falar. Quando eu disse que gosto de você — ela fez aspas no ar, da mesma maneira que Dimitria tinha feito — eu não quis dizer que você tem que largar tudo e fugir comigo para outro Cantão.

Dimitria arqueou uma sobrancelha.

— O que você quis dizer, então?

— Que eu gosto de você. — Aurora franziu a testa, parecendo confusa. — Você é corajosa, e me faz rir. Eu gosto de ouvir sobre a sua vida, e gosto de aprender as coisas que você faz. Gosto do jeito que você fala do seu irmão.

Ali estava, o cerne da questão. Ainda assim, era a primeira vez que alguém dizia coisas tão gentis sobre ela, e Dimitria teve que reprimir uma vontade súbita de sorrir.

— Não gosto de tudo, veja bem. Você é grossa, e esquentada, e às vezes eu não te entendo. — Aurora respirou fundo. — E você tem razão, a gente pouco se conhece. Mas quando eu disse que gosto de você, o que eu quis dizer é que eu quero te conhecer.

Era estranho ouvir Aurora falar daquela maneira, direta e sem rodeios. De certa forma, Dimitria sentia uma ponta de orgulho.

Alguém anda aprendendo uma coisa ou outra.

Ainda assim, ela não conseguia confiar em si mesma perto de Aurora. Mesmo no cenário improvável de sua cabana mal arrumada, sob a luz fria do fim da tarde, Dimitria achava difícil não se demorar no rosto oval e suave da outra, na maneira como as sardas pintavam constelações em sua face.

Talvez fosse possível se aproximar um pouco, como ela fazia com uma presa particularmente difícil. Talvez, com o devido cuidado, ela conseguisse estar perto de Aurora pois, na verdade, essa era outra coisa

— 111 —

que assustava Dimitria. Fazia muito tempo que ela estava próxima de alguém que não Igor.

— Então você quer ser minha amiga.

Aurora pareceu engolir as palavras, estudando o rosto de Dimitria.

— O que eu quero é entender o que é isso que eu sinto quando estou perto de você. Se você chama de amizade...

Ali estava, mais nu do que Dimitria esperaria de uma garota tão enluvada em expectativas dos outros, em riqueza e em proteções. Uma garota gentil, que, ela tinha que admitir, era também extremamente corajosa — só uma pessoa corajosa teria vindo atrás de Dimitria depois da explosão mesquinha que ela tinha dado na copa.

Ela foi até Aurora e sentou-se a seu lado no sofá, incapaz de se manter longe da garota por muito mais tempo. Uma faísca intensa de afeição se aninhou em seu peito ao analisá-la; os olhos verdes e os cabelos loiros escorrendo pelos ombros. A caçadora conhecia a luxúria, bem até demais — mas o que havia ali no sofá pairando entre as duas era uma coisa diferente; coisa para a qual ela ainda não tinha nome.

Dimitria não podia machucar Igor. Mas, aparentemente, também não conseguia machucar Aurora.

Quem sabe esse é o jeito. Você mostra para ela que vocês são amigas, e...

E o quê?

Quem sabe Dimitria estivesse cansada de pensar.

— Amizade. — Suas palavras foram cautelosas, tateando no escuro. — Você disse que nunca beijou uma garota. Você ao menos foi amiga de uma?

O semblante de Aurora se transformou suavemente, primeiro em desafio, depois em um assentimento silencioso. Uma menina que crescera numa torre provavelmente nunca tivera a chance de ter algo tão provinciano como a amizade em sua vida.

— Então começamos por aí.

— Está bem, mas eu tenho uma condição. — Dimitria esperou. — Você não vai devolver o dinheiro. Eu não quero comprar sua afeição — ela acrescentou, rápida. — Mas sei que vai fazer diferença.

Dimitria percebeu que Aurora dizia isso enquanto olhava furtivamente ao redor da cabana, e de pronto lembrou-se do tempo em que nunca ninguém entrara ali além de Igor e ela.

Por sorte, não era de sua pobreza que ela tinha vergonha.

— Tão ruim assim?

— Ah, eu não quis dizer...

— Relaxa, princesa. — Dimitria ergueu-se do sofá, estendendo a mão para Aurora. — Sei que não chega aos pés nem ao menos da sua copa, mas... Quer um tour?

— Você aceita minha condição? — Aurora não ia ser facilmente distraída.

Se por um lado abrir mão do dinheiro tornava fácil afastar-se de Aurora, também significava um inverno bem mais amargo. Como se para ilustrar seu pensamento, uma brisa gélida entrou pela janela entreaberta. E ainda nem havia começado.

Ela se decidiu.

— Condições aceitas. — Dimitria abriu um sorriso. Foi como se a tensão da discussão das duas se dissipasse um pouco, e a caçadora puxou-a pela mão. — Agora, quero que conheça *chez* Coromandel.

Havia pouco a se mostrar, mas Aurora era uma convidada educada — nada surpreendente, visto sua habilidade em adequar-se a qualquer situação. Mesmo assim, Dimitria percebia pelos gestos e olhares que aquilo não era atuação: era genuíno. Aurora parecia feliz ao ser apresentada àquela parte de Dimitria, a parte que costumava ficar escondida nos arredores da floresta.

Quando chegaram ao quarto de Dimitria, Aurora apontou para a janela quadrada que dava vista para a floresta, um campo aberto estendendo-se entre a casa e as primeiras árvores.

— Você tem uma vista de primeira.

— É meu refúgio, por assim dizer. — Dimitria deu de ombros, sentando-se no parapeito como sempre fazia. — Não é tão boa quanto a sua torre.

— Mas é mais livre. — Aurora rebateu, e a lembrança da conversa que as duas tiveram no estábulo veio à tona. Dimitria se sentia tudo menos livre, e de repente o quarto pareceu minúsculo frente a tudo que ela não havia dito para Aurora. A loira se aproximou do parapeito, apoiando os cotovelos e falando sem dirigir o olhar para ela. — Do que você foge?

— Como?

— Você disse que esse é seu refúgio. Eu também me sinto assim, na minha torre. Vejo Nurensalem esticada a minha frente como um tabuleiro de xadrez, e eu sou uma pecinha que se move no quadriculado. Existo para o xeque-mate. — Ela suspirou, o peso de uma vida inteira contido no gesto. — Quando eu olho para fora da minha janela, eu fujo do tabuleiro. Me transformo em uma criatura diferente e salto pela janela, correndo até desaparecer para além do horizonte.

Dimitria sorriu. Era um sentimento que ela conhecia, especialmente depois que restaram apenas ela e seu irmão.

— É tolo, eu sei. — Aurora foi rápida em acrescentar, interpretando incorretamente o sorriso de Dimitria.

— Não foi isso que eu quis dizer. — Dimitria virou-se para a loira, procurando seus olhos fugidios. — Desde que somos só eu e Igor, é como se o mundo tivesse que existir sobre os meus ombros. Se eu relaxar, ele desaba. Você me perguntou do que eu fujo quando estou aqui, e, bom... Eu fujo do mundo, e ele continua de pé. Eu posso fazer o que quero, e me sinto...

— Você é...

— Livre. — As duas falaram a palavra ao mesmo tempo, e, assim como quando se beijaram, Dimitria sentiu a familiar faísca que existia entre elas. Suave, mas indelével.

— 114 —

O momento se partiu como um pedaço de louça que caía no chão quando, vinda da sala, a voz de Igor soou.

— Demi! — O coração de Dimitria acelerou no mesmo compasso do som, e ela teve que conter a vontade de mandar Aurora fugir pela janela. Elas não estavam fazendo nada de errado, não é? Então por que ela sentia seu rosto ardendo como brasa?

Aurora também pareceu encabulada, e se afastou do parapeito da janela, subitamente mais resguardada.

Igor escolheu aquele momento para aparecer pela porta, os cabelos desgrenhados de quem estivera num vendaval.

— O que o casaco de Aurora está — ele segurava o sobretudo de pelos nas mãos, e seu olhar congelou quando viu a loira. Aurora fez uma mesura simpática, e as palavras de Igor morreram em seus lábios. — Ah.

— Aurora veio fazer uma pequena visita. — Dimitria pigarreou, consciente de que falava mais rápido que o normal. — Mas já está de saída.

Aurora pegou a deixa.

— Te vejo amanhã, Demi.

Mesmo na frente de Igor, Dimitria sentia que o comentário guardava algo além de um simples adeus. Ela sentia a mesma coisa; uma necessidade de continuar a conversa que pareceu ficar não dita entre as duas.

— Até amanhã.

Igor observou Aurora sair do quarto, ficando em silêncio até ouvir o barulho da porta da frente fechando.

Ela foi embora tão rápido que nem ao menos pegou seu casaco, que continuava nas mãos de Igor.

— O que ela estava fazendo aqui? — Igor não parecia especialmente desconfiado, mas havia algo estranho na maneira com que ele olhava o casaco de Aurora.

Dimitria não sabia o que dizer. Mentir não era uma das coisas que ficava mais fácil com o hábito, aparentemente, pois ela simplesmente deu de ombros, incapaz de trazer à tona qualquer explicação.

— Ela apareceu aqui do nada?

— É. Na verdade, ela veio comigo.

Os olhos de Igor se estreitaram e ele quase disse algo, mas pareceu engolir as palavras num segundo.

— Bom. — Igor estendeu o casaco de Aurora para a irmã. — Não esqueça de levar isso a ela amanhã. — Seus olhos se acenderam de repente, esperançosos por um segundo, aparentemente ignorantes a qualquer comportamento da irmã. — Sei que te pedi pra não falar de mim, mas será que você...

— Eu falo que foi você que mandou entregar. — Dimitria segurou a vontade de chorar que de repente lhe acometia como um golpe. Igor não tinha a menor ideia.

— Valeu, Demi. — Ele largou o casaco na cama de Dimitria. — Ah, antes que eu me esqueça. Eu encontrei Clemente Brandenburgo na praça. Na verdade, ele me encontrou.

Dimitria franziu a testa. O que é que o chefe da junta comunal iria querer com seu irmão?

— Ele me perguntou se você sabia onde Tristão estava. Parece que ele sumiu de novo, e como você o tinha encontrado da última vez... Imagino que no mês passado, aquele dia no Solomar.

— Como ele sabia que você era meu irmão?

Igor simplesmente apontou para o próprio rosto, e Dimitria fez um muxoxo, aceitando. Era difícil ignorar a semelhança.

Mais do que isso, porém, a pergunta que ela queria responder era: o que é que estava acontecendo com Tristão que ele desaparecera mais uma vez?

— Enfim, eu disse que você não devia saber nada de Tristão, mas que iria passar o recado. Aqui está. Recado dado.

— O que Tristão anda fazendo?

Igor fez um muxoxo, como se o paradeiro de Tristão Brandenburgo fosse literalmente a última das suas preocupações.

— 116 —

— Se a sorte estiver andando do meu lado, ele se afogou no Rio Claro e não vai encher mais meu saco.

Sombrio, mas considerando que as marcas das mãos de Tristão ainda eram visíveis na pele de Igor, mesmo após um mês, era compreensível.

— Bom, se me der licença, preciso estudar. Não vou conquistar Aurora se gastar meu tempo com pessoas da laia de Brandenburgo.

Dimitria ficou sozinha com os próprios pensamentos, por um momento ignorando o comentário de Igor sobre Aurora. Não que ela se importasse, como Igor colocou, com a laia de Brandenburgo...

Mas a curiosidade era tão difícil de ignorar quanto o desejo.

Capítulo 8

Dimitria sabia que o inverno iria chegar aquela noite.

Ela não sabia como, simplesmente sabia. Sabia em seus ossos, gelados mesmo debaixo do cobertor de pele de urso que levava consigo ao redor dos ombros. Acima de tudo, sabia no gosto do ar, no cheiro de pinho e neve que entrava por suas narinas tão tarde da noite.

O inverno chegaria como um ladrão na calada da noite, envolto por um manto escuro e espesso.

Era tarde, e Dimitria ainda assim não conseguia dormir — um comportamento que estava se tornando um hábito desde que conhecera Aurora. Ela deixava o olhar se perder na vista de seu quarto, sentada no parapeito da janela do mesmo jeito que mais cedo. Mesmo com a escuridão noturna cobrindo o campo atrás de sua casa, ela sabia mapear com precisão as montanhas cinzentas que serpenteavam no horizonte, seus picos perpetuamente nevados.

Naquela noite, nem lua ou estrelas haviam se aventurado — era apenas Dimitria, frente à escuridão.

Amizade. A palavra na qual os sentimentos de Aurora e ela esbarraram era aparentemente inofensiva, e ainda assim provocava sobressaltos no coração de Dimitria enquanto ela pensava na tarde das duas, analisando suas interações como a um prisma.

Ela tinha se decidido, é lógico. Não se colocaria no caminho de Igor novamente. Mas, ainda assim, o irmão não a impedia de pensar, e, em seus pensamentos, Dimitria era livre, tão livre quanto a criatura que Aurora dizia imaginar ao devanear em sua torre.

Será que ela conseguiria, mesmo, ser apenas amiga de Aurora? Ela tinha provocado a garota, desdenhado da pobre menina rica que nunca teve amigos. Mas será que ela era diferente? Dimitria não conseguia se lembrar de sequer uma pessoa a quem pudesse chamar de amiga. Sim, ela tinha companheiros de bar, de caça, mas ninguém que de fato a conhecesse. Ninguém que conhecesse sua alma.

Que conversa. Como se Aurora fosse ser essa pessoa.

E, apesar disso, não tinha Aurora articulado os mesmos desejos que seu coração?

Quando elas olhavam pela janela, não viam a mesma coisa?

— Passar a noite acordada não vai resolver o seu problema, sua idiota. — Dimitria suspirou fundo, esticando a mão para enfim fechar a janela, mas seu olhar se demorou em uma mancha de névoa no céu. Era um véu cinzento e diáfano, cintilando na abóbada escura como se feito de prata.

Eram as luzes do norte.

Quando as noites da Romândia ficavam longas e frias, era questão de tempo até que aparecessem as primeiras luzes. Uma noite, na hora exata entre a madrugada e o nascer do sol, elas apareciam — explodindo no céu e trazendo consigo o inverno.

Ah, lógico, o calendário ainda marcava algumas semanas faltantes para que o inverno de fato chegasse — inverno que regia as colheitas e plantios —, mas, em seus ossos, os moradores de Nurensalem sabiam que eram as luzes que realmente ditavam o relógio do mundo, muito antes da agricultura e da contagem do tempo.

As luzes eram um presságio de magia, e, mesmo que não soubesse fazer um feitiço para salvar sua vida, Dimitria sentia sua energia fluindo por entre as veias.

A caçadora apoiou os cotovelos no parapeito, esquecendo-se do frio teimoso que se enfiava por baixo do cobertor e lhe provocava arrepios. Ela não conseguia desgrudar os olhos do céu. Vinte e dois anos em Nurensalem, e ela ainda era fascinada pela aurora boreal.

Talvez fosse ironia do destino que tivesse se fascinado pela garota de mesmo nome.

A névoa foi ganhando cor, um lilás suave descortinando-se por trás do cinza, ondulando a um vento invisível. Uma espuma branca se juntou ao lilás, abrindo em um leque que se espalhava pelo céu. Logo em seguida veio o verde luzidio e veloz, um traço de tinta que o inverno pintava no céu.

As luzes reluziam como se feitas de pedra preciosa, de prata líquida, dançando no céu em ondulações rítmicas — e, em seu transe, Dimitria sentia que as ondulações acompanhavam seu coração, martelando incessantemente em seu peito. As cores ganharam força com o choque do ar inflando suas chamas, o verde tremeluzindo como uma cascata desafiando a gravidade.

Eram as águas celestes, uma força intensa, misteriosa e eterna, e Dimitria sabia que mentir em seu testemunho só podia ser blasfêmia.

A aurora foi a primeira a saber — antes mesmo de Dimitria — que ela estava apaixonada.

A caçadora mal percebeu quando pegou no sono, a cabeça ainda apoiada no parapeito da janela.

*   *   *

Dimitria acordou em um sobressalto. Ainda grogue, ela se afastou da janela.

— Arre. — Seu corpo estava gelado e dolorido por causa da posição na qual dormira, e a janela estava revestida por uma fina camada de gelo. Ela olhou para fora: havia nevado um pouco, e a grama atrás da casa tinha uma cobertura branca.

Dimitria estava prestes a fechar a janela e ir dormir na cama quando algo chamou sua atenção: sombras escuras marcavam a neve, passando ao lado da casa em direção à floresta.

Pegadas. Dimitria franziu a testa, tentando discernir a forma apesar da ausência de luz.

Eram ovais largas e horizontais, com quatro ovais menores em cima... Um urso.

— Merda. — O sono esvaiu-se como um véu, e Dimitria ficou imediatamente em estado de alerta. A maioria dos ursos estava hibernando naquela altura da estação, e se algum tinha sobrevivido estava não apenas à beira da morte, mas faminto e inconsequente. Ela se lembrou de imediato do urso que tinha atacado o estábulo dos Van Vintermer, e tremeu ao pensar em outro deles solto.

Não é problema seu. Você tem um emprego.

Dimitria considerou o próprio conselho, o frio ainda agarrado a seu corpo. Sair aquela hora da noite para caçar um urso esfomeado não parecia a ideia mais sensata do mundo, e ela tinha que estar nos Van Vintermer em — ela olhou para o céu, ainda escuro, mas começando a clarear — em algumas horas. Ainda assim, seus olhos se demoraram no arco e flecha pendurados ao lado de sua cama.

Sua casa era relativamente isolada, mas ao leste da floresta havia a fazenda da Velha Jô. Dimitria havia ajudado a consertar a cerca de Jô no outono passado, quando algumas raposas tinham invadido a fazenda e matado uma vaca. Jô era viúva, e a fazenda era seu único sustento. Se o urso chegasse lá...

Dimitria levantou-se e apanhou o arco.

Ela atravessou a casa, apanhando o que precisaria. Vestiu as botas, a capa de arminho que pinicava seu pescoço, o cinto surrado de couro

— 121 —

com todas as suas facas. Por último, foi até o quarto de Igor, batendo em sua porta com suavidade.

— Igor. — Era imprudente sair durante a madrugada para caçar um urso, mas sair sem que ninguém soubesse era maluquice. Igor, porém, não respondeu, e Dimitria bateu de novo, mais insistente. — Igor.

Nada. Maldito irmão e seu sono pesado.

Dimitria pensou nas pegadas, em como estavam frescas — o que significava que o urso tinha passado há pouco tempo. Se ela se demorasse muito mais, a neve apagaria os traços do animal.

— Dane-se. — Dimitria atravessou o arco por cima do peito, e saiu.

O frio era tão intenso, tão frio, que parecia ter congelado até mesmo os sons. Ela o sentiu como um algodão que lhe cobria o nariz e a garganta. Seu olhar estava treinado à escuridão, e Dimitria aguçou os ouvidos, procurando algum sinal de ameaça. Nada. Era uma sensação parecida com a de submergir num lago congelado.

Ela caminhou ao redor da casa, indo até a janela de seu quarto. As pegadas estavam ali, e iam ao longe até se perder de vista, avançando até a floresta. Algumas delas estavam mais apagadas, por causa da neve que parecia engrossar a cada passo que a caçadora dava.

Dimitria se aproximou das pegadas, os dedos traçando o contorno e o declive suave.

Curioso. Pela pressão na neve e distância entre as impressões das patas, parecia um urso grande e pesado; incomum para o começo do inverno, quando as presas eram escassas e os peixes mantinham-se abaixo de uma grossa camada de gelo.

Ela puxou um pequeno caderno de couro de dentro do casaco, juntamente com um lápis. Em gestos simples, reproduziu as pegadas de urso o melhor que pôde — Dimitria não era uma grande artista, mas mesmo as linhas rudimentares eram melhores do que nada. No geral, ela gostava de poder comparar suas aventuras à floresta, catalogando as formas de vida — e ameaças — que lá viviam.

Só restava seguir as pegadas. Puxando o capuz por cima da trança, Dimitria seguiu a trilha, os olhos atentos.

Ela avançou pelo campo, os pés apertando aqueles primeiros vestígios de neve. Era uma curta distância entre sua casa e a borda da floresta, e assim que se aproximou das árvores que a contornavam viu que as pegadas continuavam avançando mato adentro.

Ali começava, porém, um novo padrão de pegadas: essas eram humanas.

— Quem é o idiota que resolve seguir um urso? — *Bom, além de mim.* Dimitria puxou o arco do corpo, mantendo-o teso em suas mãos. Se havia uma pessoa tentando brincar de caçador, ela precisava tomar ainda mais cuidado.

As pegadas eram como as suas, com uma passada parecida e sem formato distinto — era difícil saber se pertenciam a um homem ou a uma mulher. Ela também as desenhou em seu caderno, atentando-se às marcas suaves de onda no solado. Ela não as conhecia.

Tristão desapareceu hoje mais cedo.

Mesmo com toda a generosidade do mundo, porém, o pensamento lhe parecia ridículo. O que raios o filho do chefe da junta comunal estaria fazendo embrenhado na floresta no meio da noite?

O que ele estava fazendo na casa de Solomar?

Dimitria silenciou os pensamentos e adentrou a floresta, as sombras quase sólidas nos meandros das árvores.

O frio parecia ainda mais intenso ali, como se as árvores fossem feitas de lascas de gelo e neve. As colunas de madeira criavam um labirinto complexo, mas Dimitria o navegava com a maestria de quem conhecia o lugar como a palma de sua mão. Ela permanecia atenta a qualquer ruído, mas era como se o frio tivesse escondido até mesmo corujas e esquilos.

Os galhos eram teias escuras, e por vezes Dimitria sentia ver, com o canto dos olhos, um movimento estranho e antinatural. Ela se virava a cada farfalhar de uma folha, cada galho retorcido de maneira curiosa.

Dimitria não era uma garota covarde, mas sentiu seu coração pulsando nos ouvidos, a escuridão preenchendo sua mente de imagens perturbadoras.

Você conhece essa floresta. Ela se repreendeu. Em todo seu tempo caçando, jamais teve medo nenhum, mesmo ao caminhar durante noites sem lua como aquela.

Talvez você não a conheça tão bem assim.

Dimitria manteve os olhos treinados nas pegadas, avançando por árvores e raízes. O vento serpenteava pelos troncos, sussurrando palavras indistintas que Dimitria mal conseguia compreender. Aquela era a mesma floresta pela qual seu pai tinha caminhado, a floresta que ele escolhera para ser seu túmulo.

Nos cantos escuros da mente de Dimitria havia garras e dentes afiados sujos de sangue... um homem pendurado por uma corda em seu pescoço.

Pare de pensar nisso.

Dimitria tensionou a corda do arco ainda mais, esticando-a para garantir que funcionava, sentindo uma ameaça iminente crescendo a seu redor. Era como se ela estivesse sendo observada, e um formigar intenso começou na base de seu pescoço, subindo pela nuca e costas. Ela continuava seguindo as pegadas, que cada vez mais pareciam fantasmas de alguém — *ou de algo* — que esperava por ela, à espreita na escuridão.

E então as pegadas cessaram abruptamente, e Dimitria percebeu que seus instintos estavam corretos.

Ela parou em uma pequena clareira, a ausência de árvores na região fazendo com que a neve caísse devagar, uma cortina branca cobrindo o chão.

Dimitria notou os galhos partidos, certamente traços de um embate do urso. Ela notou as folhas, as pedras espalhadas — tudo, antes de notar a poça escarlate de sangue que se misturava à neve.

No centro da poça, um corpo estirado — e, mesmo a distância, Dimitria sabia que a pessoa estava, obviamente, morta. Uma de suas pernas estava separada do corpo, as juntas desmanteladas cobertas por sangue escuro. O estômago de Dimitria deu um nó, e seu coração parecia querer sair pelo peito, como se quisesse escapar daquele lugar amaldiçoado.

Dimitria avançou, cautelosa, suas entranhas sabendo o que seu cérebro não parecia querer aceitar: o corpo desfigurado pertencia a uma criança.

Mais alguns passos e ela conseguiu discernir a pequena figura, seus cabelos escuros espalhados na neve como seu sangue. Era uma menina, seu rosto de boneca traindo não mais do que oito anos de vida. Dimitria engoliu em seco, sentindo como se sua garganta estivesse repleta de cacos de vidro. O cheiro forte de cobre invadiu suas narinas, e ela precisou conter a vontade de vomitar.

Ela se ajoelhou ao lado da garota, segurando seu pulso como se por algum milagre ele pudesse dar uma resposta diferente ao que ela sabia.

A proximidade revelou que não apenas a perna tinha sido atacada, mas, em vez disso, o corpo inteiro da garota estava destroçado, seu tórax dilacerado por mordidas violentas e erráticas. A garota havia lutado: Dimitria conseguia ver tufos de pelo branco em sua mãozinha, manchas de sangue nos dedos finos.

As perguntas surgiram como a neve em sua mente, caindo sem resposta: quem era a menina? Por que ela estava na floresta? Quem a havia levado até ali?

Sim, pois as pegadas que ela tinha visto não podiam pertencer a uma menina tão pequena. Mais do que a imagem macabra à sua frente, foi aquele pensamento — de que não era somente um urso ensandecido — que gelou seu espírito, enchendo-a de dúvida.

O urso era tampouco mais compreensível. Aquela violência não era o trabalho de um animal faminto: quase nenhuma carne tinha sido removida da menina, e — Dimitria sentiu a náusea encher sua boca ao olhar a perna esquerda da criança, um mero objeto inútil e torpe — nem a perna havia sido levada. Não fazia sentido.

Dimitria olhou ao redor, a floresta de repente assumindo a forma de uma ameaça muito mais real.

Qualquer que fosse a criatura que fizera aquilo, não era um urso.

Era um monstro.

Capítulo 9

— Eu não sei como te dizer isso de novo. Uma garota foi assassinada, senhor Brandenburgo. Você precisa investigar.

Dimitria controlava cada fibra de seu ser para não esganar Clemente Brandenburgo, que olhava para ela por trás de condescendentes olhos azuis.

— É evidente que foi um ocorrido lamentável, Coromandel, mas falar em assassinato parece precipitado...

— A perna dela estava separada do corpo. Corpo esse, aliás, que foi completamente dilacerado. O que é precipitado aqui?

— Acho que chega de detalhes. — Clemente apertou a ponte do nariz, consternado. Ele era um homem ocupado; Dimitria teve que literalmente irromper em seu escritório sem ser anunciada para conseguir aquela "reunião", isso depois de ouvir do chefe da prisão que ele só daria começo a uma busca se Clemente mandasse.

— É um infortúnio que um animal selvagem tenha...

— Não foi um animal! — Dimitria bateu a palma da mão na escrivaninha de mogno que a separava de Clemente. — Eu sou a melhor caçadora de Nurensalem. Sempre patrulhei essas florestas, e nunca vi nada parecido com isso.

Ainda assim, o chefe da Junta Comunal não parecia muito convencido de que buscar um monstro assassino era uma prioridade naquele momento. Era óbvio que uma garota qualquer não faria seu senso de urgência ser ativado, Dimitria pensou. Ela precisava levar o rumo da conversa para o lado pessoal.

— Tristão está desaparecido, não é? — Quando Dimitria mencionou o nome de seu filho, a boca de Clemente se fechou em uma linha severa. — Você tem razão, pode ter sido um animal selvagem. Mas eu detestaria pensar no que ele faria se encontrasse seu filho.

Dimitria sabia que estava começando a navegar em águas perigosas, mas não esperava a resposta que Clemente deu em seguida.

— Meu filho foi encontrado hoje pela manhã, Coromandel. Felizmente, passou ileso a qualquer ataque monstruoso.

Encontrado? Algo no semblante de Clemente escondia outras informações, e Dimitria sentiu um arrepio profundo percorrendo sua espinha. Ela ainda não tinha explicações para as pegadas que levavam ao cadáver, e de repente o sumiço de Tristão começou a lhe parecer bem conveniente.

Sua prioridade no momento, porém, era evitar que mais alguma criança sofresse o mesmo destino da garotinha.

— Clemente, o inverno acabou de começar. Nenhum animal, por maior que seja, conseguiria ter se mantido forte o suficiente para causar aquele estrago.

— O inverno começa em algumas semanas, na verdade. — Clemente disse, arrogante e parecendo desinteressado.

Dimitria teve que reprimir a vontade de arremessar uma cadeira nele.

— A primeira aurora boreal foi ontem.

— Ah, sim, o calendário pagão. Mais um motivo para evitar causar rebuliço, Coromandel. O festival das luzes será em breve, e não podemos afastar as pessoas por conta de... — Ele pareceu considerar suas palavras. — Um acidente.

— Ela tinha oito anos. — A voz de Dimitria quase falhou, tamanha sua raiva, mas ela sentia que estava perdendo a briga pela maneira com a qual Clemente desviava seu olhar, da caçadora para o relógio. — Azaleia Oleandro.

— Um acidente terrível, eu sei. Que Deus conforte essa pobre família.

Mas não havia Deus que pudesse suprir a falta de alguém. Dimitria sabia disso, e também sabia que era ali que estava o cerne da questão: os Oleandro eram uma pobre família não apenas em seu infortúnio, mas em suas posses. Ninguém se importaria com eles.

Dimitria tentou reprimir a imagem da mãe de Azaleia, seu rosto ausente de expressão quando Dimitria trouxera o corpo da garotinha enrolado num pano que fazia às vezes de mortalha. Os Oleandro eram pequenos mercadores e moravam em um chalé às margens de Nurensalem. Azaleia deixava para trás sua mãe, seu pai e duas irmãs.

Uma delas estava com a mãe quando ela abriu a porta para Dimitria, sem saber que a visitante trazia a Morte consigo. Seu semblante, ao entender o que tinha acontecido com a irmã, não deixaria tão cedo a memória de Dimitria.

— Esse é o problema, não é? — Dimitria sibilou, com o rompante de raiva de quem não sabia perder. — Eles não são dignos da atenção do grande chefe da junta comunal.

— Coromandel...

— Aparentemente existem pessoas que valem mais do que outras, não é, senhor Brandemburgo? — Dimitria cuspiu o nome. A última coisa que precisava naquele momento era ser presa por desacato a Clemente Brandenburgo.

Apesar da explosão de Dimitria, ele, porém, parecia inabalável — um lobo atento a algo desagradável, mas inconsequente. Clemente entrelaçou os dedos e apoiou os cotovelos na mesa, uma expressão séria no rosto.

— Esse assunto está encerrado. Sinto muito, Coromandel.

Mil insultos rangeram contra os dentes de Dimitria, como se eles fossem uma barragem à iminência de romper. Ela fez um aceno curto com a cabeça, virando-se em direção às pesadas portas que fechavam o escritório de Clemente.

Acima da porta, uma inscrição em ferro: "Servir e proteger".

Dimitria não soube se foi a memória fresca do cadáver, a condescendência de Clemente ou a figura de Tristão, que escolheu esse momento para abrir as portas do escritório do pai. Algo lhe dizia, porém, que a rachadura a romper a barragem de ódio tinha sido aquela frase, tão ironicamente inútil.

— Quando sua esposa for levada pelo monstro, *senhor*, não venha me dizer que eu não avisei. Quem sabe quando a poça de sangue for azul você me leve a sério.

— Você está ameaçando minha família? — A intempérie característica de Tristão, combinada à sua ignorância sobre o assunto sendo discutido, foi o combustível perfeito para a raiva de Dimitria. Ela fez um meneio de corpo em sua direção, e ele desembainhou sua espada, colocando-a entre a caçadora e a porta.

A lâmina prateada brilhava ameaçadoramente, mas Dimitria sentia um prazer perverso ao encontrar os olhos odiosos de Tristão.

— Você não faz ideia do que está dizendo...

— Levante um dedo contra minha mãe, Coromandel, e monstros serão a última de suas preocupações. — Ele parecia ter pego a última parte da conversa, porém, considerando o comentário. Foi nessa hora que Dimitria reparou nas bolsas escuras e fundas sob os olhos de Tristão, as cicatrizes de mais de um mês atrás ainda visíveis.

— Tristão, abaixe isso agora. — Tristão hesitou ao comando do pai. — Abaixe! — A voz de Clemente era mais afiada que a lâmina com a qual o jovem ameaçava a caçadora. Ele obedeceu enfim, não sem antes dirigir a ela um olhar rancoroso.

— Você pode ter os favores de Bóris van Vintermer durante esse inverno, Coromandel. Mas é importante que saiba de uma coisa. —

Clemente finalmente saiu de trás da escrivaninha, indo até o aparador que ficava ao lado do móvel e puxando uma taça de vinho para si.

Ele alcançou uma garrafa dentre as dezenas que aguardavam nas estantes, analisando o rótulo com interesse pronunciado.

— Muito em breve, nossas famílias serão uma só. A linhagem dos Brandenburgo continuará existindo muito além do tempo em que qualquer Coromandel que tenha restado tenha se tornado pó debaixo da terra. — Clemente verteu o líquido vermelho da taça. — Portanto, eu tomaria cuidado com essa agressividade toda. Ela pode ser mais perigosa do que você imagina. — Ele pontuou a frase com um longo gole de vinho, e, com um dedo, indicou a porta do escritório, que Tristão ainda segurava aberta, com afetação. — Tenha um excelente dia.

A torrente de raiva continuava atravessada em sua garganta, mas Dimitria sabia reconhecer uma advertência quando ouvia uma. Ela fez uma mesura curta e saiu do escritório; não sem antes bater a porta atrás de si com a mesma força que desejava ter impresso na cara de Tristão Brandenburgo.

Ela não percebeu que o jovem mancava, ao se aproximar do pai.

* * *

Passava muito do horário que ela costumava chegar em Winterhaugen, mas a única pessoa com quem Dimitria queria falar era Aurora.

Ela não entrou pelo portão frontal; em vez disso, foi pela lateral da casa e subiu as escadas da torre, colocando-se na frente da porta do quarto de Aurora. Dimitria esperou por quase uma hora, enquanto, ela sabia, Aurora terminava suas aulas. A caçadora havia passado em Winterhaugen pela manhã para avisar que um imprevisto acontecera, mas estava tão apressada em encontrar com Clemente Brandenburgo que não tivera tempo de explicar.

Agora, porém, ela não conseguia pensar em nada além da garotinha na floresta. Desde que voltara da reunião com Brandenburgo, Dimitria não conseguia articular seus pensamentos, que corriam erráticos por sua mente, espelhos sinistros de seus movimentos na noite anterior.

Dimitria sentia como se olhos famintos a observassem, e sua nuca formigou ante a paranoia. Aurora era como uma réstia de luz teimosa, entrando em sua mente como um farol, e por isso Dimitria tinha ido diretamente até ela.

— Dimitria? — A caçadora sentiu que estava prestes a desabar quando a figura de Aurora despontou nos últimos degraus da torre, e foi em direção a ela. Havia círculos fundos embaixo de seus olhos, sinais evidentes de uma noite mal dormida — ela parecia cansada —, e Dimitria quis perguntar se estava tudo bem, mas não conseguiu.

Ela não costumava chorar. Não se lembrava, na verdade, da última vez que havia acontecido; quando seu pai se fora, Dimitria estava acostumada o suficiente à perda para reprimir qualquer lágrima. Mas Aurora venceu a distância entre as duas, reconhecendo algo nela que parecia partido — e, pela primeira vez em muitos anos, Dimitria sentiu o pinicar molhado das lágrimas encherem seus olhos.

— Ei. Vem comigo, vem? — Aurora conduziu Dimitria para dentro do quarto, sentando-a na cama e envolvendo a caçadora num abraço suave. Seus lábios roçaram suavemente os cabelos indomáveis e escuros de Dimitria, e, a despeito de seus receios, ela sentiu seu corpo relaxar instantaneamente. Havia algo em Aurora que a lembrava de casa, do calor confortável das chamas da lareira, que apagava seus medos e a sensação de estar sendo observada.

De um lar.

— Por que você não me conta o que houve? — Aurora falava de maneira suave, e Dimitria teve um vislumbre fugaz da garota fazendo a mesma coisa com Astra, quando a mãe das duas morreu.

— Ela era só uma criança, Aurora. — Dimitria engoliu em seco, a voz um sussurro. — Eu a encontrei na floresta. Eu não consigo imaginar a dor. A dor... — Ela sentiu rastros quentes lhe marcarem a face. As lágrimas pareciam estranhas, pouco familiares contra sua pele.

— A caçula dos Oleandro? — Aurora suspirou, toda a crueldade do que acontecera parecendo contida em seu suspiro. — Não se fala em outra coisa. Meu pai disse que foi um acidente atroz, que a acharam num estado horrendo. Mas eu não sabia. — A loira segurou o rosto de Dimitria com delicadeza, fazendo com que os olhos das duas se encontrassem, e secou suavemente as lágrimas de Dimitria. — Não sabia que tinha sido você. Eu sinto muito, Demi.

Dimitria também não conseguia lembrar-se da última vez que alguém tinha secado suas lágrimas.

Provavelmente tinha sido Hipátia, uma vida atrás.

— Você não faz ideia. — Dimitria secou o restante do rosto, suas luvas ásperas contra a pele. Ela sabia o que Aurora queria perguntar, queria entender: podia sentir todas as perguntas não ditas no silêncio entre as duas.

Ela também sabia que era egoísta pedir que Aurora a consolasse, especialmente depois do dia anterior.

Dimitria pediu assim mesmo — se não com palavras, com uma súplica muda.

Aurora entendeu. Aninhou a caçadora entre seus braços, recostando contra a parede e emaranhando os dedos nos cabelos trançados como se pudesse puxar as memórias horrendas uma a uma, como tricô.

— Eu não nasci sozinha. — Dimitria sentiu as palavras vindo antes que pudesse evitar, como se tivessem esperado a vida inteira por uma abertura. — Denali nasceu comigo. Nós éramos iguais.

Ela não precisava fechar os olhos para lembrar, pois via Denali — ou, ao menos, a mulher que Denali teria se tornado, se não estivesse morta — todos os dias no espelho. Ela teria sua compleição marrom queimada, o nariz reto e arrogante, os olhos astutos. É lógico, Dimitria nunca teria como ter certeza — o futuro de Denali foi roubado da garota tanto quanto de Dimitria.

— Foi um acidente. — Um nó se instalou em seu peito, em carne viva como uma ferida recém-feita. Era dolorido demais, intenso demais,

133

mesmo que, naquele inverno, fizesse 14 anos que sua irmã tinha saído porta afora pela última vez.

Um sorriso, uma promessa, e do alto de seus oito anos Denali tinha visto seu último nascer do sol.

— Eu volto logo pra gente brincar, Demi!

Tinha sido um inverno frio, inclemente, e os lobos não sabiam que Denali tinha uma irmã gêmea que a esperaria até a manhã seguinte, quando, fazia muito tempo, o período de brincar havia passado e se posto com o sol. Os lobos não sabiam que Hipátia, com toda a sua sabedoria de bruxa curandeira, seria incapaz de encontrar o corpo da filha — e, portanto, jamais conseguiria curá-la.

Eles não sabiam que Hipátia, embora conseguisse curar todas as doenças do corpo, jamais encontraria uma cura para a doença que se instalou em seu coração quando sua filha morreu.

Ela definharia em menos de três meses após a morte de Denali. Igor Galego Coromandel, seu marido, jamais seria o mesmo — e, cinco anos depois, ele também sumiria em uma nevasca para jamais voltar.

Os lobos não tinham como saber de nada disso. Lobos tinham fome, e Denali era doce, inebriante e cheia de vida.

Mas Dimitria sabia. E encontrar a garotinha na floresta tinha sido como encontrar Denali, seu corpo dilacerado pelas vontades impiedosas de um monstro faminto.

Tinha sido então que Dimitria prometera proteger as pessoas de toda a crueldade que a fome podia causar a criaturas movidas por seus instintos mais primitivos. Ela tinha falhado daquela vez, e o custo tinha sido uma vida — mas Dimitria sabia muito bem que não era apenas uma vida. Era uma história inteira. Uma mãe, um pai. Duas irmãs a quem não tinha sobrado nada além de uma a outra.

Aurora ouviu em silêncio, os olhos atentos. Quando ela falou, a dor de Dimitria parecia espelhada em sua voz.

— Eu não consigo imaginar o quanto deve ter sido terrível encontrar Azaleia. Esse peso que você carrega... — Suas mãos eram macias, e acariciavam o rosto de Dimitria com uma ternura intensa e verdadeira. Não importava que as duas se conhecessem fazia um mês; o sentimento que desabrochava era tão real quanto o que Dimitria tinha acabado de compartilhar. — Eu não sei o que faria se alguma coisa acontecesse com Astra. Você é tão forte, Demi.

— Eu não me sinto forte. — Dimitria respirou fundo, tentando engolir a culpa e o medo de uma vez só. — Algo me diz que o monstro vai atacar de novo, Aurora.

— Se você sabe de alguma coisa...

— Eu não tenho nenhuma prova concreto para acreditar nisso. Nem fui capaz de encontrar o restante das pegadas do que quer que seja que tenha matado Azaleia. Mas eu sei, entende? Eu sei. — Dimitria tinha certeza de que soava inconsequente.

— Eu acredito em você. — As palavras eram simples, diretas, mas foi como se acendessem algo dentro de Dimitria; algo feroz e intenso que parecia derreter as sombras geladas do passado.

Sem aviso, Dimitria tomou os lábios de Aurora nos seus.

* * *

— Demi. Demi!

A voz de Igor penetrou seus pensamentos, tão distantes da pequena casa que os dois dividiam que demorou um tempo para que Dimitria voltasse ao presente.

Seu corpo estava em casa, mas sua mente ainda estava com Aurora. Sua "amiga".

Elas eram apenas amigas. Mas como é que Aurora conseguia penetrar suas defesas? Dimitria nunca tinha conseguido contar a ninguém sobre Denali, e, ainda assim, Aurora havia puxado a verdade de dentro dela, palavra por palavra.

Era mais do que isso. Se os últimos beijos das duas tinha sido Aurora a tomar a iniciativa, tornando fácil para Dimitria atribuir o gesto inconsequente aos desejos carnais da loira, ela tinha feito a mesma coisa mais cedo, não tinha?

Como é que qualquer pensamento racional parecia inútil quando elas estavam juntas?

E ali estava a realidade, lógico, personificada na figura de seu irmão. Dimitria se reorientou para onde estava, ajeitando o corpo no sofá e tentando fingir que não havia nada de errado.

Ao menos estava ficando mais fácil mentir para Igor — *nada que a prática não ajude*, pensou amargamente.

Mas a verdade é que havia algo nascendo em seu peito, e Dimitria conseguia senti-lo toda vez que pensava em Aurora. Algo intenso, corrente como a água do rio, cristalino e inegável. Ela tentava não pensar no que poderia ser: dar nome às coisas costumava fortalecê-las, e a vida de Dimitria já estava complicada demais.

— Você está com a cabeça longe esses dias. Está tudo bem? — Era incrível que Igor ainda não tivesse percebido suas mentiras, tamanha era a sintonia que o irmão demonstrava com ela. Mas Dimitria sempre tinha sido boa em ocultar suas preocupações: era parte de ser irmã mais velha.

Pelo menos, ela podia oferecer parte da verdade naquele caso.

— Acho que vai demorar um tempo para esquecer o que aconteceu com Azaleia. — Dimitria puxou o caderno de anotações de dentro do bolso do casaco, olhando as pegadas que tinha desenhado mais uma vez. Ela virou a página para Igor, indicando o solado incomum das botas que havia encontrado ao lado das pegadas de urso.

— Você reconhece?

O irmão deu de ombros, assentindo sombriamente.

Ele não parecia ter feito a conexão com Denali, não da mesma maneira que Dimitria ele era apenas um bebê à época, afinal. Para ele, Azaleia era uma triste garota morta; não um fantasma de seus traumas passados.

Ademais, Igor parecia mais bem-humorado do que de costume: seus olhos brilhavam como se escondesse um segredo, e ele sentou-se à frente de Dimitria. Um sorriso ladino repousava em seu rosto, e Dimitria não pôde evitar sorrir, também. Era bom vê-lo assim.

— Que cara é essa de quem comeu e tá gostando? Desembucha. Alguma garota nova?

Uma parte de Dimitria se repreendeu pelo desejo de que a felicidade de Igor fosse, de fato, por causa de uma pretendente que não fosse Aurora.

Não é minha culpa se essa é a solução mais fácil!

Igor revirou os olhos.

— Sempre pensando com a cabeça de baixo. Metaforicamente, óbvio. — Ele riu enquanto Dimitria fez uma careta, puxando um papel de dentro da sacola de couro que carregava consigo. — Não, minha cara irmã, mas finalmente estou chegando mais perto de conquistar a minha garota de sempre. — Igor estendeu o papel para Dimitria, que analisou a caligrafia fina e elaborada.

— Aprendiz de mago de Solomar — Ela arregalou os olhos. — Espera, eu achei que ele tivesse escolhido a...

— Outra pessoa? Eu também. Mas aparentemente algo aconteceu com a garota, e ela não vai conseguir cumprir as funções necessários, então Solomar foi obrigado a implorar para mim. — Os olhos de Igor cintilavam sob a luz da fogueira. — Eu não me incomodo de ser a segunda opção, Demi. Solomar logo vai perceber que esse aparente azar foi sua maior sorte.

— E seus livros novos?

— Solomar de dia, estudos à noite. Estou realmente comprometido, Demi.

— Gui. — Ao menos uma notícia boa vinha daqueles dias sombrios. Orgulho expandiu-se em seu peito, e Dimitria jogou os braços ao redor do irmão em um incomum abraço. A culpa crescia em igual medida, mas ela ignorou a pontada seca que o sentimento provocava. — Eu te disse, maninho. Eu te disse que você teria sua chance.

O corpo de Igor ficou rígido em seu abraço, e Dimitria desvencilhou-se, tossindo sem graça.

— Vamos ter que comemorar enchendo a cara no festival das luzes, então. — Igor respondeu à sugestão com uma risada.

— Solomar vai montar em mim como a um cavalo. Entre os estudos e o trabalho, eu mal vou ter tempo de respirar, que dirá frequentar uma festa da libertinagem. E eu ainda nem tenho máscara. Deixo esse tipo de comemoração para você.

— Eu mesma vou arranjar a máscara amanhã, mas faça como quiser. — Dimitria fez uma falsa mesura, sem se surpreender com a postura de Igor. Todo ano era a mesma coisa: ela tentava convencê-lo a ir, e ele sempre tinha uma desculpa. — Eu serei a última a sair, com sorte sendo carregada por Au... alguma garota. — Ela engoliu em seco, tentando disfarçar com um sorriso.

Teria que ser mais cuidadosa, caso continuasse escolhendo o caminho da mentira — o que, cada vez mais, parecia ser o caso. A verdade é que a imagem de aproveitar o festival ao lado de Aurora era como vinho hidromel: doce e inebriante. É óbvio que não poderia ser oficial, especialmente considerando toda a especulação ao redor do destino da mão de Aurora.

Ainda assim, ela era sua guarda-costas, não é? E sua amiga. E havia pouco que a agradava tanto, naquele momento, do que imaginar o rosto mascarado de Aurora iluminado pelos fogos de artifício e embalado pela música. Por um lado, ela sabia que seria difícil uma simples serviçal acompanhar a filha de Bóris van Vintermer ao Festival das Luzes, mas...

Sonhar não custava nada.

Igor não pareceu notar seu devaneio e sua escorregada, e levantou-se, indo em direção à janela.

— Vamos ter mais luzes de novo, hoje. — Igor murmurou, os olhos vidrados no céu de nuvens brancas e pesadas. Dimitria sentiu um arrepio quando pensou no tipo de presságio que a aurora boreal trouxera na noite anterior.

— Como você sabe?

— Hã? — O irmão voltou-se novamente para ela, uma expressão vazia em seu rosto.

— As luzes. Como você sabe quando elas vêm?

Dimitria sabia que Igor aproveitava a energia mágica das luzes para reforçar seus encantamentos sobre as armas de Dimitria, ou tentar feitiços novos. Mas isso, de prever quando as luzes viriam, era novo.

— Eu sei muito mais do que você imagina, cara irmã. — Igor deu de ombros, e seu sorriso provocou em Dimitria um arrepio inexplicável.

Capítulo 10

Igor realmente estivera certo sobre a aurora boreal. Dimitria tinha ouvido diversas pessoas comentando sobre o espetáculo noturno em seu caminho para a casa dos Van Vintermer — tantas quantas comentavam o festival das luzes.

Como ditava a tradição, o festival aconteceria na noite seguinte — a primeira lua cheia após a aurora boreal —, e a cidade borbulhava de preparativos. Dimitria fez um desvio até a praça central para ver a grande pilha de madeira que sabia estar sendo iniciada, onde a fogueira em homenagem às luzes iria ser acesa e a maior parte da festa aconteceria. Havia um clima palpável no ar, um sentimento como faísca que tinha gosto de cerveja e cheiro de pólvora.

Azaleia Oleandro parecia ter sido esquecida tão velozmente quanto o sol havia nascido.

Dimitria tinha que admitir que, à luz dura e alegre do sol de inverno, era difícil acreditar com tanto afinco em sua teoria de que um monstro havia assassinado a garota. É lógico, tinha sido um ataque monstruoso, mas um urso esfomeado não tinha exatamente controle sobre seus atos, tinha?

Uma voz obstinada em sua mente insistia em dizer que não tinha sido um urso, mas ela lutava para espantar esses pensamentos. Por sorte (ou azar), a distração perfeita estava, como sempre, esperando na porta de Winterhaugen. Tristão Brandenburgo.

Dessa vez, Tristão estava acompanhado por uma pequena comitiva de cinco "amigos" se é que pode se chamar de amigos as pessoas cuja presença você tem que comprar. Dimitria tinha visto um ou outro pela cidade, e até havia ganhado de alguns deles nos jogos de dados.

Um sorriso arrogante se instalou em seu rosto ao pensar que nem todos os amigos, moedas e buquês — que, naturalmente, Tristão levava em mãos — seriam capazes de comprar o que ela e Aurora tinham compartilhado no dia anterior.

Ainda assim, era difícil controlar a sensação morna de ciúmes que queimou sua garganta ao colocar os olhos no loiro, seu semblante quase perfeito — apesar dos arranhões, cuja cicatrização parecia lenta demais para qualquer que fosse o ferimento.

A caçadora caminhou lentamente em frente à procissão de babacas, dirigindo-se ao portão de entrada.

— Não sabia que os Van Vintermer tinham contratado um novo garoto de estábulo.

Um dos jovens, de cabelos escuros e oleosos, grunhiu quando Dimitria passou.

— É aí que você se engana, Hugo. — Tristão sorriu, maldoso. — Esse é o cavalo novo. É só reparar. Ancas largas, uma crina fedorenta. Isso sem falar nos dentes. E nas bolas.

O grupo explodiu numa risada uníssona, e alguns fizeram barulhos de relincho à medida que Dimitria passava.

Ela parou, ficando de frente para Tristão, o sorriso ainda nos lábios.

— Você deve conhecer bem os estábulos, não é, Tristão? Não é qualquer um que consegue comer merda de cavalo todos os dias e ficar com um cabelo tão sedoso. — Ela esticou as mãos como se fosse bagunçar a franja perfeita dele, e ele se afastou como se ela desse um bote, seus olhos apertando à medida que a risada de seu grupo perdia força.

— Com certeza é melhor do que qualquer coisa que você arranje para comer. Acredito que o dia em que uma serviçal insolente como

— 141 —

você coma merda é dia do banquete na sua casa, não é? — Tristão cuspia as palavras, e Dimitria sentiu sua raiva aquecer ainda mais, quase borbulhando. — Aquele imbecil que você chama de irmão deve até bater palmas de alegria.

Ele riu maldosamente, batendo palmas e fazendo uma reprodução cruel de algo entre uma criança e um bêbado.

— Carniça, maninha, carni...

O ódio quente e vermelho ferveu, apoderando-se da visão de Dimitria, e, sem que ela conseguisse pensar, seu punho voou na direção do rosto de Tristão.

Ela puxou as rédeas do impulso no último segundo, suas juntas a milímetros do queixo esculpido do jovem. Dimitria ouviu o arranhar metálico das espadas dos nobres sendo desembainhadas, e sabia que todas estavam apontadas para si.

De um lado, o ódio que a comandava não parecia se importar — o fato de Tristão ter se encolhido frente ao seu golpe era o suficiente para deixá-la satisfeita.

— Mais uma palavra sobre meu irmão e eu garanto que você vai passar a invejar os cavalos. Mais especificamente, seus dentes. Eles estarão intactos, ao contrário dos seus. Entende?

Ela deu tapinhas irônicos e agressivos na cara de Tristão, espumando.

— Você é uma insubordinada que não sabe seu lugar, Coromandel. — Os dentes dele rangeram ante a ameaça. — Cinco espadas apontadas para você e você não consegue calar a boca.

— A diferença entre nós, *garanhão*, é que eu não tenho medo de apanhar. Eu posso até ser um cavalo, mas aposto que meu coice dói muito mais que seu relincho.

Ela abaixou o punho, batendo contra a mão de Tristão num gesto rápido e fazendo com que o buquê de lírios caísse no chão.

Dimitria se virou contra as espadas, ignorando-as sumariamente e continuando sua caminhada em direção à mansão.

*   *   *

Só quando bateu a porta atrás de si, invadindo a cozinha com um ímpeto que assustou a empregada que lá estava, Dimitria finalmente cessou o ranger os dentes.

Seus pés fizeram, quase inconscientemente, o caminho até a biblioteca: ela sabia que era onde Aurora estaria, como de costume, tomando seu café da manhã, e de fato lá estava ela, sentada em frente a uma bandeja de desjejum suficiente para alimentar um pequeno principado. Frutas, pães doces, roscas recheadas de creme, tudo que ela pudesse desejar enfileirado à sua frente.

Ainda assim, Aurora não parecia estar comendo, e havia algo de diferente em seu rosto geralmente tão alegre e cheio de vida: círculos escuros rodeavam seus olhos e sua pele tinha uma cor macilenta, quase doentia.

— Bom dia, raio de sol. — Dimitria tentou afastar a leve preocupação que sentiu ao vê-la. Aurora lhe sorriu de volta, indicando um lugar ao lado de si, e Dimitria se sentou, pegando um pedaço de pão sem pedir licença. — Você parece... ótima?

— Há, há. — Aurora tossiu, a voz rouca. — Eu não dormi direito. Acho que peguei alguma coisa de você.

— Pulgas, provavelmente? — Dimitria revirou os olhos, sem conseguir deixar de pensar na comparação que os amigos de Tristão fizeram, mas Aurora deu um tapa leve em seu ombro.

— Você não tem pulgas. Não, acho que é um resfriado. Com sorte amanhã estarei bem.

— Espero que sim. Seria uma pena se você não pudesse aproveitar o festival. — Dimitria piscou, e um pouco de cor retornou ao rosto de Aurora. — Pensei que eu pudesse te mostrar um pouco do meu mundo, pra variar.

— Eu conheço o festival!

— Ah, lógico. — Dimitria riu, recostando o corpo no estofado atrás das duas. — A parte séria e nobre, que começa ao entardecer e termina depois dos fogos de artifício. Não, *princesa,* o meu lado é muito mais interessante. Não espere voltar para casa antes das três da manhã.

— 143 —

— Nada de bom acontece depois das três da manhã — respondeu Aurora, categórica, não sem uma ponta de curiosidade evidente em seus olhos.

— Correção: nada que você conheça.

A loira pegou um pedaço de pêssego, e, à guisa de resposta, enfiou-o na boca. O pêssego era quase da cor de seus lábios, um coral macio e doce, e Dimitria controlou o impulso de beijá-la. Pêssegos e creme não conseguiam ser mais doces do que ela.

Mas ontem não fomos amigas. Fomos?

O sumo do pêssego escorreu pelo queixo de Aurora, e Dimitria esticou a mão para limpá-lo, sentindo o familiar bater de asas em seu peito. Era como uma linha diretamente ligada a Aurora, um fio vivo e incandescente que respondia toda vez que elas se tocavam.

Ela levou o polegar à boca, lambendo o sumo doce. Uma mistura de pêssego com a pele de Aurora. Os olhos das duas se encontraram.

— Dimitria, o que aconteceu ontem...

Um som de passos quebrou o feitiço, e Dimitria se afastou, pulando de pé como uma mola. Bóris estava prostrado na porta, uma expressão inescrutável no rosto.

Dimitria sentiu todo o seu corpo preparar-se para a fuga, a adrenalina espalhando-se como fogo em palha. Será que ele tinha visto algo?

Por um segundo ninguém disse nada, a tensão parecendo parar o tempo. Imóvel, Dimitria mal ousava olhar para Aurora — até que ela quebrou o silêncio.

— Bom dia, papai. — Ela tossiu de novo, e Dimitria agradeceu aos deuses pelo mal-estar de Aurora; era uma boa distração.

— O que houve, meu bem? — Bóris atravessou em passos largos o espaço entre eles, colocando uma mão na testa de Aurora. — Febre? Quer que eu chame alguém?

— Estou sobrevivendo, pai.

— Sobrevivendo? — Bóris pareceu alarmado, mas Aurora revirou os olhos, não sem alguma ternura.

— Foi uma noite mal dormida. Está tudo ótimo, e Dimitria está se certificando de que eu não vou definhar. — Ela sorriu para a caçadora, que disfarçou com uma piscadela, e Bóris sorriu com aprovação.

— Exatamente o motivo pelo qual te contratei, Coromandel. Aurora precisa estar em perfeita forma para amanhã! — Ele bateu palmas, e, com seu porte grande, o efeito era comicamente exagerado. — Você viu o vestido novo que comprei, querida?

— Sim. — Algo na voz de Aurora fez Dimitria ter certeza de que ela não tinha gostado do presente.

— E então? Eu me superei dessa vez.

— Ele é... — Aurora procurava a palavra certa. — Extravagante.

— Nada além do melhor para minha princesa. — Bóris se inclinou e depositou um beijo no rosto da filha, sem perceber o duplo sentido de suas palavras. — Tristão não vai conseguir desgrudar os olhos de você. — Da mesma maneira, ele não notou que a expressão de Aurora se desfez em uma carranca.

— Tristão? — O nome do nobre foi como um balde de água na cabeça de Dimitria, e ela franziu a testa, tentando entender. Sim, ele tinha convidado Aurora para o festival e ela disse que ia pensar, mas a caçadora tinha certeza que era apenas uma estratégia para ganhar tempo. — Você vai com ele?

— Não é maravilhoso? — Bóris apoiou uma das mãos no ombro da filha, olhando para ela com um orgulho que pareceu expandir seu peito. — Sabe, Coromandel, Úrsula e eu nos conhecemos no festival das luzes. Até parece que foi ontem. Minha sogra sabia exatamente o que estava fazendo quando a colocou em meu caminho, vestida como um anjo que desceu à terra. Nós nos casamos alguns meses depois.

Ele falava com uma nostalgia perceptível, seus olhos distantes, mas Aurora não parecia embarcada na visão.

— Você parece incrivelmente interessado no festival, pai. Talvez você devesse acompanhar Tristão e usar o vestido? — Suas palavras eram desafiadoras, mas havia um tom derrotista em sua voz que Dimitria não soube se deveria atribuir à doença ou a uma discussão anterior.

— 145 —

O olhar das duas se encontrou brevemente, e o gosto de pêssegos desapareceu da boca de Dimitria, substituído por algo bem mais amargo.

— Há! Vejo que nem essa gripe é capaz de acabar com o seu bom humor. — Bóris ignorou o comentário, dando tapinhas amigáveis no ombro da filha. — Marque minhas palavras, Coromandel. Depois de amanhã, os Van Vintermer e os Brandenburgo terão muito o que comemorar! — Ele deu outro beijo na cabeça de Aurora e saiu da biblioteca deixando um cheiro forte de rancor atrás de si.

Dimitria fechou a porta antes de falar qualquer coisa, segurando a raiva na mesma medida em que tentava racionalizá-la. É lógico que Aurora iria ao festival com alguém de sua estirpe, e não com sua amiga-chefe da guarda-caçadora de estimação que ela ocasionalmente beijava.

Você acha mesmo que ela iria com você?

Não como meu par, mas...

Ah, sim, lógico! A solteira mais cobiçada do Cantão indo sozinha ao evento da temporada.

Mas tinha que ser com Tristão?

Ele é o príncipe de Nurensalem, Dimitria. Use seu cérebro. É a escolha...

Obviamente ela poderia ter me dito.

Agora você se importa?

Eu gosto dela.

Achei que vocês fossem amigas.

Ah, cala a boca!

— Vai dizer alguma coisa ou vai ficar aí parada como uma panela de pressão? — Aurora cruzou os braços, na defensiva, e as palavras explodiram de Dimitria numa torrente incontrolável.

— Tristão? Sério?

— Por favor, Demi. — Era como se Aurora criasse uma muralha ao redor de si. — Como se meu pai fosse deixar passar uma chance perfeita dessas.

— "Chance perfeita"? É isso que você acha, então?

— É lógico que não! — O rosto da loira corou ainda mais, de raiva ou vergonha, era impossível saber. — É o que meu pai acha.

— Tristão é um imbecil de marca maior. Você sabe disso. Para coroar, ele é um covarde; seu pai e ele estão tão preocupados com o negócio que vão fechar no festival das luzes que não foram capazes de destacar um guarda que seja pra ir atrás do assassino da garotinha dos Oleandro.

— Dimitria. — O tom de Aurora suavizou sob a menção do que tinha acontecido, mas isso gerou o efeito oposto em Dimitria. Ela não queria que Aurora tivesse pena dela, e estava começando a se arrepender de ter revelado tanto de si. — Você sabe muito bem que eu não tenho escolha. Eu não sou livre como você.

Aquela frase. Dimitria riu, ácida e maldosa.

— Pobre menina rica, que do alto de sua torre de marfim não tem escolha sobre nada nem ninguém. Você é uma passageira em sua própria vida, mesmo. — Ela sentiu uma satisfação perversa ao ver a dor no rosto de Aurora, mesclada à culpa que ela estava se acostumando a carregar.

Uma pequena parte dela quis retirar as palavras, mas eram como as flechas encantadas que ela atirava contra sua caça: irrecuperáveis.

— Você podia ter me dito. — Dimitria sabia que, de tudo que havia falado, era aquilo mesmo que a incomodava. O fato de ter sido pega de surpresa, de por um momento ter acreditado que seria diferente.

Acreditou porque quis.

— Eu não te entendo, Dimitria. — Aurora era toda escudos e muralhas, a voz subitamente fria e distante. — Num dia, você me beija. Depois, diz que eu não te conheço e que quer ser minha amiga. Então, me acusa de esconder uma coisa que deveria ter ficado óbvia para você.

Ela parecia exausta, e Dimitria se perguntou se a noite em claro não tinha sido, ao menos um pouco, fortalecida pela confusão a qual a caçadora a estava submetendo.

— Por que te interessa com quem eu vou no Festival das Luzes? Por que você se importa tanto?

O olhar das duas se encontrou num embate silencioso. Dimitria sentia a mistura de desejo e raiva se debater em seu peito, a onda incandescente de ciúme cegando qualquer sombra de racionalidade. Ela queria frear aquilo, pedir desculpas, começar de novo — mas era tão inútil quanto tentar mudar as curvas de um rio com suas próprias mãos.

Ela engoliu as palavras que queria dizer, e foi em direção à porta.

— Você tem razão. Não me importa. — Ela mal virou o corpo quando disse a última frase, batendo a porta atrás de si. — Eu não ligo para você.

Capítulo 11

Em toda a Romândia, não havia nada como o festival das luzes de Nurensalem.

Pessoas de todo o Cantão faziam a viagem até a cidade, procissões que desciam o vale em profusão assim que a primeira luz do norte despontava no céu. A festa começava a ser organizada no fim do outono, mas era somente na lua cheia, após a primeira luz, que de fato acontecia, como mandava a tradição. O chefe de Nurensalem dava a ordem, e de repente a cidade começava a se mobilizar, como uma colmeia.

Aquele ano não era diferente. A cidade inteira estava decorada com lanternas coloridas, papéis azuis, cor-de-rosa, verdes, pendurados em todas as portas e mastros de rua e torres de igreja. Elas seriam acesas durante a noite, quando a festa de fato começasse, mas por enquanto brilhavam contra as paredes de tijolo como pipas. Fitas de cetim amarradas com sinos desciam da base das lanternas, tilintando levemente à brisa.

Quanto mais perto da praça central mais lanternas havia, mais barulho e mais movimento se encontrava. Era lá que os guardas montavam a enorme pilha de madeira que serviria de base para a fogueira ao redor da qual a festa acontecia. Todos os anos, os guardas tentavam superar a altura do ano anterior — dessa vez, a pilha alcançava ao menos dez metros, e os homens continuavam colocando mais e mais toras.

Por todo lado se viam pessoas envolvidas com a festa — pendurando lanternas, ajudando a construir a fogueira ou os palcos, vendendo as máscaras que todos usavam durante o festival. Eram peças coloridas de papel machê, suas cores cintilando da mesma cor que a aurora boreal no céu. Todas as máscaras tinham um formato relacionado à natureza — naquele ano, o mais popular era um conjunto de rosas de papel que cobriam o rosto de quem usava, como um jardim.

O sol estava quase se pondo, o que significava que as festividades iriam começar em breve — com um discurso de Clemente e uma apresentação da banda local para marcar o início oficial —, e, ainda assim, pela primeira vez, Dimitria não conseguia sentir o arrepio de excitação que sempre precedia o festival.

Normalmente, a festa era a oportunidade perfeita para encher a cara e a cama (com sorte, com pelo menos duas garotas estrangeiras que jamais lembrariam seu nome). Havia cerveja e néctar de romã em excesso e todos usavam máscaras, o que dificultava um possível reconhecimento na manhã seguinte, e, apesar do frio, havia uma animação que se espalhava como fogo, fosse para pedir uma safra produtiva no próximo verão ou reunir coragem para enfrentar o longo inverno.

Mesmo com tudo isso, Dimitria mal conseguiu sorrir quando entregou algumas moedas de ouro ao vendedor de máscaras que pacientemente esperava que ela escolhesse. Ele as contou diligentemente, sorrindo como uma barracuda. Cinco moedas de ouro era um valor exorbitante por uma máscara, mas, naquele ano específico, Dimitria não parecia se importar.

— Boa escolha, senhorita. O gato selvagem é uma escolha popular entre as moças para encantar seus pretendentes.

Dimitria não sorriu. Ela colocou a máscara escura contra o rosto, observando seu reflexo num tampo de latão que o dono da loja tinha colocado para servir de espelho. A máscara tinha uma aparência feroz, e ela tinha certeza de que não era uma "escolha popular entre as moças": pra começo de conversa, os contornos escuros de um felino cobriam a maior parte de seu rosto, deixando-a irreconhecível.

Com alguma sorte, isso serviria para Aurora, também.

— Agustin? — Uma cabeça ruiva apareceu na porta da loja, bloqueando o caminho de Dimitria. Era uma moça bonita, as bochechas rosadas denunciando sua pressa, as sobrancelhas unidas em evidente preocupação. As madeixas cobre contrastavam lindamente com sua pele branca, mas era uma beleza falsa, quase manicurada.

Seus olhos varreram a loja, sem se demorar nas máscaras, e o vendedor abriu um sorriso largo — sabia reconhecer bolsos fundos quando os via.

— Ah, Jocasta! Eu estava me perguntando quando é que você viria. Tristão passou por aqui mais cedo. — Agustin deu uma piscadela, mas Jocasta parecia distraída. — E então, qual vai ser sua escolha? O gato selvagem está saindo bastante.

— Hã? Ah, o festival. — Jocasta nem olhou para Dimitria. — Escuta, Agustin, você viu a Júnia por aí?

— Sua irmã parece um pouco nova demais para se preocupar com máscaras e pretendentes, não?

— Esquece as máscaras por um segundo. — Dimitria estava quase saindo, mas o tom de Jocasta interrompeu seus passos, fazendo-a prestar atenção. Havia algo urgente no tom da garota. — Você lembra de ter visto ela por aí? Ontem, ou hoje mais cedo. Ela ia trazer uma coisa pra mim.

— Não que eu me lembre. Uma garota da idade dela não costuma andar por aí sozinha, eu teria reparado. — Se Agustin não gostou do tom de Jocasta, nada disse.

— Ultimamente Júnia se preocupa muito pouco com o que deve ou não deve fazer. Você tem certeza de que não viu? É uma garotinha ruiva, desse tamanho. — Jocasta indicou a estatura com a mão, e o jeito cansado com que ela descrevia a irmã fez Dimitria pensar que ela o havia feito durante todo o dia.

Ela teve que intervir.

— Sua irmã desapareceu? — A imagem de Azaleia surgiu na mente de Dimitria, uma mancha escura contra a neve. Ela engoliu a lembrança; era mórbido e improvável, certo?

Aquela seria justamente a noite mais animada da cidade, e todas as crianças deveriam estar livres, aproveitando a pequena fatia de liberdade antes que fossem confinadas dentro de casa pelo frio do inverno.

A não ser que alguém — ou alguma coisa — estivesse procurando por elas.

— 'Desapareceu', faça-me o favor. — Jocasta dirigiu-se de forma cortante a Dimitria, mas a preocupação nadava logo abaixo da superfície incisiva de sua voz, deixando-a menos afiada. — Minha irmã gosta de deixar minha mãe preocupada, mas dessa vez foi um pouco demais. Não aparecer em casa há dias... Ainda mais quando ela sabe que eu estou esperando um recado.

— Ela está sumida há dias? — Dimitria sentiu seu estômago contrair ao mesmo tempo que tentava racionalizar. Os guardas estariam procurando a garota, não? — Vocês avisaram alguém?

Jocasta a ignorou, voltando-se novamente para Agustin.

— Se você a vir, pode mandá-la pra casa imediatamente? Minha mãe está muito preocupda. E eu preciso falar com ela.

— Sim, com certeza. — O vendedor fez uma mesura exagerada. — Tem certeza de que não quer nenhuma máscara? Até Tristão comprou uma comigo esse ano. — Jocasta revirou os olhos, sem parecer muito convencida.

— Você não ouviu? Tristão tem companhia essa noite. Dizem que conseguiu fazer a princesinha sair da torre. — O jeito com que Jocasta se referiu a Aurora provocou uma reação quase visceral em Dimitria, e ela lutou contra o impulso de comprar uma briga.

— Ah. — Agustin suspirou, evidentemente resignado com o fato de que não ia conseguir fazer aquela venda. — Não me surpreende. A garota é uma chave dourada direto para os cofres dos Van Vintermer. Um casamento acertado, sorte de Tristão.

Jocasta riu, maldosa.

— Eu não teria tanta certeza. Dizem que ela é burra como uma porta.

Dimitria sentiu a garganta fechando em resposta, e flexionou os dedos involuntariamente.

— Com todos aqueles criados ao redor dela, certamente não tem muito uso para o cérebro. Uma pena que Bóris não teve outro filho. Mas Aurora ainda é a joia da coroa.

— Ela é uma joia, sim: dura e fria. — Jocasta apoiou o corpo no batente da porta, a busca pela irmã esquecida deixada de lado frente à fofoca. — Pobre Tristão. Uma cama quente é melhor do que uma feita de ouro, imagino eu.

— Aurora não é um objeto. — Dimitria não conseguiu conter as palavras, e sentiu a pressão crescer em seu corpo. — É uma pessoa, e é encantadora. Mesmo que nascesse de novo, Tristão jamais chegaria aos pés dela. Ele é perfeito pra tipos como você. — Ela olhou Jocasta de cima a baixo, não mais perdida na aparência imaculada da garota.

— E você é quem, mesmo? — Jocasta cuspia veneno e desdém. — Uma caçadora que vende cadáveres para sobreviver, por favor. Acha que defendendo Aurora vai conseguir ser o cão de caça dos Van Vintermer?

Dimitria sentiu um rubor incomum subir por seu rosto, tingindo de vermelho a pele negra.

— Pelo menos eu não esquentei a cama de todos os guardas na cidade para conseguir chegar perto de Tristão.

O queixo de Jocasta pendeu levemente, e ela não respondeu. Era de conhecimento geral que ela tinha muitas proezas naquele campo específico, e mesmo que Dimitria se sentisse mal ao usar esse tipo de informação contra a garota, não ia deixar barato o que ela dissera de Aurora.

— 153 —

Dimitria ignorou o olhar chocado de Agustin e colocou a máscara de gato selvagem de volta na prateleira, pegando as moedas douradas que o vendedor tinha acabado de colocar em cima do balcão e voltando-as para seu bolso.

— Tenha um bom dia.

E saiu sem olhar para trás.

* * *

— As coisas que eu não faço por amor...

— Quem ouve pensa que estou te arrastando para a forca. — Dimitria deu o primeiro sorriso da noite, sentindo o nó em seu peito afrouxar-se levemente. Ela sabia que tinha sido uma boa ideia trazer o irmão para o festival, ainda que tivesse implorado para que ele lhe fizesse companhia. — É uma festa, Igor. Eu prometo que você vai se divertir.

Era uma promessa vazia, mas, pelo menos, verdadeira. Igor revirou os olhos por trás da máscara de folha de bordo, os tons verde e esmeralda deixando em evidência o dourado de seus olhos. Ele usava o broche de Aurora, com o brasão dos Van Vintermer, preso à capa, e mesmo que Dimitria tivesse tentado convencê-lo a não fazer isso, o conjunto completo não era nada mal.

Ela não gostava de admitir, mas Igor era bonito: uma beleza felina que Dimitria não conseguia ver em si mesma quando olhava no espelho.

— Se arrumou todo pra ver Aurora, é?

Igor deu de ombros, encabulado.

Ainda assim, naquela noite ela não estava nada mal. Sua trança escura estava enrolada em um coque no topo da cabeça, e seu rosto, coberto por uma máscara de corvo. As penas escuras e sedosas emolduravam seus olhos, coladas com delicadeza por cima de uma estrutura de couro que formava um bico estilizado.

Ela tinha ficado com tanta raiva de Agustin que simplesmente entrou na primeira loja de máscaras depois da dele — e por mais que tivesse pago muito mais que cinco moedas na máscara, tinha que admitir que o preço era quase justo pela qualidade do artesanato.

Mais importante que bonita apenas, Dimitria estava feroz e irreconhecível — o que era excelente, visto que toda a cidade (e além) parecia estar contida na praça central.

Por uma ironia do destino, justamente a noite do festival estava nublada e ainda mais gelada do que o normal, nenhuma réstia de estrela — ou aurora boreal — visível no céu. Tinha sido a mesma coisa na noite anterior, depois da briga de Dimitria e Aurora, que havia sido fria e sem estrelas.

Não que importasse: a fogueira iluminava a festa, e seu brilho dourado e quente parecia vivo. Os sons distintos da lira e gaita de fole enchiam o ar tanto quanto os cheiros de carne assando, canela, mostarda, madeira sendo queimada.

Por todos os lados havia algo acontecendo: uma banda tocava caoticamente ao redor de um casal que dançava, rodeados por um grupo de pessoas. Do outro lado, um engolidor de espadas empurrava a terceira lâmina garganta adentro. Mais à frente, dois homens pareciam jogar um jogo que envolvia cartas e um consumo excessivo de cerveja, enquanto duas pessoas discutiam algo sob a sombra de um toldo. O homem usava uma máscara ridícula de leão e gesticulava comicamente para uma mulher ruiva vestida de cor-de-rosa.

Ah, o amor.

— É estranho pensar que Aurora frequenta esse tipo de festa. — Igor ajustou o broche, a ansiedade evidente em sua voz. — Não parece muito do feitio dela.

— Não mesmo. Esse é exatamente o meu feitio. — Dimitria sorriu abertamente, tentando deixar qualquer pensamento sobre Aurora e Tristão para trás. Ela puxou uma caneca de cerveja de uma moça que passava com uma bandeja, e enlaçou um dos braços no de Igor, dando um longo gole. Não era cerveja: era algo mais forte, o álcool potente em sua boca. Ainda assim, o líquido era amargo e ao mesmo tempo suave, e amoleceu quase imediatamente seu corpo.

— É barata, vulgar e caótica. A semelhança é inegável. — Igor riu da expressão ofendida de Dimitria. — Você me fez prometer vir, mas eu não disse nada sobre te irritar durante a noite.

Dimitria fez uma mesura e levou o caneco à boca mais uma vez, esvaziando-o num só gole. Era hora de aproveitar.

A noite parecia feita do mesmo líquido que Dimitria bebera, inebriante como o álcool que corria por suas veias. Entre a música e as vozes entrelaçadas na multidão, Dimitria mal conseguia ver o tempo passar — em alguns momentos ela quase se esquecia de Aurora e Tristão.

Igor também parecia mais a vontade do que de costume, mesmo que seus olhos se arregalassem num susto toda vez que alguma moça o chamava para dançar. Para a sorte de Dimitria, toda vez que o irmão as negava era uma oportunidade para ela se oferecer como par era a quinta vez que ela dançava com uma possível pretendente de Igor, e o suor escorria por baixo da máscara.

Ela se aproximou do irmão novamente, dando um soquinho em seu ombro.

— Você acaba de perder a chance de conhecer mais sobre Myrcela. Ela trabalha como artesã e curandeira. — Dimitria sorriu, satisfeita, sentindo a garganta seca de tanto dançar (e dar em cima de Myrcela).

Igor riu, sem parecer convencido.

— Eu passo. Nenhuma delas chega aos pés de Aurora.

Com isso, Dimitria tinha que concordar. Mas pensar em Aurora doía, e dor era a última coisa que ela queria sentir naquela noite feita para o prazer.

Era o momento de mais uma bebida — cerveja, de preferência, especialmente se precisasse se manter mais ou menos controlada pelas próximas horas. Ela girou o corpo, procurando a moça da bandeja e a barraca de pernil, quando sua busca foi interrompida por uma trombada brusca. Dimitria estava com as desculpas prontas, mas levantou os olhos e viu Jocasta.

— Ah. Você. — Apesar da máscara felina que cobria o rosto delicado, Dimitria a reconheceu imediatamente. Jocasta limpou o vestido cor-de-rosa, como se receasse contrair alguma doença. Ela estava acompanhada de um homem loiro que Dimitria reconheceu ser Aleixo Voniver, amigo de Tristão — um dos que tinha relinchado para Dimitria.

Ele tinha o nariz franzido como se estivesse perpetuamente sentindo cheiro de bosta, e mesmo sua nobreza não tinha sido capaz de tornar os olhos aquosos e pequenos mais agradáveis. Era como se um artista pouco talentoso tivesse tentado esculpir Tristão: havia uma semelhança óbvia, mas não chegava nem perto do original.

— Boa noite pra você também, Jocasta. Vejo que conseguiu uma réplica de Tristão pra te acompanhar. No escuro não tem diferença, certo? — A bebida tinha relaxado seus membros e seus limites, e Dimitria sentia o gosto convidativo da briga em sua língua. Aleixo franziu a testa, que parecia grande demais para abrigar o que não devia ser um cérebro muito vantajoso, mas Jocasta apertou seu braço, desviando a atenção.

— E você veio com seu irmão. — Por mais que fosse quase impossível ver o rosto de Dimitria por trás da máscara de corvo, Igor era tão parecido com ela que a conclusão de Jocasta foi óbvia. — É assim que gente da sua laia se reproduz, imagino? Entre si, para evitar espalhar esse tipo de sangue.

Dimitria sentiu a mão de Igor segurando-a com força em seu ombro, e percebeu que seu corpo estava tensionado.

— Deixa pra lá, Demi. — Seus dedos tencionaram contra o ombro dela, e ela quase aquiesceu; Jocasta falou de novo, mas, dessa vez, pousando os olhos em seu irmão.

— Olha só, eu não sabia que os Van Vintermer tinham comprado o lote todo! — Ela apontou para o broche de Igor, abraçando Aleixo com um sorriso maldoso. — É por isso que você estava defendendo Aurora, então? Cães fiéis, os Coromandel.

Aleixo riu junto, um pouco atrasado.

— Quem sabe Aurora não deixa você vigiar o quarto enquanto Tristão faz dela uma mulher?

Foi como se seu ódio fosse alcoólico, explodindo de encontro ao fogo. A coisa que ela mais queria era socar aquele nariz franzido, fazê-lo chorar de dor.

Mas Dimitria sentiu a mão de Igor soltar seu ombro, e de repente era tarde demais.

O irmão se arremessou desajeitadamente para cima de Aleixo, e o barulho de osso de encontro ao maxilar foi o suficiente para que Dimitria soubesse que precisava intervir imediatamente.

Aleixo tinha vantagem em qualquer ângulo que analisasse, e isso ficou evidente em seu contra-ataque: ele foi para cima de Igor com um gancho de direita em seu flanco. Igor tentou desviar, mas era lento demais, e guinchou de dor. Aleixo desferiu outro soco, dessa vez contra o rosto de Igor. Um pedaço da máscara de bordo voou, partindo-se ao meio, e seu irmão foi ao chão.

Uma multidão de pessoas começou a se aglomerar ao redor deles, gritando palavras de incentivo — violência, assim como a cerveja, corria solta quando de encontro a ânimos exaltados.

— Igor!

Dimitria correu até os dois, o álcool em seu sangue dificultando um pouco seus movimentos, e de repente sentiu um tranco — era Jocasta, puxando-a pelo cabelo e desfazendo o coque de tranças. A distração foi suficiente para que o contragolpe de Aleixo a acertasse na barriga, uma dor seca subindo pela boca de seu estômago.

Sua visão ficou turva — mas ela conseguiu ver Aleixo tirando uma faca do bolso. Ele se virou novamente na direção de Igor, que, no chão, contorcia-se de dor.

— 158 —

Ah, não.

— Cuidado! — A voz de Dimitria atravessou o ar, e por alguma sorte do destino Igor a ouviu. Ele rolou, desviando por centímetros do golpe da faca. Aleixo tentou de novo, e Igor desviou novamente — mas o homem sentou-se em cima do peito dele. Sua sorte estava quase se extinguindo.

Dimitria se equilibrou de pé, tentando ir até o irmão, mas as pessoas aglomeravam-se ao redor da briga, como uma alcateia faminta de gritos incandescentes. Dimitria tentou se enfiar por entre as pessoas, procurando seu irmão freneticamente, mas o caos a engoliu.

As pessoas gritaram mais alto ante ao som de outro soco, e o desespero subiu, ácido, por sua garganta. Seu irmão era uma das pessoas mais inteligentes que ela conhecia, mas não conseguia lutar nem para, literalmente, salvar sua vida. Ela mal conseguia imaginar o estado em que estaria, especialmente considerando a faca de Aleixo.

— Ele tem uma faca! — Ela gritou, mas suas palavras foram engolidas pela multidão. Dimitria abaixou o corpo, finalmente encontrando uma abertura entre as pernas e corpos para chegar à clareira em que Igor e Aleixo se engalfinhavam.

O que ela viu, porém, não era o que esperava.

A faca jazia esquecida no chão, e Igor estava por cima do nobre, desferindo soco atrás de soco na massa ensanguentada que era o rosto de Aleixo.

Havia um brilho estranho ao redor dos punhos de Igor, quase como se eles estivessem cobertos por uma substância viscosa. Aleixo tentava cobrir o rosto com as mãos, mas era evidente que estava prestes a desmaiar — e quando o punho de Igor se chocou novamente com seu rosto, ele gemeu fracamente.

Algo estava errado.

Jocasta gritava de pavor, os olhos grudados no acompanhante, mas sua inutilidade era óbvia.

— Monstro! Pare, pare com isso!

— Igor! — Dimitria correu até o irmão quando ele ignorou seu chamado, segurando seu braço com força. Mesmo em um bom dia, Igor nunca tinha conseguido ser tão forte quanto ela — e, ainda assim, seu músculo tremia contra as mãos de Dimitria, pronto para mais um soco.

Ela o agarrou com a outra mão, chamando de novo.

— Igor, chega! Você vai matá-lo!

Os olhos dourados que encontraram os seus não pareciam ser de Igor.

A máscara de folhas tinha sido partida pela metade, e na parte visível de seu rosto havia manchas roxas começando a florescer. A respiração dele vinha curta, fatigada — mas eram os olhos, geralmente gêmeos aos de Dimitria, que pareciam mais intrusos: estavam arregalados e fugidios, como os de um homem encurralado.

Dimitria teve que segurar todos os seus instintos de caçadora para não atacá-lo.

Em vez disso, falou com a mesma voz que tinha ouvido Aurora usar para falar com Cometa, no dia em que ensinara Dimitria a cavalgar.

— Ei. Chega. Respira. — As vozes dos aldeões enchiam o ar ao redor deles, mas pareciam se dispersar à medida que a briga chegava ao fim. Dimitria focou o olhar em Igor, tentando sincronizar a respiração dos dois. — Ele entendeu. Você ganhou. — Ela puxou o corpo do irmão, tirando-o de cima de Aleixo, que continuava desacordado.

Igor piscou uma, duas vezes. Seus olhos eram os mesmos que ela sempre conhecera, e um alívio intenso tomou conta de Dimitria.

Até que a voz de Tristão interrompeu a cena:

— O que está acontecendo aqui?

Ele estava montado em um cavalo branco que tinha exatamente o mesmo tom do resto de suas roupas, e abria caminho pela multidão. Seu rosto estava coberto por uma máscara dourada, a figura imponente de um leão escondendo suas feições. Os cabelos loiros esvoaçavam por trás da máscara, e Dimitria ouviu murmúrios de admiração quando ele passou.

A caçadora, porém, mal conseguia registrar Tristão, pois montada atrás dele estava Aurora — e ela nunca estivera tão linda.

Ela também vestia branco, uma renda suave como névoa pontilhada de estrelas de conta prateada. O vestido parecia flutuar ao redor de seu corpo, deslizando como água por suas curvas. O decote amplo era preso com flores gêmeas em seus ombros, suas pétalas também brancas contra a pele rosada de Aurora, e seu rosto estava emoldurado por mechas cacheadas de seus cabelos.

Em seu rosto, uma lua nova feita de madrepérola branca reluzia sob as chamas da fogueira, a máscara mais original que Dimitria tinha visto.

A única coisa que marcava sua pele era uma fita vermelha de cetim enrolada no pescoço de Aurora — e que tinha uma semelhança desconcertante com uma garganta cortada.

Ainda assim, o efeito era absolutamente estonteante.

Aurora desceu do cavalo, a metade visível de seu rosto exibindo linhas de preocupação. Ela reconheceu Dimitria imediatamente, mesmo por trás das penas do corvo.

— Dimitria. O que houve?

— Deixe que eu cuido disso, minha dama. — Tristão tirou a máscara de leão, ajeitando os cabelos num gesto fluido e saltando do cavalo. Embora ele mantivesse a postura altiva, Dimitria não conseguiu deixar de perceber manchas vermelhas em seu pescoço.

Tristão viu que ela as olhava, e puxou a gola de seu casaco para mais perto da pele.

E então ele desembainhou a espada, apontando-a direto para Igor.

Dimitria se colocou entre os dois, sabendo que o irmão ainda estava saindo do transe ou do que quer que fosse aquele estado tresloucado em que ele se encontrara segundos atrás. Ela sentiu a ponta da espada de Tristão raspar em seu peito, e ergueu as mãos, se rendendo.

— Tristão. Abaixe isso.

— Quem você pensa que é? — Era a segunda vez que perguntavam isso para ela no mesmo dia; Dimitria ainda não tinha uma resposta. — Em nome dos Brandenburgo, saia da minha frente.

— Esta aberração acaba de espancar Aleixo! — Jocasta agarrou o braço livre de Tristão, desespero e malícia misturados em sua voz. — Ia matá-lo se você não tivesse chegado. — Ela esticou um dedo acusatório para Igor, que parecia nada além de um bicho assustado.

Suas mãos — vermelhas de sangue e terra — eram testemunhas silenciosas à história de Jocasta.

— Foi uma briga...

— Que tipo de briga deixa um homem nessa condição? — Jocasta se ajoelhou ao lado de Aleixo, cujo corpo inerte o fazia parecer um boneco desossado. Ele tossiu, desacordado, mas ainda vivo, e Dimitria se sentiu aliviada pela segunda vez naquela noite.

Igor se aproximou dela, e seu instinto protetor rugiu novamente.

— Qualquer briga que se preze. — Dimitria zombou, mas Tristão continuava com a espada erguida contra os dois.

— Esse tipo de violência só pode vir de um animal. — Ele bufou, algo entre o asco e o medo em seu tom enquanto ele olhava o estrago que Igor havia deixado no rosto de Aleixo.

Uma noite na cadeia vai esfriar seus ânimos, garoto.

Igor se encolheu atrás de Dimitria enquanto Tristão se aproximava. Ela queria que o irmão falasse algo, se defendesse, mas ele nada disse.

— Aleixo tinha uma faca! — Ela suplicava agora.

— Um homem tem que se defender. — Tristão tentou passar ao redor dela, e Dimitria plantou as duas mãos firmemente em seu peitoral. Ele cambaleou, a espada caindo de sua mão.

— E foi exatamente isso que Igor fez!

— Aprenda qual é o seu lugar! — A bela face de Tristão estava distorcida em um rasgo odioso. — Ou quer ir presa também? — Ele cobriu a distância curta entre os dois com alguns passos, e agarrou Dimitria pela gola da camisa. Tristão era forte o suficiente para levantá-la do chão, e Dimitria sentiu o ar fugir de seus pulmões.

— Largue-a imediatamente.

Aurora estava ao lado dos dois. Sua voz era estável, fria como o vento de inverno que insistia em adentrar o festival — e tão cortante quanto.

Tristão hesitou por alguns segundos antes de soltar Dimítria com violência. Ela bateu contra o chão, cambaleando — mas, ao levantar os olhos, a mão de Aurora estava estendida para ajudá-la a se levantar.

Por um breve momento, quando os olhos das duas se encontraram, seus batimentos pareceram vacilar.

Ela segurou a mão de Aurora — tão gelada, tão macia — e ficou em pé novamente, apertando os dedos da outra em um agradecimento silencioso e fugaz antes de soltá-los.

Dimitria podia sentir o olhar de Igor queimando contra suas costas.

— Eu não aprecio violência, Tristão, ainda mais vinda de quem deve proteger Nurensalem.

— Minha dama, eu...

— Eu não sou sua, mas sou uma dama. O que significa que espero no mínimo um módico bom senso de meus acompanhantes. E respeito por qualquer um. Especialmente por outra dama. — Dimitria não soube dizer se seu rosto refletia as chamas da fogueira ou se ela de fato estava corando.

— Senhor Coromandel. — Aurora se virou para Igor, que apenas engoliu em seco.

Dimitria viu em seus olhos a mesma devoção incondicional com que olhava para o broche. Era a segunda vez que Aurora intercedia por ele contra Tristão.

Ela deu alguns passos e se abaixou para apanhar a faca de Aleixo, analisando a arma com interesse.

— Você estava se defendendo de um ataque, é isso?

Igor acenou com a cabeça.

— Me parece que a maneira mais justa de resolver isso é mandar os dois para casa. Não acho que ninguém queira violência na noite mais festiva do ano. — Ela ignorou o olhar maldoso que Jocasta lançou em

163

sua direção, e voltou a falar diretamente com Igor. — Terei que pedir que se retire à sua casa, Coromandel.

— E Aleixo? — Jocasta cruzou os braços, visivelmente contrariada.

— Tenho certeza de que Tristão pode deixá-lo em casa. Uma boa noite de sono deve resolver isso. — Aurora mal olhava para Tristão, cuja expressão se desfez.

— Achei que fôssemos passar juntos a noite do festival.

Aurora ficou de frente a ele, adagas em seus olhos.

— Como eu disse, Tristão, minha companhia é reservada a quem se comporta. — Dimitria ouviu alguns risinhos maldosos vindo das pessoas que ainda observavam. — E evidentemente você não cumpriu esse requisito.

Ela se aproximou de Dimitria, enlaçando o braço no da caçadora. — Minha capitã me acompanhará essa noite. — Vamos, Dimitria.

Parecia que alguém tinha desferido um golpe bem no rosto de Tristão, tamanho era seu choque. Ele abriu a boca para dizer algo, como um peixe de cabelos loiros, mas Aurora estava de costas para ele, puxando Dimitria para longe.

A última coisa que Dimitria percebeu antes de sair da clareira foi o olhar de Igor, tremeluzindo à luz da fogueira.

*   *   *

— Grave minhas palavras. Em dez minutos, ela vai atrás do amigo de verde.

— O de máscara de pavão? Mas ele é horrível! E ela veio com Aleixo!

Dimitria deu de ombros, enterrando os dentes na coxa de pernil e tirando mais um pedaço.

— Eu te garanto — Dimitria engoliu, saboreando a carne defumada — que Jocasta nem ao menos lembra de Aleixo nessa altura do campeonato. O amor é cego, e, depois de três litros de hidromel, aposto que ela também. Falando nisso, é bom você tomar cuidado. — Dimitria apontou com falsa seriedade para o caneco meio vazio de hidromel que Aurora carregava. — Acho que você está se aproximando dos dois litros, e o senhor máscara-de-pavão tem dona.

— Que horror! — Aurora riu, batendo de leve no braço dela. — Você é asquerosa.

— Só estou falando a verdade, meu bem.

— E aquela ali? O que ela quer? — Aurora apontou para uma garota com uma máscara azul, as penas exuberantes cobrindo todo seu rosto. Ela dedilhava uma lira, e mesmo que Dimitria e Aurora não conseguissem ouvir sua voz do parapeito em que estavam sentadas, o grupo cativo ao seu redor sugeria que sua voz era bonita.

Ela também o era. Seu olhar por vezes corria a multidão a seu redor enquanto ela tocava, como se à procura de alguém.

— Uma artista. O que ela quer? — Dimitria terminou de comer o pernil, hesitando um segundo. — Provavelmente partir o coração de alguém e depois escrever uma música a respeito.

A risada de Aurora ecoou ao redor dela, limpa e leve.

— Sinto que alguém foi rejeitada por uma música.

— Eu? Eu nem tenho coração. — Dimitria não pode evitar sorrir em resposta, apoiando as costas contra a janela atrás das duas. A torre em que elas estavam era um bom ponto de vantagem para fazer uma de suas atividades preferidas: observar as pessoas e inventar suas histórias, desenhando tramas impossíveis e coloridas. Ademais, era distante da multidão e da festa, o suficiente para afastar a sensação de estar sendo observada que a caçadora sentia após toda a confusão.

Dimitria tinha um dom nato para ler pessoas, e Aurora oferecia comentários afiados e precisos.

A melhor parte é que a mistura do álcool com a festa era a desculpa perfeita para que nenhuma das duas falasse da briga, embora sua presença estivesse entre as duas, dormente, mas não morta.

Mas Dimitria não queria pensar naquilo, não quando estar com Aurora, longe de tudo, era o melhor antídoto. Não quando a risada de Aurora era doce e melódica como a música que certamente fluía da lira, tantos metros abaixo.

— Ah, olha lá! — Aurora apontou para a praça com um misto de surpresa e admiração, e quando Dimitria olhou para baixo, viu que Jocasta estava atracada com o Máscara de Pavão. Um sorriso arrogante se desenhou em seus lábios. — Como você sabia?

— Mágica. — Dimitria recostou nas pedras do parapeito e colocou as mãos atrás da cabeça, apoiando e relaxando o corpo. Ela sentiu (mais do que viu) os olhos de Aurora passeando por sua figura.

— Cala a boca. — Dimitria soube pelo vocabulário de Aurora que ela estava mais do que ligeiramente bêbada, e ela repetiu a pergunta. — Como você sabia?

Ela sorriu.

— O que eu ganho se te contar? — A provocação veio fácil, macia como a cerveja, e Aurora pareceu pensar sobre o assunto.

— Minha eterna gratidão e apreço.

— Como assim, não tenho seu apreço? Achei que eu já tivesse conquistado isso por ter salvado a tal da Princesa Estrela...

— Feldspato Estrela! — Aurora riu. — E tem a gratidão da minha irmã, não a minha.

Ainda estou me decidindo sobre você.

Dimitria aquiesceu.

— O Máscara de Pavão é o Lorde de Orleão. Ele sempre vem ao festival à procura de uma noiva, mas as más línguas — não eu, é lógico — o chamam de "O Lorde Feio". É evidente o motivo, mas sinto que Jocasta, especificamente, não se importa. O Lorde Feio dá a ela exatamente o que ela quer.

— E eu? — Aurora se virou para Dimitria, ficando de frente para ela. A metade visível de seu rosto estava bem corada, e Aurora deu mais um gole em seu hidromel. A caçadora não podia evitar pensar no gosto doce que os lábios de Aurora teriam, como seria a sensação do licor alcoólico contra sua boca.

— O que tem você? — A noite nublada parecia acentuar o brilho dos seus olhos, o convite mudo de seu sorriso. Dimitria manteve os olhos firmes no rosto dela, puxando as rédeas de seus pensamentos (e descobrindo que a cerveja e o hidromel os tinham amolecido, também).

— O que eu quero? — Aurora umedeceu os lábios, mordendo-os de leve. Seus dentes eram pérolas contra as almofadas rosadas de sua boca. — Se você é *tão* talentosa assim, prove. O que você acha que eu quero?

Dimitria inalou o cheiro de hidromel e lavanda, a familiar faísca acendendo em seu peito. As palavras lhe faltaram, como sempre parecia acontecer perto de Aurora, e ela se inclinou para mais perto da garota.

— Como eu vou saber?

— Você sabe tudo. Conhece o mundo. As camas de centenas, não, *milhares* de moças. E homens. — Era impressão, ou havia uma pontada de ciúmes na voz dela? — Todo mundo tenta adivinhar o que eu quero, mas você me parece a mais quafi... qualificada. O que eu quero, Dimitria Coromandel?

Dimitria queria beijá-la.

— A única pessoa que pode decidir isso é você, Aurora van Vintermer. A garota mais gentil, mais inteligente... E mais doce que eu conheço.

Aurora não sorriu.

— Eu não fui tão doce com Tristão. — O nome do loiro era uma mosca que ela parecia querer espantar. — Nem com o pobre do Aleixo. Nem com seu irmão.

— Foi, sim. — Dimitria sentiu os narizes das duas roçarem de leve, as peles quentes, apesar do frio. — Doçura não é somente elogios e submissão. É a gentileza calma do dia após uma nevasca. É desarmar com as palavras, e não com os punhos. — Ela também lambeu os pró-

— 167 —

prios lábios em antecipação. — É a coragem quieta de quem escolhe fazer o que é certo.

Mesmo antes de dizer tudo aquilo, Dimitria sabia que era verdade; seu coração martelava contra o peito, como se não soubesse o que fazer com aquela confissão. Ainda assim, o silêncio entre as duas era tudo menos desconfortável.

— Não sabia que você era poeta.

— Minha ex-namorada música me ensinou uma coisa ou outra.

Aurora riu, e mais uma vez o cheiro de hidromel dançou na ponta da língua de Dimitria.

Ela estava prestes a beijá-la quando ouviu o grito.

Capítulo 12

— Ajuda, pelo amor de Deus, alguém me ajuda!

Dimitria virou a cabeça na direção da praça, pois era de lá que vinha o grito desesperado, e viu que a multidão se abria para dar passagem a alguém. A música e os risos cessaram como a chama de uma vela, e Dimitria sentiu seus ossos congelarem de medo.

— Minha filha! Alguém ajude minha filha! — Os gritos desesperados vinham de uma mulher que atravessava a multidão, mas a distância em que Aurora e Dimitria estavam tornava impossível distinguir seu rosto. O que dava para ver é que ela caminhava com dificuldade, carregando o que parecia ser um saco pesado. A mulher entrou na clareira aberta pelos aldeões, a luz da fogueira tremeluzindo contra o saco.

Não era um saco, porém.

— Dimitria. — A voz de Aurora parecia distante, e Dimitria sentiu a náusea subindo por seu estômago quando reconheceu o que era. Ela virou de costas, começando a descer do parapeito e ignorando o outro grito que atravessava a noite — dessa vez, na voz de Jocasta.

Aurora a seguiu, descendo da janela e tentando acompanhar os passos cada vez mais rápidos de Dimitria. Ela agora corria pelas ruas de pedra, sentindo os paralelepípedos irregulares sob seus pés, e mesmo quando ouviu a respiração ofegante de Aurora atrás de si não ousou parar até chegar à praça.

Os gritos continuavam, murmúrios e lágrimas misturados, e Dimitria abriu caminho pela multidão pela segunda vez aquela noite, para alcançar a clareira que havia se aberto ao redor da mulher — que, agora ela conseguia ver, era uma senhora — e da garota ensanguentada que ela segurava nos braços.

Não que se pudesse chamar de garota, ao menos não mais. Era apenas um corpo desconjuntado, desprovido de vida e coberto de sangue. A semelhança com Azaleia fez com que Dimitria sentisse sua cabeça leve, e ela tentou estabilizar a respiração que vinha em rasgos pelo peito.

Era apenas outra garotinha, os últimos resquícios de vida ainda presentes em seu corpo: nos joelhos ossudos e ralados — provavelmente fruto de uma brincadeira inocente nas ruas de pedra —, nos cabelos cor de cobre trançados em um penteado duplo por mãos habilidosas. As tranças escorriam como água pela pele cinzenta da menina, que havia perdido o bonito tom marrom de sua mãe.

Um olhar para seu rosto diminuto foi o suficiente para fazer o estômago de Dimitria revirar, e ela só percebeu que tremia quando Aurora tocou em seu braço.

No lugar dos olhos, havia duas cavidades escuras e ensanguentadas.

A senhora chorava copiosamente, os ombros trêmulos pela intensidade de seus soluços enquanto Jocasta, ainda gritando, tentava abraçá-la. Seu vestido cor-de-rosa estava coberto de sangue escuro, manchas profundas como tinta, e ela sacudia o corpo da irmã — pois assim que as viu juntas Dimitria soube que a pequena garota era Júnia, a menina desaparecida.

— Juni. Acorda, por favor. Acorda, mamãe estava procurando por você. — Ela voltou os olhos para a multidão, a altivez arrogante escorregando por seu desespero. — O que vocês estão fazendo aí? Não veem que ela precisa de ajuda?

Sua voz rouca ecoou pela praça.

Alguns homens se destacaram do grupo, provavelmente indo em direção ao quartel da junta comunal — e Dimitria deu passos vacilantes, aproximando-se do corpo. Jocasta nem parecia estar ciente de sua presença, o olhar fixo em Júnia. Dimitria baixou os olhos, tentando ignorar o fato de que aquela era — tinha sido — uma criança, e se concentrou nos detalhes.

Corpo cinzento, sangue seco. Jocasta tinha dito que a irmã não aparecia fazia pelo menos dois dias, não é?

Suas roupas eram simples, mas delicadas — um laço branco de fita estava enrolado na cintura estreita, a renda branca parecendo pontilhada de estrelas prateadas mesmo sob as manchas de sangue. A família de Jocasta era composta de mercadores que se desenvolveram sob a tutelagem de Bóris van Vintermer.

O olhar de Dimitria demorou-se no corpo diminuto, como se em uma tentativa de ler a história da morte da garota.

Havia marcas de garras e mordidas pelo seu abdômen, braços e torso. As lacerações pareciam fundas e violentas, iguais às que ela havia visto em Azaleia. O padrão errático sugeria, novamente, um animal selvagem, mas...

Que animal arrancaria os olhos de uma criança?

Dimitria percebeu então a ponta de um pedaço de papel que escapava do bolso do vestido da menina, enroscado nas rendas — e, portanto, ainda preso a ela. A caçadora puxou o papel, identificando algo escrito em uma caligrafia precisa. A maior parte das palavras estava coberta por manchas de sangue, mas o final da mensagem estava absolutamente nítido, mesmo sob a luz trêmula da fogueira:

Preciso salvar a minha linhagem custe o que custar, antes que seja tarde. Não me procure mais.

J.B.

Ela sentiu um arrepio intenso tomar seu corpo, como um agouro vindo das profundezas de seu ser, e, antes que alguém pudesse perceber, enfiou o bilhete no bolso.

*   *   *

Aurora e Dimitria caminhavam em silêncio sob o céu noturno ausente de estrelas, tendo como companhia, no trajeto até Winterhaugen, apenas a luz bruxuleante das lanternas ainda acesas. Nurensalem parecia absolutamente vazia, suas ruas escuras e frias em meandros labirínticos. Dimitria tentava ignorar o vento frio que parecia vir de dentro dela, e mantinha a mão apoiada no cabo de sua adaga.

A sensação de estar sendo observada que ela havia sentido mais cedo voltou, parecendo adulada pelo acontecimento terrível, e Dimitria enxotou o medo como a uma abelha teimosa. Eram as sombras e o vento brincando com seus pensamentos.

Foi ela quem quebrou o silêncio, sua voz tão bruxuleante quanto as lanternas.

— Eu não acho que foi um animal que machucou Júnia, Aurora.

Aurora desacelerou seus passos, encontrando o olhar da caçadora e aproximando-se. Tinha sido isso o que disseram os guardas, mal se dignando a oferecer mais que um olhar apressado à garotinha. Ainda assim, eles haviam encerrado o festival e mandado todas as pessoas voltarem para suas casas por causa do "animal" que estava à solta.

— Os guardas disseram que provavelmente foi um urso, o mesmo que atacou Azaleia. Eu os ouvi conversando.

Dimitria revirou os olhos, sentindo o ódio subir, como bile, por sua garganta.

— Lógico que eles disseram isso. Significa que é apenas mais um acidente, em vez de algo sério com o que lidar. Com o que eu disse que eles precisavam lidar.

— Ei. — Aurora apoiou a mão no ombro dela, delicada. — Eu não estou dizendo que acredito neles.

— Eu sei. — Dimitria suavizou o tom, arrependida.

— Se não é um animal... — A loira parecia cautelosa na escolha de suas palavras. — O que você acha que é?

Dimitria considerou a pergunta enquanto elas caminhavam, as luzes da mansão brilhando fragilmente à medida que Winterhaugen se avolumava à frente delas. Ela não sabia a resposta para aquela pergunta, não ainda — nem ao menos a resposta para o bilhete ainda em seu bolso, sem tê-lo mostrado a Aurora.

Podia não significar nada, lógico. T e B nem ao menos eram iniciais incomuns.

Mas a caligrafia de nobre era, e Dimitria não queria alarmar Aurora sem necessidade. Ainda assim...

— Pode não ser um animal, mas eu encontrei pegadas de urso perto do... de Azaleia.

Dimitria não conseguia se referir à garota como "um corpo".

— E as marcas em ambas sugerem garras curtas e curvadas, por causa da profundidade das lacerações.

Dimitria puxou o caderno de dentro do bolso do casaco, abrindo na página em que tinha desenhado as pegadas do urso algumas noites atrás. Ao lado do esboço, havia o dia em que ela tinha encontrado Azaleia — e algumas anotações sobre o aparecimento das luzes.

Aurora analisou os desenhos e a cor pareceu deixar subitamente seu rosto.

— Eu não quero te assustar. — Dimitria fechou o caderno, sentindo a culpa fincando-se em seu peito. Ela se esquecia que Aurora tinha vivido uma vida inteira afastada daquele tipo de coisa.

— Ainda não tenho certeza do que é essa criatura. Mas de uma coisa eu sei: animais têm fome. Se o bicho que fez isso é "só" um animal, por que não comeu nenhuma das duas?

A outra engoliu em seco, parecendo perdida em pensamentos. Quando ela respondeu, sua voz era fraca:

— E animal nenhum conseguiria tirar os olhos dela...

Os passos de Dimitria pararam no portão da mansão. Ela estava prestes a falar sobre as pegadas humanas que encontrara no caminho até Azaleia, mas parecia ser morbidez demais para uma só noite.

— Aurora. — Ela procurou os olhos da loira, toda a tensão contida parecendo pressionar seu pulmão, tornando difícil respirar. — Por favor, tome cuidado. Eu não sei quem ou o que atacou as crianças, mas... — Num impulso, Dimitria tomou as mãos da garota nas suas. Aurora tinha os dedos gelados, rígidos contra as mãos de Dimitria. — Eu não quero que você se machuque.

Aurora assentiu, mas havia algo a mais em seus olhos — uma dureza repentina.

— Você pode começar não me machucando, também.

Ali estava: a briga das duas tinha ficado dormente sob o álcool e o flerte, mas agora, sob o vento frio da madrugada, era difícil de ignorar. Dimitria quis gritar — o que era uma briga frente a um monstro assassino de crianças? Mas quando ela abriu a boca para responder, Aurora levantou uma das mãos, interrompendo-a.

— Eu ainda não terminei.

Ela deu um passo vacilante em direção a Dimitria, puxando-a pela mão e fechando a distância entre as duas com um beijo. Não era o mesmo tipo de beijo que elas tinham trocado antes: era sério, intenso, e Dimitria sentiu o fogo subir por seu corpo mesmo quando Aurora quebrou o contato entre as duas.

— Eu gosto de você, Demi. Não que você tenha me dado muitos motivos desde ontem, mas gosto ainda assim. — Ela disse a última frase com uma sombra de sorriso nos lábios. — E você pode dizer que não se importa, que quer ser minha amiga ou que precisamos nos conhecer. Mas eu sei que você também gosta de mim.

Não era uma pergunta, e Dimitria sentiu seu coração acelerar quando ela disse isso. Como Aurora podia ter tanta certeza? O rosto de Igor surgiu em sua mente, mas, com a garota tão perto, era difícil manter a concentração.

— Eu não quero ser sua amiga. — Aurora se aproximou de novo, baixando a voz em um sussurro. — Porque amigas não têm vontade de fazer isso umas com as outras. — Ela deslizou uma das mãos pela cintura de Dimitria, o simples gesto provocando uma onda de arrepios na caçadora.

— E Tristão? — Dimitria ainda não estava pronta para compartilhar suas suspeitas com relação ao nobre, mas também não podia ignorar a visão do loiro e sua máscara de leão, tão imponentes ao lado dela.

— Também não tenho vontade nenhuma de fazer isso com Tristão. — Aurora sorriu, e estavam tão próximas que seu nariz roçou no de Dimitria.

— Eu não quero ele perto de você. — Ali estava, uma pontinha do ciúme que Dimitria tinha sentido. E algo a mais, ela reconhecia enquanto sentia o bilhete queimar como brasa em seu bolso.

Aurora assentiu.

— Somos duas.

— E seu pai? — Era como se Dimitria levantasse, carta por carta, o baralho de coisas interpondo-se entre as duas, ainda que ela preferisse não pensar no que Bóris van Vintermer diria ao vê-las dessa forma. Mas Aurora interrompeu seus pensamentos, os dedos pressionados contra sua cintura.

— Meu pai não manda no meu coração.

Dimitria estava prestes a responder que ele mandava em todo o resto, mas algo nas palavras de Aurora a fez hesitar. *Ela disse coração,* Dimitria percebeu. *E não corpo.*

Como se houvesse algo dentro de Aurora que respondia a Dimitria. Algo que falava a mesma língua do passarinho que parecia bater asas

— 175 —

dentro de seu peito toda vez que elas cruzavam o olhar. Algo cada vez mais difícil de ignorar.

Dimitria riu baixinho, querendo apagar todas as memórias daquela noite com um beijo. Ela lançou um olhar furtivo para a janela da torre de Aurora, pensando em todas as promessas que o quarto guardava, em todas as verdades que ela talvez pudesse dizer entre quatro paredes, se as duas estivessem protegidas do mundo.

Mas algo na noite fria conteve mais uma vez suas palavras. Talvez fosse a memória ainda fresca de Júnia e Azaleia, o bilhete em seu bolso — ou a sensação inquietante de que as duas estavam sendo observadas. Dimitria fechou os últimos centímetros de distância entre as duas, à guisa de qualquer outra coisa que poderia dizer.

Talvez outra noite, em um outro lugar.

* * *

— Você demorou ontem.

Dimitria levantou os olhos, que estavam fixos no bilhete ao lado de sua caneca de chá, e fitou seu irmão. Ele estava dormindo quando ela chegou em casa após o festival, e se ela estivesse sendo sincera consigo mesma, teria sido um alívio. Encarar Igor era a última coisa que ela queria fazer, especialmente após ter passado a maior parte da noite com Aurora.

No entanto, para variar, naquela manhã seus pensamentos tinham estado longe da loira, muito interessados no pedaço de papel que havia surrupiado do bolso de Júnia. Ela ainda não tinha conseguido decifrar muito mais além do que inferiu à primeira vista: era uma mensagem escrita em caligrafia fina, de alguém dispondo de muito tempo para praticar, e assinado com as mesmas iniciais de Tristão Brandenburgo.

Ainda assim, ela conseguia traçar algumas conclusões. Jocasta estivera procurando a irmã pois tinha um recado, não havia sido isso que ela dissera? Era lógico que uma criança seria a escolha perfeita para passar mensagens entre nobres furtivos. E Dimitria sabia que Jocasta tinha mais do que uma simples queda por Tristão.

Além disso, ela jurava ter visto um homem de máscara de leão brigando com uma mulher de vestido cor-de-rosa.

A grande questão era: por que diabo Tristão e Jocasta tinham brigado? E quem tinha interceptado Júnia para que ela não conseguisse entregar o bilhete de Tristão? O que significava "salvar minha linhagem"?

Ou — e essa era a possibilidade mais sombria — será que Tristão tinha mudado de ideia sobre sua mensagem, afinal de contas? O jeito que as palavras finais — *custe o que custar* — delineavam uma situação sem saída aguçava ainda mais o seu desconforto.

Ela tinha a intenção de pedir a Igor que usasse um feitiço reconstrutor para tentar obter mais pistas, mas algo no tom do irmão lhe fez acreditar que ele não estava de muito bom humor.

— Noite de festival. — Ela respondeu, não muito convincente. — E você não ouviu? Encontraram outra criança morta. Todo mundo voltou pra casa.

— Menos você. — Havia uma hostilidade curiosa na voz de Igor, não exatamente o que Dimitria esperava à menção de uma morte. Ela ergueu uma sobrancelha, sentindo-se na defensiva mesmo quando sabia que Igor, caso soubesse a verdade, teria todos os motivos do mundo para ser hostil.

Ela passou os olhos pelo rosto do irmão, demorando-se na mancha arroxeada que desabrochava em seu rosto como uma flor. Hostilidade era mais comum para ele do que ela imaginava, aparentemente.

— Como chefe da guarda de Aurora, eu...

— Sim, eu sei bem o que você tem que fazer com Aurora. — Igor parecia venenoso, e por um momento seu tom de voz instilou um temor gelado no peito de Dimitria. Será que ele sabia? A culpa era amarga, e ela desviou o olhar.

Igor prosseguiu.

— Aparentemente é bem mais importante do que proteger o seu irmão de um brutamontes.

— 177 —

Ah, então era isso. Dimitria revirou os olhos, impaciente, mas aliviada.

— Você parecia ter a situação sob controle. Aliás, o que era aquilo? Na sua mão.

— Ele poderia ter me matado! — Igor ignorou a pergunta dela, apontando para os machucados em seu rosto e batendo a mão na mesa de madeira. — E se não fosse por Aurora, eu provavelmente estaria na cadeia. É isso que você quer?

— Não era ele que estava quase matando alguém, maninho.

— Por sorte, porque por ajuda sua é que não foi!

Dimitria riu, desacostumada àquele tipo de briga. Ela sempre tinha protegido o irmão, não tinha?

— Igor, não me leve a mal, mas é como papai dizia: não comece algo que você não pode terminar.

— Não ouse falar dele. — De repente, o tom de Igor mudou. Havia algo duro e dolorido por trás das palavras dele, algo que provocava em Dimitria uma culpa ainda maior do que estava carregando desde o primeiro beijo em Aurora.

— Igor, eu...

— Você não entende, Dimitria. Jamais vai entender. A vida é fácil para você! — Igor gesticulava ferozmente, e Dimitria viu a sombra do mesmo encantamento da noite anterior acometer seus dedos. — Eu tenho o nome dele, mas era de você que ele gostava. Eu nunca tive tempo de fazer com que ele gostasse de mim. Ele morreu antes disso. Então não me diga o que o nosso pai diria, porque ele jamais disse isso para mim!

Era verdade. Dimitria sabia disso, mas a simples sugestão de que sua vida era fácil fez com que a raiva se misturasse à culpa, num coquetel explosivo e potente. Ela agarrou a caneca de chá num gesto duro, arremessando o objeto na parede ao lado de Igor.

Os estilhaços de louça voaram, espalhando-se pelo chão.

Dimitria mal tinha percebido que havia se levantado. Igor parecia sem palavras, o brilho da raiva ainda em seu olhar, e ela ia dizer algo quando...

Toc, toc!

Os dois se viraram para a porta.

Alguém bateu novamente, com mais insistência dessa vez. Dimitria tentou empurrar os sentimentos para dentro do peito, afastando-se de Igor e indo em direção à porta, sentindo suas mãos trêmulas quando a abriu.

Era Clemente Brandenburgo.

— O que você quer?

Dimitria soube pela sobrancelha arqueada do homem que seu tom não tinha sido dos mais amigáveis, e notou então que ao seu lado havia um Tristão nitidamente contrariado. Ele repousava uma das mãos sob o cabo da espada, os olhos hostis, e Dimitria não conseguiu deixar de reparar que o porte principesco do jovem parecia um pouco prejudicado: com as cicatrizes que se recusavam a sumir e novas manchas vermelhas espalhando-se pelo pescoço, Tristão parecia...

Doente.

— Bom dia para você também, Coromandel. — O vento frio que entrava pela porta só não era mais gélido do que o tom de Brandenburgo, que perscrutava com desdém a sala do chalé antes de voltar-se a Dimitria. — Parece que você tinha razão. A criatura atacou novamente.

Mesmo sob o mau humor que ela ainda tentava espantar, Dimitria teve que sorrir ante as palavras: nem o beijo de Aurora era mais delicioso do que ouvir que ela tinha razão.

— Ah, então agora é uma criatura? Achei que tinha sido, como é mesmo que você falou? Um acidente infeliz.

— Sim. — Clemente levantou a mão para silenciar Tristão, que estava prestes a rebater. Ele parecia cansado, como se o frio estivesse congelando suas cordas vocais. — Você estava certa; eu, errado. E uma criança pagou por isso.

— 179 —

— Mais uma criança, você quer dizer. Ou só os nobres contam como vítimas?

— Minha intenção vindo aqui é que essa seja a última criança. — Clemente encarou Dimitria, sério. — Você é a melhor caçadora da Romândia, e a única que me alertou desde o início. É, portanto, a melhor pessoa para o trabalho.

Dimitria percebeu que Igor estava a seu lado quando ele falou:

— Minha irmã não vai colocar sua vida em risco por causa da sua incompetência. Ela tem um trabalho. Na Winterhaugen.

Dimitria sentiu seu coração aquecer com a preocupação do irmão, e estava prestes a dizer algo quando Tristão interrompeu:

— Sua irmã vai fazer o que meu pai quiser, visto que ele é chefe da junta comunal. Não que você entenda de obedecer a regras, não é mesmo, seu delinquentezinho?

— Você não passa de um...

— Cale a boca, Tristão! — Clemente se dirigiu ao filho com os olhos arregalados e vermelhos de desdém. — Não bastam todos os problemas que você me causa? Meu único filho homem, e se porta como um moleque. — Tristão parecia uma criança frente à ira de Clemente, e calou-se imediatamente.

Dimitria não conseguia chegar ao ponto de sentir pena de Tristão, mas se ele fosse qualquer outra pessoa, seria esse o sentimento. Pena, e também curiosidade: que tipo de problemas Tristão andava causando?

— E então, Coromandel? — Clemente interrompeu seus pensamentos, o tom de voz urgente.

A verdade é que aquela não era uma decisão tão simples. Uma parte de si queria concordar imediatamente, pegar suas armas e ir atrás do monstro. Mas Dimitria nem ao menos tinha certeza de que era um monstro, e a memória da garotinha ensanguentada ainda estava viva demais.

— Eu fico lisonjeada, Brandenburgo, mas meu irmão tem razão. Os Van Vintermer me contrataram até o fim do inverno.

— Eu lhe asseguro que não é questão de lisonja. — Clemente respondeu, ríspido. — Essa cidade tem problemas demais sem que as pessoas fiquem trancadas em casa com medo de um monstro. Não, eu preciso que você lide com isso o mais rápido possível, o mais silenciosamente que conseguir. Esse tipo de pânico é fogo na palha de Nurensalem.

— Muito nobre de sua parte.

— Essa manhã, Gideão Voniver veio até minha casa. — Dimitria sentiu o estômago revirar, antecipando o final da frase antes que Clemente pudesse terminá-la. — Seu filho desapareceu ontem à noite. Ele tem apenas seis anos.

— Voniver? — Dimitria franziu a testa, tentando pescar a memória. — Como...

— Como Aleixo. — Tristão assentiu. — O menino que desapareceu, Heitor, era... é seu irmão.

Dimitria reparou no uso incorreto do tempo verbal.

Ela respirou fundo, considerando suas opções. A última coisa que ela queria era deixar Aurora desprotegida enquanto ia atrás de uma criatura assassina que ela mal sabia como começar a caçar. De mais a mais, o outono estava avançando. Qualquer caçador que valorizava seu arco sabia ser insanidade se embrenhar na floresta no meio da neve, daquele jeito.

Ainda assim, ela não conseguia pensar em mais uma criança morta — em seu medo, Heitor era a imagem de Igor.

— Tudo bem. Mas eu não vou sozinha. Quero pelo menos um guarda comigo.

Clemente assentiu, como se já esperasse pela demanda.

— Tristão irá acompanhá-la.

Os dois protestaram em uníssono, mas Clemente interveio:

— Eu não passarei a vergonha de ter meu único filho sendo vencido por uma caçadora. Não posso mandar os meus guardas sem causar comoção. Mas caso encontre a criatura, você será o herói de Nurensalem, Tristão. Aurora van Vintermer não irá ignorar isso.

— 181 —

Tristão assentiu, e Dimitria viu pela primeira vez seu rosto tingido de vermelho-escuro pela vergonha. Então a notícia do fracasso de seu cortejo no festival tinha chegado até Clemente. Mas era curioso que ele estivesse hesitando ante a chance de se tornar herói, especialmente se viesse com um troféu como Aurora. Dimitria pensou novamente no bilhete ensanguentado com a inscrição de suas iniciais.

Ao menos uma coisa boa viria daquilo: enquanto estivessem caçando a criatura, Tristão teria que ficar bem longe de Aurora.

— Eu avisarei Bóris sobre o nosso arranjo, Coromandel. Espero notícias até amanhã, antes do nascer do sol. — Tristão assentiu com um aceno curto, e Dimitria respirou fundo, o ar gelado queimando seu pulmão.

Ela deixou o olhar varrer a planície nevada que se estendia além de sua porta, a floresta escura e pontiaguda assomando no horizonte como um agouro. Com o canto de seus olhos, ela conseguia ver que Tristão respirava irregularmente, seus olhos azuis quase sem pupilas na claridade da neve. Seriam aqueles os olhos de um assassino?

O que Tristão escondia?

Ela iria descobrir, cedo ou tarde.

— Vamos caçar um monstro, Brandenburgo.

Capítulo 13

— ... E por isso mesmo faz todo o sentido que depois da Batalha do Tridente os colonizadores tenham dado o nome do meu tataravô a Nurensalem. Tristão Nuremberg Brandenburgo, o primeiro. Meu pai diz que sou igual a ele.

Dimitria respirou fundo, tentando enganar sua mente e fazer com que a voz de Tristão se misturasse aos barulhos naturais de uma floresta: as folhas farfalhando no ar gelado, o leve afofar da neve amassada sob seus pés, o gorgolejo distante de um riacho quase congelado.

Eles estavam caminhando havia algumas horas, e Dimitria começava a se perguntar se um dia Tristão calaria a boca.

Além disso, ela ainda não tinha se decidido sobre o que fazer com o bilhete de Júnia, que levava escondido em seu bolso. Confrontar Tristão parecia uma ideia estúpida — mas era a única que ela tinha, e, enquanto não pensava em uma melhor, caminhavam.

Não que ela tivesse achado que seria simples. Tristão tinha imediatamente assumido a posição de líder, por mais incapaz que fosse nas habilidades básicas de um caçador. Eles tinham decidido iniciar a busca ao redor da casa dos Voniver, e mesmo isso tinha se provado difícil: Tristão caminhava sem prestar atenção, e as poucas pegadas que sobraram após a nevasca da noite anterior ficaram ilegíveis sob as pegadas das botas do capitão.

Ainda assim, não era à toa que Dimitria era a caçadora mais habilidosa do Cantão. Em uma das pegadas, ela havia encontrado uma parte de uma folha de bordo — incomum perto da casa dos Voniver, e mais abundante na parte leste da floresta. Portanto, era lá que eles procuravam agora, e, a julgar pela quantidade de galhos quebrados e pegadas caóticas, parecia o caminho certo.

Isso era o que Dimitria sabia até agora, e o que anotava diligentemente em seu caderno: as duas crianças tinham ficado desaparecidas por um tempo antes de serem encontradas, o que sugeria um certo nível de planejamento da parte da criatura. A cadência e quantidade das pegadas eram regulares, pertencentes a um animal que agia sozinho — e, pelo nível de destruição das árvores em sua trilha na floresta, não muito cautelosamente.

Esse parecia ser o grande enigma. Como um bicho que se movia de maneira tão caótica conseguia sequestrar crianças? O pai de Heitor tinha dito que o filho havia desaparecido durante o festival — ele tinha acompanhado o irmão após a briga com Igor.

Aleixo, que ainda parecia uma polpa de batata após a surra, disse que o irmão fora buscar água no poço na parte de trás da casa, e, depois, não tinha voltado.

Ou a criatura era muito inteligente, ou ela tinha companhia.

Da mesma maneira que seguia as pegadas do animal, Dimitria procurava cuidadosamente pelas marcas de bota de solado ondulado, de vez em quando olhando de soslaio para as pegadas de Tristão. Não eram a mesmas, mas não significava muita coisa: a julgar pelo brilho incomum da superfície de couro das botas de Tristão, ele tinha um par novo para cada dia da semana.

Pelo menos uma coisa parecia certa: o bicho era um urso, ou algo muito parecido. As pegadas impressas na neve eram inconfundíveis, largas e profundas, desenhando em si os contornos de um animal enorme e pesado. A marca das garras que as acompanhava era mais um lembrete do quão mortal ele poderia ser — exceto por uma das garras, cuja marca não aparecia, como se o urso a tivesse perdido. Talvez em um combate com uma de suas vítimas?

Exceto que Dimitria não acreditava que nenhuma das crianças fosse forte o suficiente para oferecer qualquer resistência a um animal daquele tamanho.

Ela mantinha os olhos baixos, fixos na trilha, os ouvidos atentos a qualquer movimento. Era difícil se concentrar, porém, com o constante desenrolar de palavras que Tristão desfiava a seu lado.

— ...Isso porque eu sou treinado em esgrima desde que me entendo por gente. Meu pai costuma dizer que eu nasci como meu avô, empunhando uma espa...

De repente, Dimitria não conseguiu se conter:

— Eu estou curiosa. Você realmente gosta tanto assim do som da sua própria voz? Ou é um problema da sua linhagem que te torna incapaz de calar a boca?

Eram as mesmas palavras do bilhete, e Dimitria sabia disso — ela queria ver se tiraria alguma reação de Tristão. Foi a isca perfeita: o loiro parou de supetão, a expressão vazia. Dimitria parecia ter tocado em um ponto sensível.

— É graças à minha linhagem que você é livre, Coromandel. — Dimitria não quis se alongar no fato de que o conceito de liberdade de Brandenburgo envolvia a escravidão dos povos nativos que ocupavam o Cantão da Romândia muito antes de Tristão Nuremberg Brandenburgo pisar lá.

— Um belo legado da família Brandenburgo. Aposto que você não vê a hora de popular o mundo com um milhão de réplicas loiras que vão infringir liberdade a todos nós, reles mortais.

Tristão engoliu em seco.

— Essa é a diferença entre nós. Você é mais parecida com os cavalos dos Van Vintermer do que com gente de verdade. Se preocupa com o que vai comer, onde vai dormir. Me diga, Coromandel, quando você for embora, quem vai carregar o seu legado?

Dimitria não tinha resposta para isso. Ter uma família não estava em seus planos, nunca estivera — e talvez isso a fizesse mais parecida, mesmo, com um cavalo. Ela sentiu sua raiva escalar, como acontecia todas as vezes que interagia com Tristão.

— E quem vai carregar o seu?

Ele riu, seco.

— Se tudo der certo, Aurora van Vintermer.

— Ah, lógico. — Dimitria engoliu o ódio. — Não é qualquer um que é digno de sua linhagem, não é mesmo?

— O que você quer dizer? — Tristão estreitou os olhos, seu rosto sombreado pelas árvores da floresta. De repente, ele parecia mais perigoso, as cicatrizes contrastando feiamente no rosto de ângulos principescos. Ele levou uma das mãos ao pescoço, coçando quase inconscientemente uma das manchas.

Dimitria sabia que era sua única chance.

— Quero dizer que Jocasta é uma bela mulher, mas não me parece exatamente do seu feitio. Ou foi impressão minha ter visto vocês brigando no Festival das Luzes? — Dimitria estreitou os olhos e puxou o bilhete que carregava no bolso, lendo-o em voz alta. — *Preciso salvar a minha linhagem custe o que custar, antes que seja tarde. Não me procure mais. T.B.*

Tristão arregalou os olhos, parecendo um cervo assustado.

— T.B. combina com você. Mas me parece estranho que essa seja a única pista que eu consegui encontrar no corpo de Júnia.

— Devolva isso...

Dimitria deu alguns passos na direção dele.

— Acho que eu vou guardar comigo. — Era imprudente, estúpido; Dimitria tinha que levar o bilhete aos guardas de Nurensalem, ela sabia disso. *Mas qual a chance de eles de fato interrogarem Tristão?* — Quem sabe outras pessoas fiquem curiosas ao saber que a última pessoa que a menina morta encontrou foi você.

Tristão tentou avançar contra ela, mas Dimitria foi mais rápida. Num gesto fluido, ela chutou a canela de Tristão, derrubando-o no chão. O baque das costas dele contra a neve fez um estalo satisfatório, e Dimitria apoiou o joelho em seu peito, segurando sua adaga contra a garganta exposta.

De perto, ela conseguia ver com ainda mais nitidez as manchas vermelhas que marcavam sua pele, parecendo estender-se pelo corpo e por baixo de sua roupa. Havia algo de errado com Tristão, e ele se debatia embaixo de Dimitria como uma serpente.

Ele tentou se desvencilhar, mas mesmo com a vantagem de seus músculos e força, o corpo de Tristão afundava na neve, traindo seu dono. Dimitria pressionou com mais força o joelho contra seu peito, usando o corpo como uma alavanca.

— Saia de cima de mim! — Ele espumava, os olhos vermelhos e injetados. — Me devolva a carta agora!

— O que você estava fazendo com Júnia?

— DEVOLVA!

— O que há de errado com sua linhagem? Por que você precisa salvá-la?

De repente, um grito agudo rompeu o ar gelado.

Dimitria sentiu o corpo congelar, e imediatamente virou o torso à procura da origem do grito. Ele veio de novo, mais forte dessa vez. Ela se levantou de um pulo.

— Socorro!

Era a voz de um menino.

Dimitria lançou a mão às costas, procurando seu arco e flechas, tensionando o corpo para correr na direção do grito. Ela deu um passo — mas seu movimento foi interrompido por um soco.

O impacto do punho de Tristão contra seu rosto fez com que ela cambaleasse e caísse para trás, a dor aguda ecoando em sua cabeça como um gongo. A neve aparou sua queda, mas Tristão estava por cima dela, desferindo mais um soco.

— O garoto. — Ela tentou contê-lo, mas era tarde.

Mais do que sentir, ela ouviu o barulho de osso contra osso, um ruído terrível de trituração dentro da sua cabeça. Dimitria ergueu o braço para segurar os golpes, mas ela sentia sua força se esvaindo — e os gritos do menino ficando cada vez mais fracos, como se ela estivesse submergindo em águas profundas.

— Nunca mais pegue o que não é seu. — Tristão pontuava a frase com socos, uma das mãos passeando pelo corpo dela freneticamente em busca do pedaço de papel. Ela sentiu quando os dedos dele encontraram o objeto em seu bolso, puxando-o com voracidade ao mesmo tempo que lhe acertava outro soco.

O mundo girava desconexo ao seu redor. Dimitria arfou, engolindo o ar gelado no desespero de conseguir respirar.

A última coisa que viu antes de desmaiar foi a sombra do punho de Tristão descendo mais uma vez em seu rosto.

Capítulo 14

Foi o frio que a acordou.

Seus membros pareciam pesados e rígidos, envoltos por uma fina camada de neve. Ela soube que estava acordada por causa da sensação pulsante e dolorida em sua cabeça, uma dor que começava dentro de seu crânio e se espalhava pelo rosto. Dimitria flexionou os dedos cautelosamente, sentindo-os duros como os galhos da floresta — e tão gelados quanto.

Ela abriu os olhos e viu a abóbada de folhas contra um céu crepuscular, cujos tons rosados se espalhavam como tinta aquarela. Algumas estrelas pontilhavam a abóbada, mas Dimitria não sabia dizer se eram estrelas ou a dor, que parecia partir sua cabeça ao meio. Seu olho esquerdo parecia ter dobrado de tamanho, e cada piscada provocava uma dor pulsante em todo o seu rosto.

O filho da puta me largou aqui.

Dimitria ergueu o corpo, ignorando os protestos de seus membros e colocando-se de pé — mesmo que de forma cambaleante. A noite estava prestes a cair, e ela não queria estar sozinha no meio da floresta quando isso acontecesse, não com uma criatura assassina à solta. Mesmo que ela estivesse se sentindo mais assassina do que a criatura.

A pior parte? Ela provavelmente tinha ficado desmaiada por algumas horas — e o grito que tinha ouvido logo antes de desmaiar seria uma pista fria e inerte. Ademais, era quase noite: a caça teria de ficar para o dia seguinte.

Se o menino acabar morto e a culpa for da sua imprudência

Ela não completou o pensamento.

Enquanto fazia o caminho para fora da floresta, não conseguia parar de pensar em Tristão. Sua expressão tresloucada quando ela revelara o bilhete, sua violência súbita. Seria o suficiente para arrancar os olhos de uma garotinha?

Depende do que essa garotinha sabia.

Ainda assim, a teoria não parecia fazer sentido. Tristão tinha deixado evidente que o bilhete era mesmo dele, então por que resolveria assassinar a garota? Ele não teria tirado o bilhete dela, caso a informação contida nele não fosse tão danosa assim?

Mas ele escondia alguma coisa, algo problemático o suficiente para fazer com que ele tivesse resolvido apagar Dimitria em vez de ir atrás de uma voz pedindo socorro. *Lógico*, pensou ela, *salvar o próprio traseiro e "garantir sua linhagem" é a coisa mais importante sob o sol.*

Não havia sol agora. Dimitria continuou caminhando, ignorando a tontura e as pontadas de dor, e fez o longo caminho até sua casa. Igor estaria lá, e com alguma sorte seu humor seria melhor do que naquela manhã — ela estava precisando de um bom curativo e um banho.

Preciso ficar boa para devolver a surra que eu levei.

Ao chegar em casa, porém, não era Igor que a aguardava — era Aurora, sentada nos degraus com uma expressão angustiada no rosto. Ela se enrolava em um cobertor para se proteger do frio que aumentava com o cair da noite, mas largou-o para trás quando viu Dimitria.

— Demi! — Havia um alívio genuíno em sua voz, na maneira com que ela correu até a caçadora e lançou os braços ao seu redor. Dimitria estremeceu, os membros ainda doloridos com qualquer movimento brusco, mas devolveu o abraço, surpresa ao perceber que Aurora soluçava.

— Em carne e, ai, osso. — Ela acariciou os cabelos loiros da outra, um assomo de afeição se aninhando em seu peito. — O que houve? Isso tudo é saudades?

— Eu achei — Aurora de fato chorava, os ombros subindo e descendo em ondas nervosas. — Achei que algo horrível tivesse acontecido com você. Meu pai disse que você e Tristão foram caçar o monstro que atacou Azaleia e Júnia, e então eu vi Tristão sozinho na praça, mas ninguém soube me dizer onde você estava. Fiquei com tanto medo.

Dimitria assentiu, tentando acalmar a garota, cujas palavras pareciam galopar em velocidade.

Se seu coração fosse uma lira, estaria tocando uma melodia estranha. Quando tinha sido a última vez que alguém se preocupara com ela daquele jeito? Dimitria não sabia retribuir. Ela olhou para a casa, de repente com medo que Igor as visse — mas as luzes do chalé estavam apagadas.

A loira se afastou para procurar o rosto de Dimitria, e seu rosto se franziu em preocupação.

— Ah, meu Deus, Demi, o que aconteceu com você? — Ela tocou levemente a bochecha de Dimitria, e a caçadora gemeu de dor.

— Bati de encontro a uma árvore chamada Tristão. — Ela não queria revelar o que tinha desencadeado a briga, não sem antes ter alguma confirmação. Eram acusações perigosas que serpenteavam em sua mente, especialmente quando Dimitria não tinha nenhuma prova.

— Tristão fez isso com você? — Os olhos verdes de Aurora se arregalaram em um ódio puro, uma expressão tão incomum à garota que Dimitria teve que segurar o riso. — Irei matá-lo.

— Tem meu apoio incondicional. — Dimitria gemeu de dor novamente quando Aurora segurou seu rosto, e a loira afastou a mão.

— Mas antes... deixa eu cuidar de você.

Era uma oferta tão simples e, ainda assim, tão alheia à experiência de Dimitria que ela não soube o que dizer.

Aparentemente, não precisava dizer nada. Aurora a conduziu para o chalé como se a casa fosse sua, deixando que Dimitria destrancasse a porta e avançando a passos confiantes. Ela foi até a cozinha, acendendo a lareira e as lanternas.

A mera presença de Aurora parecia incutir vida à pequena casa, como se o sol tivesse resolvido visitá-la naquele fim de dia. Dimitria ficava ansiosa ao pensar em Igor chegando e vendo Aurora ali, mas assim que entrou na casa viu um bilhete do irmão colado à porta de seu quarto.

Estou acompanhando Solomar em uma visita. Volto amanhã.

Ao menos uma coisa conveniente naquele dia estranho.

Dimitria sentia o ímpeto de ajudar Aurora — pegando a chaleira, arrumando as toalhas ou acendendo a lareira —, mas a loira negava qualquer auxílio, e bateu na mão de Dimitria quando essa ofereceu para ir até o poço buscar água.

— Você não sabe se deixar cuidar, não? — Ela revirou os olhos, pouco ciente de que, desde que eram apenas ela e Igor, Dimitria nunca tinha sido cuidada por ninguém.

A loira começou limpando os ferimentos de Dimitria, passando uma toalha molhada de água quente por cima dos cortes e hematomas que floresciam em sua pele. Doía, e a bacia de água fervente se tingia de vermelho com o sangue de Dimitria cada vez que Aurora a umedecia de novo. Ela trabalhava em silêncio, o que não era desconfortável — até o silêncio parecia uma forma de cuidado, pois significava que a cabeça de Dimitria podia finalmente relaxar.

Aurora carregava algumas ramas de alfazema em sua bolsa, e quando os ferimentos estavam finalmente limpos ela trouxe uma nova bacia, dessa vez com água limpa que exalava o perfume fresco e herbal. Ela fez com que Dimitria se deitasse no chão, ao lado da lareira, que crepitava com um odor suave de lenha.

— Feche os olhos.

Dimitria obedeceu, sentindo uma toalha morna e com cheiro de alfazema ser colocada em sua testa. A sensação a amoleceu instantaneamente, e ela sorriu quando Aurora começou a cantarolar suavemente.

— Não sabia que você cantava.

— Ah. — Ela não podia ver, mas sentia Aurora corando. — Eu não costumo fazer isso na frente de ninguém. — A loira se inclinou sob seu corpo para trocar a toalha por outra mais quente, e Dimitria sentiu as pontas de seus cabelos roçarem em seu pescoço. O cheiro de lenha e alfazema misturou-se ao doce odor de figos que emanava de Aurora.

— O que é? — Dimitria não reconhecia a melodia, que parecia uma canção de ninar.

— O quê?

— A música.

Aurora ficou em silêncio e então aumentou o tom de voz para que Dimitria reconhecesse as palavras.

— *Alecrim, alecrim dourado, que nasceu no campo sem ser semeado. Foi meu amor, que me disse assim: quem nasceu no campo é o alecrim...*

Dimitria sorriu.

— Alecrim dourado tem a cor do seu cabelo.

— Por isso minha mãe cantava essa música para mim. — Aurora nunca tinha falado sobre a mãe, e Dimitria pôde ouvir a hesitação em sua voz. — Ela dizia que eu tinha sido feita de alecrim, semeada de amor. — Ela riu uma risada que encobria uma tristeza. Dimitria alcançou sua mão, mantendo os olhos fechados enquanto apertava de leve os dedos de Aurora.

— É curioso, as coisas que a gente lembra. É como se as pessoas que amamos sobrevivessem em pedaços de uma colcha de retalhos, pequenas fatias de coisas que mantemos em nosso coração. Nunca a figura completa. Mas sempre conosco.

Dimitria ouviu que Aurora respirava fundo antes de responder.

— Eu sinto muito a falta dela.

— Eu sei. — Dimitria sabia exatamente o que ela queria dizer, naquelas palavrinhas tão pequenas que pareciam tão simples. — Eu sinto, também.

Era engraçado como mais do que o fascínio que ela sentia por Aurora, por sua figura angelical tão acima de Dimitria — era a dor compartilhada por uma mãe que a tornava humana, e tão real para a caçadora como o cheiro de alfazema e figos.

Aurora tirou a última das toalhas da testa de Dimitria, fitando-a com olhos espelhados.

— Agora você precisa de um banho.

Tantas vezes Dimitria tinha pensado naquela situação, mesmo que inconscientemente e agora, ante à possibilidade de ficar sem roupa na frente de Aurora, ela sentia seu coração acelerar como se estivesse a galope. Qual tinha sido a última vez que ela hesitou em tirar a roupa na frente de uma mulher bonita?

E por que então justo agora seu coração ameaçava sair pela boca?

Aurora sentiu sua hesitação e puxou-a pela mão em direção ao banheiro do chalé, levando consigo dois baldes de água quente.

Como todos os outros cômodos, era um aposento simples e rústico, uma grande tina de madeira em frente a uma janela que dava vista para o céu de início da noite, que se estendia acima da silhueta da floresta. A pouca luz no aposento vinha de velas, cujas chamas balançavam suavemente à pouca brisa que invadia o banheiro pelas frestas na janela.

Aurora esvaziou os baldes de água e começou a sair, parando no batente da porta e virando-se de costas para dar alguma privacidade a Dimitria.

A caçadora começou a tirar as roupas com cuidado, como se tivesse esquecido como era se despir, mas ao levantar o braço para remover a blusa branca que cobria seu corpo em uma última camada por baixo do casaco, um silvo de dor escapou por seus dentes.

— Eu posso te ajudar, se você quiser. — Aurora não se virou ao perguntar, e suas palavras pendiam no ar como um convite. Dimitria engoliu em seco, trêmula, como fazia antes de mergulhar em um lago fundo.

— Acho que posso aceitar sua ajuda.

— Não se preocupe. Eu não vou olhar. — Aurora entrou no banheiro de olhos fechados, fechando a porta atrás de si, e a espiral de névoa que saía da banheira envolveu as duas como uma cortina. Dimitria esticou o braço, guiando a loira até si.

Ela manteve os olhos fechados, tateando em busca da barra da camisa de Dimitria e puxando-a com leveza. As pontas de seus dedos roçaram a pele sensível da barriga da caçadora, e ela engoliu em seco, sentindo seu corpo responder ao toque.

Aurora manteve-se focada na tarefa, e tirou a blusa de Dimitria com alguma dificuldade por causa dos olhos fechados.

Dimitria mantinha os olhos bem abertos, contando as constelações de sardas no rosto de Aurora como se estivesse em busca de uma estrela cadente.

— Pronto. — Ali estava ela, nua em frente a Aurora, seu corpo coberto de hematomas e sujeira. Nem um pouco digno da garota bem-vestida, seu vestido de cetim reluzindo à luz das velas. Mas não era nisso que Dimitria pensava, não quando Aurora estava tão perto dela, não quando não havia nada entre elas além do vapor de água que condensava sob sua pele.

Dimitria segurou a mão dela, puxando-a e indo até a tina embaixo da janela. A caçadora colocou um dos pés, sentindo a água quente amolecer seus músculos e arder contra sua pele, e silvou novamente.

— Dói?

— Nada que eu não possa aguentar.

— Você não precisa ser sempre forte. — Dimitria estudou os olhos fechados da loira, entendendo que ela não falava só sobre a água. Ela baixou o corpo na água, deixando que o cobertor líquido cobrisse seu corpo até que suas formas ficassem ocultas sob as sombras.

— Pode abrir os olhos.

Aurora obedeceu, ajoelhando-se atrás de Dimitria e arregaçando as mangas de seu vestido. Ela puxou um balde para perto de si, desembrulhando uma barra lilás de sabão, molhando as mãos na água da banheira e formando um pouco de espuma.

O cheiro era limpo, fresco, e Aurora encontrou a pele de Dimitria com suavidade, limpando a terra e sujeira de seus ombros, pescoço, costas. Suas mãos deslizavam com paciência, diretas e gentis, como se por meio de seus gestos pudesse curar cada cicatriz das várias que Dimitria carregava. Elas conversavam suavemente sobre os diversos ferimentos — Dimitria se lembrava da história que vinha junto com cada um deles, todas as vezes que sua sorte foi suficiente para que conseguisse escapar de um destino interrompido.

Aurora passou os dedos por uma particularmente proeminente, que começava na base de sua escápula e subia até o ombro.

— O que foi essa aqui?

— Um urso. No meu primeiro inverno sozinha. — Dimitria saiu momentaneamente do transe de relaxamento que as mãos de Aurora proporcionavam, sem precisar mencionar que foi após seu pai ter morrido. — Foi antes de Igor começar a fazer as armas mágicas.

— Graças a Deus seu irmão é tão talentoso, então.

Dimitria normalmente falaria algo arrogante, e estava prestes a fazê-lo — mas havia algo em sua nudez, na maneira como Aurora limpava seu corpo com tanta delicadeza, que a impeliu a dizer outra coisa.

— Ele é apaixonado por você.

As mãos de Aurora hesitaram por um segundo, parando na base da trança de Dimitria.

— Eu sei.

Dimitria virou o rosto delicadamente, tentando procurar os olhos de Aurora para garantir que não era uma piada.

— Como...

— Eu não sou tão tola quanto pareço, sabe. — Mas não havia maldade no tom de Aurora; apenas uma resignação calma. — Antes mesmo de você começar a trabalhar em casa, eu o havia visto me observando de longe. E quando o encontramos, na casa de Solomar, sua postura foi, bom...

— Ele não é o homem mais sutil do mundo. — Dimitria foi obrigada a concordar.

— Definitivamente. — Aurora riu, e seus dedos se entremearam na trança de Dimitria, desfazendo-a com habilidade. Os cabelos escuros escorreram em cachos escuros pelas costas dela, e Aurora começou a desembaraçá-los com delicadeza.

— E o que você acha disso? Ele é um ótimo partido, meu irmão. — Mesmo nua, deixando que Aurora desse banho nela e penteasse seus cabelos, Dimitria ainda sentia a necessidade de confirmar o que seu coração sabia. Aurora riu de novo, mais branda dessa vez.

— De fato, ele parece excelente. Mas não terá muita sorte comigo. — Dimitria esperou a conclusão da frase, subitamente com medo do que ela iria dizer. — Eu sinto algo por outra Coromandel.

— Aurora, eu...

— Demi. — Seu tom era simples, mas resoluto. — Não precisa se preocupar em me responder, ou lidar com meus sentimentos. Não essa noite. Hoje eu estou aqui para cuidar de você.

Será que ela está falando de mim?

Ou é isso ou é nossa finada mãe.

Mas quando ela diz que sente algo...

A água esfriava aos poucos, mas Dimitria sentia seu corpo quente, o sangue correndo pelas veias como um rio caudaloso. Aurora não parecia preocupada com a falta de resposta da caçadora, e continuou desfazendo os nós de seus cabelos. Se fosse tão fácil desfazer os nós de seus pensamentos, pensou Dimitria.

Você está apaixonada.

Não era possível. A própria ideia parecia ridícula: ela tinha passado uma vida sem se apegar a ninguém além de Igor, defendendo seu coração de qualquer intruso que se atrevesse a cruzar o limite.

— 197 —

Talvez fosse porque ela não podia se apaixonar por Aurora. Uma serviçal como ela, sem linhagem ou legado — que reivindicação ela teria sobre o coração de alguém como Aurora?

Era uma pergunta para a qual não havia resposta.

À medida que a noite avançava, a água da banheira ficava mais e mais fria, até que Dimitria estivesse completamente limpa — e gelada, tremendo sob a luz do luar que surgira no céu limpo e sem estrelas.

Aurora finalmente tinha se dado por satisfeita com o cabelo de Dimitria, e agora puxava uma toalha, enrolando o corpo ainda dolorido da caçadora e ajudando-a a sair da tina. Enquanto Dimitria se secava, Aurora saiu do banheiro, retornando com uma túnica leve — a camisola de Dimitria, que ela provavelmente havia encontrado em seu quarto.

Dimitria queria se esconder dentro da toalha felpuda, mas se forçou a olhar nos olhos de Aurora, as orbes verdes que cintilavam enquanto ela oferecia a roupa limpa e fechava os olhos.

— Você pode olhar para mim, se quiser. — Dimitria ofereceu, sentindo o coração subir pela boca.

Aurora desviou o olhar para a vista da janela, parecendo avaliar a posição da lua.

— Eu tenho que ir para casa, e você precisa descansar. — Não era uma rejeição, mas Dimitria sentiu uma fisgada no peito. Era melhor assim, na verdade. Ela não estava apaixonada por Aurora, e, embora não conseguisse chamar de amizade o que havia entre elas não após as últimas horas —, preferia não dar passos em direção a nada mais sério.

Mas Aurora franziu a testa, como se soubesse do turbilhão que passava na mente de Dimitria enquanto ela vestia a camisola.

— Por que você sempre assume que cada palavra minha significa que você não é suficiente? — Era suave, gentil, como tudo que a loira tinha feito aquela noite.

A resposta, é lógico, parecia dura demais para compartilhar — por que alguém como ela mereceria um cuidado daqueles? Ela mal conseguia dizer nada, então apenas balançou a cabeça, engolindo as lágrimas que pareciam vir de súbito.

Aurora se aproximou dela, deixando um beijo suave em seu rosto. Dentre tudo que havia feito por Dimitria, aquele era o gesto menos íntimo — e, de alguma forma, parecia o mais distante de todos.

Ela esticou as mãos para Dimitria, oferecendo um frasco que continha um líquido vermelho.

— É licor de papoula. Vai te ajudar a dormir.

— Aurora, eu sinto muito. — Dimitria mordeu o lábio, segurando a mão de Aurora em súplica. — Fazer você ficar aqui, gastar seu tempo e tudo isso, eu...

— Ei. — Aurora sorriu de lado, parecendo confusa. — Você não me pediu nada. Eu fiz porque quis.

— Me desculpe. — Dimitria não sabia o motivo de seu ímpeto por pedir desculpas, mas sabia que era a única coisa que conseguia oferecer naquele momento frente ao que parecia uma imensidão de carinho.

— Você pede desculpas quando quer dizer obrigada, sabia?

— Eu não sei mais o que dizer.

— Então não diga nada. Só descanse. Você não precisa ser tão forte. — Ali estava o pedido de novo, e Dimitria quis gritar. Ela precisava ser forte, sim. Mas Aurora estava alheia ao turbilhão de emoções que se avolumavam no peito da outra, e apenas sorriu. — Até amanhã, Demi.

Eu não estou apaixonada por ela.

Era difícil acreditar nisso quando seu coração ainda rugia, mesmo após o som da porta se fechando atrás de Aurora.

Dimitria fitou o próprio reflexo no espelho do banheiro, sua pele limpa e os cabelos soltos desenhando uma figura tão diferente do que ela estava acostumada que quase tomou um susto. Ela não podia estar apaixonada por Aurora, pois aquele não era o tipo de pessoa que ela era.

Ninguém merecia tamanho carinho. Especialmente uma garota que não conseguira salvar sua própria irmã; que traíra seu único irmão.

Estar perto de Aurora aflorava cada um dos seus sentimentos, sentimentos que Dimitria outrora enfrentara com bravata e brigas e álcool e outras pessoas. Pessoas descartáveis, como ela.

Sentir era difícil demais.

Em um segundo, ela tinha decidido o que fazer.

* * *

O Berrante não costumava ficar vazio, e aquela noite não era exceção: Dimitria conseguia ouvir a cantoria dos bêbados mesmo antes de virar na ruela em que ficava a taverna. Não era o que se podia chamar de estabelecimento honesto, e era precisamente por isso que ela estava indo para lá.

Era difícil competir com o Berrante, no entanto, pois aquele era o único bar de Nurensalem — o único que prestava, na verdade. A cerveja era quente, a comida, horrível, e como qualquer um podia cantar o que bem entendesse, a anarquia musical reinava confortavelmente. Nada disso parecia incomodar a legião de soldados, mercadores, fazendeiros e viajantes que se reuniam, religiosamente, todas as noites.

Era nesse último grupo que Dimitria estava interessada: mais especificamente em qualquer viajante cuja inocência e saudade de casa o tornariam uma presa fácil. Assim que colocou as mãos em um caneco de cerveja, seus olhos varreram o lugar abarrotado, uma caçadora nata em busca de seu alvo.

Ela não estava se sentindo como si mesma naquela noite, especialmente depois do encontro com Aurora — mas não importava. Mesmo que sua pele estivesse livre de qualquer sujeira, os cabelos soltos ao redor de seu rosto, mesmo que o ambiente do bar não provocasse nela a excitação habitual: Dimitria estava disposta a resgatar a versão antiga de si mesma, nem que para isso precisasse encontrá-la dentro de um barril de cerveja.

A cerveja desceu amarga, e ela lambeu os lábios, estremecendo com o latejar em sua cabeça. Teria sido uma boa ideia ficar e dormir para afastar a dor da surra que tinha levado de Tristão, mas ela não ia deixar que isso interrompesse uma noite fértil.

O Berrante era perfeito para o tipo de caça que ela queria naquela noite. O bar tinha cheiro de cerveja e gente, fervilhando de possibilidades.

Dimitria apoiou o corpo no balcão de madeira, lançando mais uma coroa de bronze a Quintas, o dono do Berrante. Ele abriu um sorriso, seu dente de ouro cintilando a meia-luz.

— O bom filho à casa torna! Faz tempo que não te vejo aqui. Desde aquele incidente com a garota casada.

Dimitria riu sem qualquer pudor, sentindo que a cerveja tornava mais fácil trazer à tona sua natureza. Quintas estava acostumado com as encrencas em que Dimitria se metia, especialmente devido a seu olho afiado para o que era proibido, e sempre arranjava um jeito de salvá-la das enrascadas em que se metia. Um dos jeitos mais eficazes era enfiá-la na adega escondida que ficava sob o balcão do bar, truque que Quintas fazia com frequência.

Daquela vez, ela esperava não precisar do esconderijo.

— Você sabe. Passarinho nasceu pra voar. — Dimitria continuava procurando sua presa, e Quintas riu.

— Já sei até o que esse "passarinho" quer. — Ele apontou para um canto da taverna onde estava um círculo de homens em torno de um jogo de dados. — Caravana de magos, carne amaciada de cerveja. Bem seu tipo.

— Assim você me entristece. — O rosto de Dimitria era uma máscara de choque.

— Ofendo?

— Magoa. — Ela concordou, dando um suspiro. — Mas eu agradeço a dica. — Ela piscou, lançando mais uma moeda de cobre na

— 201 —

bancada e dando um longo gole para esvaziar sua caneca de cerveja. Tão diferente do cheiro doce de alfazema e figos que parecia pertencer a outro universo.

Ela afastou o pensamento, e foi em direção ao grupo.

Havia três homens debruçados sobre um conjunto de dados, e embora cada um tivesse uma pilha de moedas, uma delas era nitidamente maior.

Dimitria focou o olhar no dono da pilha: um jovem magro, cujos poucos músculos lhe conferiam uma aparência ágil e esbelta. Sua pele marrom contrastava com as roupas vermelhas, e quando Dimitria fixou os olhos nele ele ergueu os seus. Eram um castanho escuro, profundo e intenso, emoldurados por cachos pretos e rebeldes que desciam em cascata até a altura de seus ombros.

Nada como um belo homem para esquecer de Aurora.

Dimitria abriu um sorriso quando se aproximou do grupo, e o jovem retribuiu — mas logo voltou a atenção ao jogo, apanhando os dados e girando-os entre os dedos. Ninguém mais pareceu notar a aproximação de Dimitria, que recostou o corpo contra uma coluna para observar.

— Chega, Theo — resmungou o homem exatamente à frente do rapaz de pele marrom, sua voz aguda um contraponto cômico a seu corpo musculoso e a barba volumosa. Pela sua estatura, ele provavelmente era uma pessoa com nanismo. — Se eu perder de novo, você vai ter que aceitar pagamento em calças.

— São belas calças, Lin. — O terceiro homem concordou, abrindo um sorriso de dentes pontiagudos. Ele não era feio, mas algo em sua aparência sugeria um parentesco, ainda que distante, com uma ave de rapina. — Mas o bom povo de Nurensalem não fez nada para merecer a visão do inferno que é sua bunda.

— Você não costuma reclamar. — Lin não parecia ofendido; pelo contrário, ele deu mais um gole em sua cerveja, soltando um longo arroto e virando-se novamente para o homem que ele chamara de Theo. — Vamos logo com isso, garoto. Íster está ansioso para ver minha bunda novamente.

Íster riu, afetuoso, e Theo revirou os olhos — mas era nítido que achava graça, pois levantou o olhar para Dimitria e, quando falou, se dirigiu a ela.

— Perdoe os meus colegas, minha cara, mas eles não sabem se comportar depois da quinta cerveja.

— Eu também não sei. — Dimitria foi rápida em responder, sentindo o olhar do grupo sobre si. Ela se aproximou dos três, analisando as pilhas de dinheiro. — Mas confesso que ver a bunda de um de vocês não me parece a melhor maneira de terminar minha noite, então acho melhor você ganhar essa, *Theo*.

— Há! — Lin bateu com o punho na mesa, fazendo as moedas tilintarem. — Gostei dela. Não que ele precise do desafio, a sorte de corno que ele tem. Hoje mesmo foram mais de nove consultas.

— Consultas? — Dimitria franziu a testa. Theo não parecia um médico.

— Sou um mago especializado em doenças raras. — Theo explicou, dando de ombros. — Daquelas que costumam acometer homens ricos e desesperados. — Ele riu, e Dimitria não conseguiu evitar pensar em Tristão, sua pele vermelha e as cicatrizes aparentemente incuráveis.

Lin grunhiu, concordando, e quando respondeu parecia estar lendo os pensamentos de Dimitria.

— O loirão te deu o suficiente para patrocinar nossa noite inteira. Esse aí não precisa de mais nenhuma ajudinha hoje, senhorita... — Ele estendeu a mão para ela, segurando os dedos de Dimitria.

— Dimitria, mas não sou senhorita.

— Está bem, Dimitria. — Lin deixou um beijo suave em seus dedos, lançando um olhar sedutor para ela. — Pode torcer para o Theo, mas talvez eu consiga fazer você mudar de ideia com relação à bunda?

— Você não presta! — Íster pareceu explodir, levantando da mesa com violência e lançando todas as moedas para longe. — É por esse tipo de coisa que eu não namoro artistas!

A raiva parecia impulsionar seus movimentos à medida que Íster se enfiava pela multidão em direção à saída do bar. Lin correu atrás dele, mancando.

— Meu bem, você não entendeu... É só uma bunda!

Dimitria não conseguiu conter o riso, especialmente quando pousou os olhos na expressão serena de Theo.

— Imagino que seja uma ocorrência frequente? — ela perguntou, e Theo assentiu.

— Íster tem que entender que Lin é uma pessoa difícil de controlar. — Theo deu de ombros, parecendo resignado, e arriscou um olhar mais intenso para Dimitria. — Ainda mais perto de uma moça bonita.

A caçadora mordeu a isca, sentando-se ao lado de Theo e apoiando o braço no encosto da cadeira, abrindo sua postura e respondendo ao olhar dele. Aquilo era fácil, fácil demais.

Era um jogo que ela estava acostumada a jogar, um jogo que ela dominava. Aurora podia tê-la deixado fora do eixo e ganhado algumas partidas — mas não era nada que uma vitória fora de campo não bastasse para recuperar sua confiança.

— Para azar dele e sorte de Íster, a moça bonita estava olhando o moço bonito. — Dimitria mediu o corpo do rapaz com os olhos, apreciando a visão. Ela observou as bochechas tingindo-se de vermelho, e sorriu satisfeita.

— Obrigado. — Algo no tom tímido de Theo trouxe o rosto de Aurora à sua mente: os olhos intensos que pareciam engoli-la, as sardas como tinta decorando seu rosto. Os lábios em formato de coração, úmidos e macios.

Não. Você tem um espécime perfeitamente adorável bem na sua frente.

Adorável é a palavra.

Larga mão de ser...

Racional?

Exigente.

Esse pobre moço é bonito de olhar, mas não é o que você quer.

Como você sabe o que eu quero?

Eu sou você, esqueceu?

— Dimitria? — A voz de Theo interrompeu seu fluxo de pensamentos, e ela retornou sua atenção a ele. Theo tinha a testa franzida em confusão. — Eu te perguntei se você quer uma cerveja.

Dimitria era várias coisas, e talvez, em uma noite diferente daquela, ela tivesse conseguido mentir, sorrir por trás das informações falsas, enlaçar mais uma conquista com a facilidade com que caçava um cervo.

Mas talvez fossem seus cabelos soltos, seu corpo que cheirava a alfazema e figos. Talvez fossem os socos de Tristão, que ainda ressoavam em seu crânio acompanhados de uma dor pulsante.

Ela não conseguia mentir. Não mais.

— Desculpa, Theo. Eu preciso ir.

Nem mesmo o olhar magoado do rapaz foi o suficiente para que ela ignorasse a certeza crescente que florescia em seu coração.

Ela estava apaixonada por Aurora.

Capítulo 15

Quando Dimitria chegou em Winterhaugen, o dia tinha acabado de raiar.

A caçadora mal tinha dormido, seu sono intranquilo interrompido por sonhos estranhos e oscilantes — uma pessoa com nanismo que se transformava em uma moeda, girando até cair em um campo de alecrim-dourado da cor dos cabelos de Aurora. Apesar do licor de papoula, ela acordara incontáveis vezes, e nem mesmo a presença das luzes do norte naquela noite foi o suficiente para acalmar seu coração.

Ao menos, agora ela sabia a verdade: seu coração estava inquieto porque, pela primeira vez, havia alguém dentro dele.

Dimitria sabia que era insanidade, que amar alguém não estava em seus planos, mas seus sentimentos pareciam ignorar completamente qualquer racionalidade, que caía por terra quando ela pensava em Aurora.

Ela disse que tem sentimentos por mim. Será que são os mesmos?

A dúvida parecia ser gêmea do amor, uma face feia da mesma moeda. Mas era difícil duvidar quando a lembrança dos beijos trocados vinha à tona, da delicadeza com que Aurora cuidou de seu corpo na noite anterior.

"Meu pai não manda no meu coração."

A simples lembrança daquelas palavras parecia acender uma fogueira em seu coração.

Finalmente, após revirar na cama por horas, ela não conseguia mais esperar. Antes que o dia raiasse — um pouco antes do sol nascer, na verdade — Dimitria se enfiou em suas roupas e fez o caminho já conhecido até a mansão dos Van Vintermer.

Ela sabia que tinha que tomar alguma decisão. Fosse contar toda a verdade para Igor e assumir seus sentimentos por Aurora, ou qualquer coisa parecida: ela não conseguia mais mentir. A caçadora ensaiava diversos discursos em seu caminho, incerta de quais palavras usar.

A verdade é que ela era uma serviçal, uma ninguém, vinda de uma família sem posses e sem influência. Isso sem contar que era uma mulher: quaisquer aspirações sobre a continuação da linhagem Van Vintermer se extinguiriam ali. Mesmo na progressista Nurensalem, onde não era crime que duas mulheres formassem um par, Bóris van Vintermer jamais abandonaria seu tesouro mais precioso.

Ainda mais em nome de algo tão provinciano quanto o amor.

Por isso mesmo a urgência em falar com Aurora. A mansão assomava à sua frente na meia-luz fria daquela manhã quase invernal, e Dimitria precisou conter o impulso de virar as costas e sair correndo. Se não sua coragem, seu orgulho não deixou que ela desistisse.

Ela caminhou ao redor da mansão, encontrando o ponto abaixo da janela de Aurora. A garota dormia no primeiro andar da torre, e Dimitria sabia que uma escalada curta a levaria direto ao quarto dela sem ser vista.

Ao se aproximar da torre, no entanto, algo chamou sua atenção.

Havia marcas peculiares na neve — sulcos arrastados que começavam exatamente na área em frente à janela e estendiam-se até mais além. As marcas eram familiares em seu padrão e formato, e Dimitria se aproximou para ver melhor.

Ela abaixou o corpo, e uma sensação de formigamento subiu por sua espinha quando ela finalmente as reconheceu. Elas estavam parcialmente cobertas por neve, difíceis de discernir, mas inconfundíveis ainda assim.

Eram as mesmas pegadas de urso que ela havia visto na floresta — e, a seu lado, as botas com padrão ondulado.

— Demi? — A voz de Aurora fez com que ela virasse de súbito, seu coração martelando. Aurora estava debruçada sobre o parapeito, o olhar aflito, e Dimitria encaixou as mãos nas pedras geladas da torre, içando seu corpo até a garota.

Será que Aurora estava em perigo?

Quando Dimitria se aproximou dela, ficou evidente que a garota não estava muito bem. Mesmo ao comparar com a noite anterior ela parecia mais magra, as clavículas protuberantes sob a camisola, o rosto mais anguloso e cheio de sombras. Também havia manchas escuras sob seus olhos.

Dimitria lançou o corpo para dentro do quarto, abraçando Aurora num gesto instintivo e beijando o topo de sua cabeça.

— Você está cheirando a xarope de bordo. Comeu panquecas?

— Ah. — Aurora parecia frágil, como se sua voz fosse uma fina camada de gelo. — O que você está fazendo aqui? Você precisa descansar.

Dimitria sentiu o cheiro de bordo novamente, e a lembrança da floresta trouxe as pegadas de volta à sua mente. A confissão apaixonada podia ficar para depois.

— Escuta. Você ouviu alguma coisa estranha essa noite?

— E-estranha? — Aurora pareceu vacilar, o rosto pálido ganhando alguma cor. — Não. Eu dormi muito mal, na verdade. Preferia que a gente conversasse depois.

Algo no seu tom era incomum, e Dimitria franziu a testa, confusa.

— Você quer que eu vá embora? — Ela se surpreendeu com a mágoa em sua voz, especialmente frente à lembrança da Aurora doce da noite anterior.

— Sim. Não! — Ela oscilava entre a Aurora que Dimitria conhecia e alguma outra coisa, mais arredia e arisca. Talvez fosse a noite mal dormida, ou qualquer que fosse a doença que parecia tê-la acometido.

Ou talvez seja arrependimento por ter carregado o seu fardo ontem à noite.

Qualquer que fosse a razão, Dimitria sentia como se uma agulha estourasse o balão em seu peito. Ela soltou Aurora, os braços pendendo inutilmente ao lado do corpo.

— Aurora! — A voz de Bóris veio do corredor, pronunciada com uma urgência incomum. Os olhos de Aurora se arregalaram. — Meu bem, você acordou? — Pela intensidade, Bóris estava se aproximando do quarto da filha.

— Meu pai não pode te ver aqui. — Os olhos da loira analisaram rapidamente o entorno, e ela apontou para o armário de carvalho recostado contra a parede oposta. Era grande o suficiente para abrigar todos os vestidos da jovem — e, provavelmente, Dimitria.

Não seria a primeira vez que ela se esconderia em um guarda-roupas.

— Você quer que eu...

— Sim, sim! — Aurora empurrou Dimitria em direção ao armário, os olhos fixos na porta do quarto. Dimitria mal conseguiu pensar antes de se enfiar na escuridão do móvel, fechando apressadamente as folhas duplas assim que Bóris bateu à porta.

— Estou acordada, pai! — A voz de Aurora vinha abafada do outro lado do armário, e Dimitria se achatou contra o fundo de madeira, tentando não respirar. Ela não estava acostumada a ver a garota em pânico, por mais estranho que fosse explicar a presença de Dimitria àquela hora da manhã.

Na verdade, tudo sobre o comportamento de Aurora naquela manhã foi estranho. Sua aparência desregulada, o cheiro de xarope de bordo, o jeito arredio com que tinha reagido a Dimitria.

— Meu amor. — Bóris parecia ter entrado no quarto, e pelo tom de sua voz Dimitria soube que algo tinha acontecido. — Você não parece bem. Tristão vem jantar hoje à noite, quero que você aproveite.

A caçadora imaginava que tipo de aproveitamento Bóris esperava do jantar.

— Foi uma noite mal dormida, papai.

Dimitria dividia sua atenção entre a conversa que se desenrolava fora do armário e o conteúdo do mesmo: os vestidos tinham o cheiro de lavanda e figos que Aurora sempre parecia carregar, e seu armário parecia conter todas as cores de seda que Dimitria já havia visto.

Uma réstia mínima de luz entrava pela fresta no encontro das portas, o suficiente para que Dimitria enxergasse. Ela olhou para baixo, vendo que os sapatos de Aurora estavam organizadamente enfileirados — exatamente o que ela esperava da garota.

Bóris voltou a falar, e suas palavras fisgaram novamente a atenção de Dimitria.

— Sinto muito te acordar assim, meu bem. Encontraram o filho de Gideão. Eu não quero que você saia sozinha à noite, especialmente enquanto Coromandel está envolvida na busca. Tem algo à solta por Nurensalem, filha. Algo perigoso.

Dimitria sentiu um arrepio na espinha, deduzindo, pelo tom de Bóris, o estado em que haviam encontrado a criança. O ódio por Tristão subiu novamente ao seu peito — ela não sabia o que seria capaz de fazer caso o encontrasse.

Não que a culpa não seja sua, também. Ou você esqueceu o motivo da surra que levou ao brincar de detetive?

Quase ao acaso, seus olhos pousaram em um dos sapatos de Aurora. Ele estava virado de lado, caído de maneira desorganizada na fileira perfeita. Talvez ela tivesse tirado o sapato de lugar quando entrou às pressas no armário?

De qualquer maneira, era uma evidência de que ela estivera ali, e Dimitria estendeu a mão para endireitá-lo. Assim que o fez, veio um baque surdo e baixo — como se algo tivesse caído de dentro do objeto.

Dimitria tateou no escuro, um arrepio novamente lhe subindo a espinha. Seus dedos se fecharam ao redor de um objeto liso e frio, sua textura como osso em sua pele — osso e algo a mais, algo viscoso e úmido. Ela engoliu em seco, trazendo o objeto para a réstia de luz.

Não era osso. Era a garra de um urso — e estava manchada de sangue, ainda vivo sob a luz.

* * *

Dimitria mal conseguia pensar. Sua cabeça parecia um turbilhão ilegível, uma cacofonia intensa de pensamentos conflitantes. Ela focava em seus movimentos, tentando escapar do barulho em sua cabeça: um passo atrás do outro, para cada vez mais longe da Winterhaugen. Quanto mais longe, melhor.

Por sorte, ela não tinha precisado falar com Aurora — ela acompanhou Bóris para fora do quarto, e essa foi a deixa de Dimitria para sair do armário. Ela levava a garra de urso enfiada no bolso, queimando como brasa contra sua pele. Havia milhares de explicações para aquele objeto estar no armário de Aurora, ela pensou, tentando se convencer de sua própria lógica.

Dimitria caminhou a esmo pela estrada, a neve macia cedendo sob seus pés. Flocos preguiçosos dançavam a seu redor, flutuando até o chão na ressaca da nevasca da noite anterior. Dimitria sabia que não estava sonhando: ela sentia os floquinhos pousarem em seu rosto, derretendo rapidamente contra a pele quente de suas bochechas coradas. Ela engoliu o ar em lufadas intensas, como se mais oxigênio em seu cérebro fosse resolver o desespero que assomava as bordas de sua mente.

Por algum motivo, Dimitria se lembrava da conversa que ela e Aurora tiveram na primeira vez que a loira a visitou em casa, no que parecia um milênio atrás — mas em realidade eram apenas alguns dias. Na ocasião, a loira tinha dito se imaginar como uma criatura livre, que fugia pela janela para escapar de suas obrigações. Dimitria tinha imaginado algo com asas, cortando os céus com penas douradas como os cabelos de Aurora.

Dessa vez, ela imaginava um urso, suas presas sangrentas.

Tem de haver uma explicação. Ela está doente, não escondendo algo. Passamos a noite juntas ontem.

— 211 —

Não a noite toda.

Será que ela encontrou isso na estrada?

E levou para casa, para esconder no armário?

A garra de urso parecia uma bigorna dentro de seu bolso, muito mais pesada do que osso.

Ela nem percebeu quando deu um encontrão em um homem. Quantas vezes Dimitria iria trombar com Tristão Brandenburgo? Ao menos mais uma, aparentemente.

A última coisa que ela precisava naquela hora era ter que lidar com o ego de Tristão, e Dimitria deu um passo para desviar dele. O jovem, porém, parecia ter outros planos: seus dedos se fecharam ao redor do braço de Dimitria, segurando-a no lugar.

Se Aurora parecera doente, Tristão estava ainda pior: as manchas vermelhas que antes só despontavam em seu pescoço agora subiam por seu rosto, vergões feios e irritados sob os cabelos perfeitamente loiros. Era difícil imaginar que ele "aproveitaria" o jantar nos Van Vintermer, tanto quanto Aurora.

Ela sentiu o ódio acumular em seu peito mesmo antes que ele abrisse a boca.

— Você continua metendo o nariz onde não é chamada, não é? A noite na floresta não foi suficiente?

Dimitria franziu a testa, confusa.

— Eu não faço a menor ideia do que você está falando.

— Meus homens te viram no Berrante. — Tristão parecia vestir uma máscara de ódio que não combinava com suas feições de príncipe encantado. Dimitria lembrou-se de Theo e de seu comentário sobre ser um mago especializado em doenças raras. — O que é que ele te disse? O que você contou para Aurora?

— Eu disse que não sei...

— Onde está o bilhete, Dimitria?

Ela estava confusa; Tristão tinha roubado o bilhete de volta quando a deixou desacordada na floresta, não tinha? Mas ele apertou os dedos ao redor de seu braço, e a dor cortou qualquer fluxo racional de pensamento.

Dimitria não registrou nenhum raciocínio: suas mãos espalmaram contra o peitoral de Tristão, imprimindo toda sua força para empurrá-lo para longe. Algumas pessoas passavam ao redor e pararam para olhar, mas Dimitria não se importava.

Se não fosse por Tristão, talvez eles tivessem encontrado o menininho. Talvez ele não estivesse morto, perdido para sempre por uma criatura que ela poderia ter caçado. Se não fosse por Tristão, talvez Dimitria não tivesse que lidar a dúvida estúpida que parecia escurecer seus pensamentos por causa da porcaria de uma garra de urso no armário de Aurora.

— Não toque em mim. — A voz de Dimitria foi um rosnado de alerta, e ela puxou a adaga que sempre carregava consigo, apontando-a diretamente para o loiro. — Se você encostar em mim de novo, Tristão, eu arranco seus olhos. E faz tempo que eu não afio essa faca.

— Isso é uma ameaça?

— Não. — Dimitria sorriu, feroz. — É uma promessa.

Tristão desembainhou sua espada e avançou contra ela. Ele era um bom espadachim: sua forma era correta, precisa, e ele cortava o ar como uma flecha — mas Dimitria era mais rápida, especialmente considerando o peso de sua armadura. Ela girou o corpo, desviando do ataque com facilidade.

Dimitria apanhou o punho dele no ar como uma cobra dando o bote, torcendo-o até que Tristão fosse obrigado a abrir os dedos e largar a espada no chão.

— Vagabunda. — Ele levantou o joelho com violência. O impacto do osso contra o estômago de Dimitria foi o suficiente para tirar o ar de seus pulmões, e ela se dobrou sobre si mesma. Ainda assim, ela alcançou a espada caída de Tristão — era pesada, mas Dimitria conseguiu girá-la nas mãos, avançando contra ele.

— Você é um verme. Heitor morreu por sua culpa!

— Minha culpa? Se você não tivesse se metido...

— Cale a boca! — Dimitria sentia que seus movimentos eram abastecidos pelo ódio puro que corria por suas veias, quente e irresistível. Tristão esquivou uma, duas vezes — mas o terceiro golpe de Dimitria sulcou um talho no braço dele, rasgando sua camisa branca e manchando-a de sangue.

Não era apenas sangue, porém. Por baixo da camisa, ela conseguia ver que as manchas vermelhas que Tristão tinha no pescoço estendiam-se por toda a pele de seu braço, e até mesmo algumas pústulas roxas se formavam na região.

Tristão estava muito doente.

Ela não hesitou por mais nem um segundo, porém, e avançou até que ele estivesse encurralado contra uma parede, as costas pressionadas contra a pedra.

— É isso? Você vai me matar?

Tristão ofegava. Em seus olhos azuis havia medo. Medo de Dimitria.

Não era uma sensação de todo ruim, mesmo quando ela sentia que os olhos dos transeuntes que haviam parado para assistir carregavam o mesmo medo.

— Bem que eu gostaria.

Num gesto violento, ela cravou a espada — contra a madeira. O rosto de Tristão tinha cor de leite azedo, como se prestes a desmaiar.

Dimitria embainhou sua adaga, e virou as costas em direção à sua casa.

* * *

Igor parecia distraído.

Ele estava do lado de fora da casa, as costas apoiadas na pedra exposta. De longe, seu perfil austero, os cabelos escuros e a pele negra o tornavam quase igual ao que Dimitria se lembrava de Galego. Igor tinha o olhar perdido no horizonte, onde a floresta escura assomava distante, e sua figura escura recortada contra a neve formava uma bonita imagem — embora um tanto triste.

Mesmo com as mentiras que existiam entre os dois, Dimitria sentiu um alívio inexplicável ao ver seu irmão. Ela tinha mentido tanto para ele que nem imaginava como conquistar sua confiança novamente, mas sabia que, se havia alguém capaz de ajudá-la a desfazer o nó que eram seus sentimentos, era ele.

Algo não parecia certo, porém. Ela tocou no ombro de Igor, chamando sua atenção, pois ele nem ao menos percebeu que ela se aproximava.

— Que bom que você voltou. Como foi com Solomar?

Ele pareceu surpreso, seus olhos focando imediatamente na meia-lua roxa no rosto de Dimitria.

— Solomar? — Seus olhos estreitaram, como se ele puxasse a informação pela memória. — Fizemos o que tínhamos que fazer. E você? Tristão fez isso?

— Perspicaz como sempre. — Dimitria suspirou fundo, apoiando o corpo ao lado do irmão. Ela sentia uma dor surda atrás dos olhos, como se brigar pela segunda vez em dois dias não tivesse sido a melhor ideia, e os fechou momentaneamente. — Devia ter visto como eu o deixei.

Mesmo sem vê-lo, Dimitria sabia que Igor estava sorrindo. O silêncio entre os dois era confortável e familiar, e por um momento Dimitria quis viver nele: sem precisar dizer nada sobre monstros, segredos e mentiras.

Ainda assim, ela sabia que era falso — uma pequena mentira pode envenenar tudo.

Ela sentia a garra de urso em seu bolso, pesada e manchada de sangue.

— Gui. — Ela não sabia direito como começar, e preferiu tentar entender, colocar fatos na confusão que crescia em seu peito. — Existe algum feitiço que identifique metamorfos?

Igor pareceu confuso, as sobrancelhas unidas no meio da testa.

— É magia muito antiga, e bem perigosa. Não acredito que se faça, ao menos não na Romândia. Mas é possível, lógico.

Aurora não sabia fazer magia, não que Dimitria soubesse. Ainda assim, a garra de urso estivera em seu armário, e uma criatura parecida com um urso, que perdera uma garra nos últimos dias, estava à solta em Nurensalem.

— Por que a pergunta? — O olhar do irmão cintilou, como se ele soubesse que não era pura curiosidade. Mas contar sobre a garra envolveria contar o que ela estava fazendo no armário de Aurora naquela manhã, e Dimitria não sabia se estava preparada para aquela conversa.

— Nada.

— A gente não costumava esconder coisas um do outro. — Igor ergueu os olhos, menos um desafio do que uma mágoa. — Me pergunto quando é que isso mudou.

— Igor, eu... — Dimitria abriu os olhos, fixando-os na figura do irmão. Quando é que eles tinham ficado tão diferentes? Mesmo com a fisionomia tão semelhante, ela quase não conseguia ver a si mesma nos traços dele.

— Você sente muito. Eu sei. — Igor não parecia triste, apenas resignado. Dimitria imaginou que ele estava aceitando suas desculpas pelo que havia acontecido no festival; seu irmão não tinha a menor ideia sobre ela e Aurora. — Eu preciso aprender a lutar minhas próprias batalhas. Deixei você lutar por mim durante tempo demais. Sei disso, agora.

Dimitria sentiu a verdade dançar na ponta de sua língua, lutando para sair. Mas ela engoliu em seco, engolindo também as palavras.

— Morreu mais uma, Gui. — Igor virou o rosto para ela, a expressão dolorida.

Ela tinha se equivocado ao pensar que ele não pensava em Denali, pois era evidente que a lembrança dela estava viva, ali entre os dois. O início do fim. Um animal faminto, e toda a vida dos dois fora irremediavelmente alterada.

— Eu ouvi.

Dimitria ficou em silêncio antes de falar de novo.

— Se eu disser que encontrei uma pista sobre quem está matando as crianças... — Ela levantou os olhos, procurando os dele. Eram espelhos gêmeos dos seus, mas estavam sombreados por uma mistura de cansaço e dor. — Eu não tenho certeza. Mas tenho uma pista.

Suas palavras se perderam no vento. Aurora provavelmente tinha encontrado aquela garra no chão, era besteira pensar de outra maneira. Mas o sangue... Ela não conseguia deixar de pensar no sangue, vermelho-vivo e ainda fresco.

Igor ficou em silêncio por alguns segundos, antes de falar.

— Eu também.

Dimitria franziu a testa, preocupada, mas Igor enfiou a mão no bolso, tirando de dentro o pedaço de bilhete que Dimitria tinha encontrado na roupa de Júnia.

— Como você...

Ele a silenciou com um olhar. Igor abaixou para apanhar uma folha seca caída no chão, encaixando-a na parte de cima do bilhete, onde a folha rasgada escondia o resto da mensagem. Igor murmurou algumas palavras desconexas, e de repente a mesma caligrafia fina que enchia o pergaminho se estendeu por cima da folha, completando a carta.

Eu jamais devia ter me metido com alguém como você. Essa moléstia que me acomete é castigo divino, que eu irei retribuir em ferro e vingança. Sua linhagem será a primeira a sentir minha ira.

É preciso salvar a minha linhagem custe o que custar, antes que seja tarde. Não me procure mais.

J.B.

Acima da mensagem, o brasão dos Brandenburgo reluzia dourado contra a folha seca, antes que ela se desfizesse em cinzas e restasse somente o pedaço de papel.

— 217 —

Então Tristão havia, de fato, ameaçado Jocasta. Não só Jocasta, na verdade: ele havia ameaçado especificamente a família dela, que aparentemente ele julgava culpada pela tal "moléstia" da qual ele sofria.

Talvez fosse essa moléstia que apresentava um risco para sua linhagem.

Ainda assim, as peças não encaixavam completamente. Tristão era estúpido, mas será que o suficiente para deixar sua mensagem de vingança escrita em um papel com o brasão de sua família? E entregar para sua vítima?

A não ser que ela tenha roubado o papel, ou que ele jamais tivesse intenção de entregar.

Tristão havia abandonado uma criança na floresta para conseguir o pedaço de bilhete. Ela se lembrou de como o homem desferiu soco atrás de soco, até fazer Dimitria desmaiar, deixando-a para morrer na floresta.

Não era difícil acreditar que ele poderia ser um assassino.

Mas e Aurora? O que a garra de urso fazia lá?

— Tristão tinha um caso com a irmã de Júnia. — Igor parecia quase assustado, e enfiou o bilhete no bolso novamente. — E, pelo que eu me lembre, ela foi ao festival das luzes com Aleixo Voniver, não é? O irmão do menino que morreu essa noite.

Então Tristão tinha feito tudo aquilo por ciúmes?

— Gui, eu não entendo. — Dimitria tentou traçar os passos de Tristão em sua mente, ao mesmo tempo em que a garra de urso aludia, mas ainda não se encaixava na teoria. — Se Tristão fez mesmo isso, precisamos ir agora até a junta comunal.

— Você sabe tão bem quanto eu que Clemente jamais irá incriminar seu próprio filho.

Era uma afirmação sombria, mas correta. Dimitria abriu a boca, mas Igor ergueu a mão, interrompendo-a.

— Espere aqui.

Ele caminhou em silêncio para o interior da casa. Por alguns minutos Dimitria não ouviu nada, até que os passos dele recomeçaram.

Quando ele saiu, trazia algo em seus braços. Bastou que ele se aproximasse para Dimitria perceber que era uma besta de madeira. Era uma arma majestosa, de longe a mais bonita que Igor havia feito: seus contornos eram precisos, eficientes, uma única flecha encaixada no sulco de voo.

Igor estendeu a arma para ela, e bastou que Dimitria pegasse no objeto para senti-lo zunindo de magia.

Dimitria nunca entendera a magia de Igor. Era um símbolo de sua ligação com Hipátia, um símbolo que Dimitria jamais conseguira compreender. Ela nunca tinha demonstrado aptidão para a coisa: seus talentos eram voltados para a leitura da natureza, do concreto e real. A magia era uma estranha poderosa, e por mais que Dimitria se esforçasse, esse conhecimento estava fechado para ela.

Mas isso não a impedia de senti-la — e, mais que isso, sentir orgulho de Igor. O agradecimento morreu em seus lábios, e o olhar dos dois se encontrou de novo — ambos ferozes, ambos indomáveis.

— Você é a melhor caçadora da Romândia, Dimitria. — Igor era solene. — Você tem de caçá-lo.

Ela assentiu, o peso do mundo em seus ombros — e a arma de Igor em suas mãos.

Capítulo 16

A noite era um manto escuro e gelado ao redor de Dimitria.

Ela estava na mesma posição há algumas horas, e seu corpo começava a reclamar.

Ainda assim, a caçadora não se mexia: ela estava acostumada a ficar de tocaia por horas atrás de alguma presa, e aquela noite não seria diferente. A única diferença era a presa que ela almejava — temia? — caçar.

Dimitria bloqueava o desconforto e o frio, deixando seus olhos treinados procurarem qualquer movimento no cenário iluminado pela luz da lua.

Era estranho estar ali, tão perto de Winterhaugen, mas permanecer apenas observando o jardim — sem estar indo em direção a Aurora, gravitando até ela. Não era Aurora quem ela procurava aquela noite, mesmo que seus olhos, de vez em quando, desviassem para a pequena janela na torre da garota; a mesma janela que ela tinha escalado na noite anterior.

Já era tarde da noite, mas, a julgar pela luz apagada no quarto da torre, o jantar ainda não tinha acabado. Dimitria tinha visto Tristão chegar em sua carruagem, acompanhado por Clemente Brandenburgo, que estava trajado com suas melhores roupas — ambos de preto, é lógico, de luto pelo menino morto. Dimitria sentiu a bile subir por sua garganta quando viu o veludo escuro que cobria o corpo de Tristão, como se ele tivesse algum direito de velar a perda de Heitor Voniver.

Ou talvez fosse a ausência de luto por qualquer uma das duas garotinhas.

Mesmo vestido na mais fina peça, Tristão não parecia bem. Sua postura parecia cansada, o andar, geralmente altivo, mais arrastado do que de costume. Ainda assim, o jantar se estendia pela noite — fosse qual fosse a doença que parecia comer Tristão de dentro para fora, ela não parecia diminuir sua capacidade de aproveitar um banquete dos Van Vintermer.

Ela se lembrava do seu próprio banquete, da primeira vez que tinha visto Aurora. Era difícil acreditar que fazia um mês e meio desde que a garota entrou em sua vida, mudando cada aspecto dela de um jeito tão indelével.

E, apesar disso, a garra de urso — que ela mantinha consigo, como um amuleto capaz de protegê-la dos encantos de Aurora — parecia fria como gelo em seu bolso.

Era conveniente que Tristão e Aurora estivessem no mesmo lugar naquela noite — Dimitria tinha a intenção de caçar os dois, cada um à sua maneira.

Ela ajeitou o corpo quando uma luz se acendeu na frente da casa, e pela porta saíram Clemente e Tristão, o mais velho fazendo uma mesura. Mesmo de longe, Dimitria podia ver que vinho não tinha faltado naquela noite: o rosto de Clemente estava vermelho e inchado, sua expressão relaxada. Ele gesticulou em direção a Tristão, falando algo, e Dimitria se moveu mais além, escondida pelos arbustos do jardim, para tentar escutar.

— ...Pelo menos dois netos, como se fosse obrigação nossa! A audácia desse velhaco.

Clemente ria, e Dimitria não precisou de muita imaginação para deduzir o tipo de conversa que havia acontecido durante o jantar.

— Mas você vai comparecer nesse quesito, não é, Tristão? Os Brandenburgo nunca tiveram problemas com nossa semente, por assim dizer.

Dimitria fez uma careta enojada. O fruto realmente não caía muito distante da árvore...

Mas Tristão também não parecia muito satisfeito com o comentário. À luz do luar na noite sem nuvens, ele parecia ainda mais pálido, as manchas em seu rosto como cicatrizes feias.

— Assim que vocês casarem quero que comece a trabalhar nisso, Tristão. Aurora está na idade perfeita para ser mãe, e quanto mais nova melhor a chance de nascer um homem.

Dimitria segurou a vontade de avançar em Clemente Brandenburgo.

— Eu nem ao menos a pedi em casamento, pai. — Tristão parecia amargo, a insolência mais espontânea por conta da bebida que ele certamente havia consumido. — Podemos falar disso depois?

— Esse é o trabalho mais importante de sua vida, Tristão. Você nasceu para isso. E ouça meu conselho, você vai querer começar cedo para não ficar com um filho só na mão. É receita para se desapontar.

A alfinetada doeu até em Dimitria, que percebeu que Tristão, filho único de Clemente, cerrava os punhos.

— Suponho que se eu tiver uma menina seria uma desgraça.

— Desgraça, não, mas o primogênito é bom que seja...

— E suponho que se eu não puder ter filhos, é melhor que eu morra.

Clemente desacelerou os movimentos, a bebida e confusão misturadas em seu rosto largo.

— Não existe isso nos Brandenburgo. Somos uma linhagem forte e viril.

— Então eu não devo ser um Brandenburgo. — Tristão parecia se dissolver nas palavras, e Dimitria reconheceu a sombra de um segredo em sua voz; ela sabia bem o que era guardar um. — Sou infértil, pai. Jamais terei os filhos de Aurora, ou de mais ninguém. Eu tentei de tudo. E ninguém é capaz de me curar dessa maldição.

Então ela estava certa — a doença de Tristão afetava sua linhagem.

Dimitria apontou a besta que carregava nas costas, mirando a flecha diretamente no peito de Tristão. Aquela era sua chance, chance de caçar o monstro que aparentemente assombrava Nurensalem. Mas antes que pudesse apertar o gatilho, Dimitria hesitou.

Tristão era muitas coisas, nenhuma delas positiva. Mas ali, revelando seu segredo mais profundo para um pai que nem sequer olhava para ele, era difícil acreditar que poderia ser um assassino.

Ela hesitou, e nesse segundo Clemente desferiu um tapa certeiro no rosto do filho. Sua força foi tamanha que Tristão quase cedeu ao chão, mas ele não disse nada — era quase como se estivesse acostumado a apanhar.

— Engula essas palavras, seu moleque. Eu não sei como você irá resolver esse problema, mas, até fazê-lo, eu não quero ouvir mais nem uma palavra sobre isso. Especialmente não aqui. — Clemente olhou por cima do ombro em direção a Winterhaugen, e recomeçou a caminhada até o portão.

Tristão hesitou por alguns segundos — e Dimitria pensou tê-lo visto encontrar seus olhos, escondidos entre os arbustos. Ele procurou ao redor antes de voltar a seguir o pai, resignado.

Dimitria os observou entrando dentro da carruagem que os levara até ali, e conteve o impulso de segui-la. Ela jamais conseguiria acompanhar a cadência rápida das rodas, e seu instinto de caçadora dizia que qualquer tentativa seria inútil.

Ela não sabia como, mas tinha certeza de que Tristão não era o assassino. Ouvir seu segredo foi o estopim para a certeza — mesmo que ela ainda desconfiasse da índole do jovem, especialmente ante à ameaça evidente que sua infertilidade trazia para sua posição na sociedade de Nurensalem. Mas era suficiente para justificar o assassinato de não uma nem duas, mas três crianças?

Dimitria sabia, no âmago de seu ser, que não.

Sabia do mesmo jeito que tinha certeza que Aurora escondia algo, algo muito maior do que uma garra de urso manchada de sangue.

Se ela não pretendia caçar Tristão, era hora de descobrir o que havia de errado com Aurora.

* * *

Horas se passaram antes que algo acontecesse.

Na posição em que estava, Dimitria tinha uma visão perfeita do que se desenrolava no quarto da garota. Ela tinha acompanhado seus movimentos: o ritual de vestir a camisola, pentear os cabelos, sentar-se próximo à janela. Ainda assim, havia algo curioso na maneira com que Aurora cumpria cada uma das tarefas: seus movimentos eram curtos, nervosos, como se ela estivesse com medo de alguma coisa.

Por fim, Aurora foi dormir. Dimitria conseguia ver a borda de sua cama, seus contornos desenhados pela réstia de lua que entrava pela janela, e sua atenção oscilava entre a figura adormecida e seu caderno de couro, que ela segurava aberto nos joelhos.

Os nomes das crianças mortas estavam em uma lista mórbida, e Dimitria tinha anotado a data de cada uma das mortes. Três crianças, três mortes, e nenhuma explicação. Uma parte de si, a maior parte, procurava uma teoria que encaixasse a garra de urso ensanguentada com aquela teia horrível de acontecimentos, ao mesmo tempo que não envolvesse Aurora.

A outra parte mantinha os olhos na janela da mansão, os dedos ao redor da besta.

De repente, algo cintilou no céu. A caçadora levantou os olhos, e a névoa luminescente que ela conhecia tão bem pareceu ondular na abóbada, mudando de verde para lilás e ficando verde novamente. Era um véu colorido de estrelas dançando no infinito.

E então, como mágica, a mesma luz surgiu da janela de Aurora. A mesma cintilância, parecendo explodir em um clarão.

A figura adormecida pareceu derreter, alterando sua forma e aumentando de tamanho, desenhando-se na luz até se solidificar.

— 224 —

Era um urso.

Dimitria deu passos mudos para mais perto da janela, mantendo-se escondida atrás da folhagem, sem conseguir tirar os olhos de Aurora. Quer dizer, não era mais Aurora.

Em seu lugar havia um urso branco sobre a cama, seu pelo imaculado e tão alvo quanto a neve que caía ao redor de Dimitria. Seus olhos eram vorazes, escuros e astutos, e seu focinho estava manchado de sangue seco. Também havia sangue nas patas e garras, que o urso apoiava cuidadosamente contra o parapeito — ele parecia grogue, como se ainda estivesse acordando. Uma de suas garras estava perdida, e Dimitria soube que a carregava no próprio bolso.

O coração de Dimitria martelava contra seu peito, e ela apontou a besta na direção do bicho, para dentro do quarto de Aurora. De onde ela estava, acertaria a criatura mesmo sem ajuda de sua mira mágica...

Mas a criatura era Aurora, e Dimitria não conseguiu apertar o gatilho.

Ela viu sua respiração trêmula condensar em frente ao seu rosto, baforadas curtas e assustadas quando soube o que tinha de fazer.

Eu não consigo.

Ela é um monstro.

Mas e se...

Você não vê o sangue? Mas por que ela faria isso?

Não importa. Ela fez.

...Eu sei.

E, ainda assim, era quase impossível conciliar a imagem de Aurora — sua Aurora, doce Aurora — com o monstro iluminado que de repente se formara à sua frente. Dimitria não sabia como ela tinha virado um urso, mas lembrou-se da explicação de Igor sobre metamorfos: uma magia antiga e perigosa. Talvez essa mesma magia envenenasse a mente de Aurora, alimentando-se de sua racionalidade para dar força à besta.

Tanta força que Aurora nem ao menos tinha percebido o que fizera com as crianças.

A ursa parecia absorta em pensamentos, e, com um gesto fluido, lançou-se de repente em direção à janela, aterrissando na neve. Mesmo sendo enorme — maior que qualquer urso que Dimitria vira, ainda maior do que o urso que outrora atacou o estábulo de Winterhaugen — ela parecia não ter peso, sua agilidade elegante como água. Por um momento, Dimitria não conseguiu evitar admirar a criatura: seu casaco era tão branco que refletia as luzes do norte e seu arco-íris de cores.

E então ela começou a se mover, e Dimitria soube que era uma predadora. Seus músculos eram inegáveis por baixo da camada de pelo, e agora a caçadora conseguia notar as longas garras que nasciam de suas patas, raspando a neve. Mesmo no escuro ela conseguia ver, novamente, o sangue seco que manchava as garras e o pelo.

Um arrepio gelado subiu por sua espinha, e Dimitria apontou sua flecha novamente, tentando encontrar coragem.

O que seria de sua vida se ninguém tivesse tido piedade dos lobos que caçaram Denali?

Dimitria inspirou, sabendo que seu destino não era aquele vislumbre doce que ela tinha dividido com Aurora na cabana. Ela sempre soube, na verdade: tinha sido apenas uma ilusão com cheiro de lavanda e figos.

Ela se preparou para atirar, mas a ursa impulsionou seu corpo, saindo da mira de Dimitria e movendo-se para cada vez mais longe de Winterhaugen. A caçadora seguiu seu encalço o mais silenciosamente que conseguia. Ela não tinha medo de seus movimentos: eles eram leves, calculados. Movimentos próprios de uma caçadora.

Seu receio era que a ursa pudesse ouvir seu coração: um tambor constante que parecia soar dentro da cabeça de Dimitria, aumentando a cada passo que ela dava para além da mansão.

As duas só pararam quando a ursa chegou na borda do bosque que fechava a propriedade dos Van Vintermer, bem além dos estábulos. Ela ficou sobre as patas traseiras, cheirando o ar, e, de repente, lançou-se em direção a algo que Dimitria não conseguia ver, oculto atrás de uma árvore — um movimento sutil entre os galhos esparsos.

A intensidade de sua violência era palpável — e quando Dimitria percebeu que a presa da ursa era uma pequena raposa, era tarde demais. O bicho ensanguentado estava inerte no focinho úmido de sangue da ursa, e ela despedaçava a carne do animal com cólera, suas garras destruindo tudo que os dentes não conseguiam.

A raposa não tinha chance. A neve ao redor da ursa estava tingida de um vermelho escuro, nauseante, e Dimitria segurou a ânsia de vômito. Ela já havia visto bichos caçarem antes, mas nada com tamanha ferocidade. A pior parte era que, após retirar qualquer resquício de vida do animal, a ursa largou sua carcaça na neve, desinteressada em comer a carne que tinha estraçalhado com tanta violência.

Se Aurora fazia aquilo com uma raposa, uma criança não teria chance. Dimitria saltou de trás da árvore, encarando a ursa com olhos raivosos.

Ela estabilizou a besta, apontando-a diretamente para o coração do animal. Seu coração bombeava incessantemente, e suas mãos tremiam — por causa da força com que ela segurava a besta ou algo a mais, ela não sabia dizer. Acima de tudo, Dimitria não queria pensar — pensar era lembrar de Aurora, de seu olhar doce e gentil, de seus lábios quentes e macios.

Pensar significava admitir que ela tinha se apaixonado por um monstro. Dimitria ajustou sua mira, mirando no flanco esquerdo da ursa.

Eu não vou matá-la. Só o suficiente para que ela fique desacordada, e então eu vou...

O quê? Contar para todo mundo que a princesa de Nurensalem é um monstro?

Dimitria não tinha resposta para essa pergunta.

Seu dedo hesitou por cima do gatilho, a mão trêmula e vacilante — e Dimitria agradeceu silenciosamente pela mira mágica de seu irmão. Ela apertou o gatilho e a flecha voou da besta, cruzando o ar com um zunido.

E pela primeira vez desde que se lembrava, Dimitria errou o alvo.

— 227 —

Capítulo 17

Dimitria mal teve tempo de desviar quando a ursa atacou.

Ela rolou na neve, sentindo o impacto de seu corpo contra uma árvore. A pata da ursa se chocou contra a madeira, suas garras fazendo voar lascas por cima da cabeça de Dimitria, e ela rolou de novo, tentando sair da linha de impacto. Um rugido feroz preencheu o ar, e a ursa atacou mais uma vez.

Eu errei?

Ela não conseguia pensar. Em todos os seus anos como caçadora, ela nunca tinha errado o alvo. Nenhuma vez. Sua mira era apurada, e as armas mágicas de seu irmão corrigiam qualquer imperfeição que ela pudesse ter. A não ser...

A não ser que eu tenha errado de propósito.

Aurora foi para cima dela novamente, as mandíbulas abertas expondo as presas afiadas, pedaços vermelhos de carne da raposa ainda presos. A ursa levantou as patas e se lançou contra Dimitria, e o simples impacto de seu corpo gigantesco contra a caçadora foi o suficiente para arremessá-la para longe.

Ela bateu com força contra um tronco de árvore, e Dimitria sentiu todo o ar escapando de seus pulmões, a besta que ela segurava caindo no chão.

De repente, a ursa estava frente a frente com ela, seu olhar fixo e faminto. Seus olhos eram orbes escuras, inumanas, ausentes de qualquer sentimento — tão diferentes dos olhos de Aurora que era quase impossível acreditar que aquele animal era ela.

O bafo quente do animal subia em espirais de vapor, e Dimitria soube que era o fim.

Ela levantou os olhos, vendo as últimas réstias da aurora boreal desaparecerem no céu. A caçadora não queria morrer sem ver as estrelas pela última vez...

Mas a mordida que ela estava esperando não veio. Uma camada prateada de luz pareceu cobrir o corpo da ursa, deslizando como água, e, na frente de seus olhos, Dimitria viu o animal mudar — seus pelos brancos retraindo, as patas ficando mais compridas e esguias.

Em alguns segundos, não era mais um urso, e sim Aurora, cujo corpo inerte desabou na neve fofa.

Dimitria não conseguia respirar. Aurora estava nua, o corpo alvo como a neve, suas mãos manchadas do sangue da raposa que ela tinha matado enquanto ursa. Fora isso, não havia nenhuma evidência de sua transformação: ela era a mesma garota que Dimitria conhecia, e descansava sob um sono profundo.

Eu posso deixá-la aqui.

A caçadora sentiu a hesitação em seu corpo por um segundo. Se Aurora congelasse durante a noite, ela não poderia machucar mais ninguém. Deixá-la despida no meio da floresta gelada seria quase tão eficiente do que enfiar uma flecha em seu coração.

Ela era um monstro, certo?

Mesmo que Dimitria não tivesse a visto matar ninguém, ou que nem ao menos soubesse a origem de sua metamorfose?

Ela mentiu para mim.

Isso é motivo para deixá-la morrer?

Ela matou três crianças.

Você não sabe disso.

229

A certeza lhe escapava sob a figura tão indefesa de Aurora, quieta sob a luz do luar.

— Merda.

A caçadora retirou sua capa, cobrindo o corpo de Aurora com o tecido. Ela enfiou as mãos por baixo da cintura e pescoço da garota, suspendendo-a em seu colo e sentindo o peso de Aurora se acomodar em seus braços. O rosto dela franziu delicadamente, como se ela estivesse tendo um pesadelo.

Mesmo depois de vê-la se transformar em urso, Dimitria não conseguia deixar de pensar no quanto ela era linda.

Ela reprimiu o pensamento, tentando pegar emprestado o frio da noite e colocá-lo sobre seu coração. Aurora era linda, sim — e sua beleza e doçura tinham cegado Dimitria para sua verdadeira natureza. Ela não era capaz de deixar a garota congelar sozinha na nevasca, mas de uma coisa Dimitria tinha certeza: essa seria a última noite em que ela deixaria o urso à solta.

Caminhando lentamente com o peso de Aurora sob os braços, Dimitria começou a caminhar de volta para Winterhaugen.

*   *   *

Quando Aurora acordou, passava muito do início da manhã. Dimitria estava sentada no parapeito da janela do quarto, seus olhos fixos na garota. Ela parecia uma fada, com seus cabelos loiros espalhados como um véu ao redor do corpo, que Dimitria cobriu com uma camisola.

— Demi! — Aurora parecia desnorteada, como se estivesse saindo de um sono ruim.

— Meu Deus. — Ela colocou a mão sob o coração. — Você me assustou. O que está fazendo aqui?

Havia uma hesitação calculada na sua voz, e Dimitria riu — um riso gelado e zombeteiro. Como ela tinha sido enganada até agora?

— A pergunta é: o que *você* está fazendo aqui?

— Que eu saiba, esse é o meu quarto. — Aurora torceu as mãos, olhando ao redor. — Onde eu durmo todas as noites.

— Não ontem à noite, não é? — Dimitria se levantou, os movimentos precisos, aproximando-se de Aurora. — Ontem à noite, se eu me lembro bem, você estava em outro lugar.

— Eu não estou entendendo. — Aurora engoliu em seco, e as sombras em seu rosto pareceram crescer, mais angulosas quanto mais ela se defendia.

Dimitria tirou a garra de urso de dentro do bolso, jogando o objeto na cama de Aurora.

O osso sujo e manchado de sangue parecia absolutamente fora do lugar na renda imaculada da cama.

— Onde você achou isso?

— O que importa? — Era impossível conter o ódio que crescia em seu peito. Mesmo que Dimitria tentasse; ela nunca tinha sido boa em conter a raiva. — É a arma de um monstro.

— Não. — Os olhos de Aurora se encheram de lágrimas, e ela colocou as mãos sobre a boca, trêmula. — Eu não sou um monstro, Demi, você tem que acreditar...

— Acreditar em você? Por favor, Aurora! — Dimitria sabia que, naquele momento, sua voz era mais uma súplica do que raiva. — Eu te vi ontem à noite. Eu vi quem você é!

Aurora balançou a cabeça, negando violentamente. Dimitria pensava em todos os momentos que aquele rosto tinha provocado outras coisas nela — todos os sonhos, todos os toques.

— Todo esse tempo, eu achei que estava caçando um animal. — As imagens das crianças estavam frescas na mente de Dimitria, fogo na palha de seus sentimentos. — Mas era você.

— Eu posso explicar.

— O que você fez com as crianças, Aurora? — Ali estava a acusação mais sombria que ela conseguia pensar, pairando entre as duas como um abismo intransponível. Naquele momento, Dimitria aceitaria qualquer coisa que pudesse apagar a explicação mais simples: a de que ela tinha se apaixonado por um monstro.

Mas Aurora só soluçava em desespero. Ela se jogou da cama e agarrou os braços de Dimitria.

— Me perdoe. Eu jamais quis mentir para você, Demi.

Ali estava: o pedido de perdão não era, em si próprio, uma confissão de culpa?

— O que você fez com as crianças?

— Eu não sei, Demi, eu não sei! — Aurora parecia tresloucada, os olhos arregalados de dor. — Eu não me lembro de quase nada dessas noites. Só vejo retalhos de memórias. Eu quis te contar tantas vezes, mas não pude. Não consegui.

— Há quanto tempo você anda mentindo? — O rancor era muito mais agradável do que o medo, a decepção, a dor da mentira.

Aurora vacilou.

— Desde que Azaleia sumiu.

A dor assomava em seu coração como uma faca, como se Dimitria estivesse sufocando sob o peso daquela confissão.

Ela não conseguia acreditar, por mais que tentasse, que a garota frágil à sua frente podia ser uma assassina. Mas seu instinto, sempre tão certeiro, parecia tê-la abandonado sob a luz fria e dura da explicação mais simples que ela podia encontrar para o horror que tinha acontecido nas últimas semanas.

Quão cego tinha que ser seu coração para que Dimitria ignorasse os fatos?

— Aurora, eu só irei te perguntar uma vez. Você matou as crianças? — Dimitria procurou os olhos que ela conhecia tão bem, e não viu nada além de orbes verdes e estranhas.

— Você acredita em mim?

Ela queria acreditar. Mas a verdade é que Dimitria sempre soube que não merecia um amor daquele, que era bom demais para durar. Que por baixo da suavidade e doçura, sempre havia tristeza e perda.

— Não importa no que eu acredito. Você matou?

Aurora parecia procurar explicações para o que não havia.

— Eu não sei, Demi.

Era o suficiente para Dimitria.

Ela apanhou sua besta e capa com gestos bruscos, afivelando-a ao redor de seu corpo.

— Aonde você vai? — A loira soava desesperada, e Dimitria desvencilhou-se de seu toque.

— Impedir que você faça mais algum estrago. Clemente Brandenburgo me contratou para caçar o monstro que está assassinando as crianças de Nurensalem, e eu cacei. — Dimitria fixou o olhar em Aurora. — Pretendo dizer o que sei e pegar minha recompensa.

— Você vai destruir a minha vida. — A voz de Aurora não passava de um murmúrio vazio.

Com o último fio de desdém, Dimitria respondeu:

— Nada mais justo para alguém que destruiu a minha.

Ela fechou a porta atrás de si.

Capítulo 18

A esquadra de Nurensalem ficava ao lado da junta comunal, na praça central da cidade — o mesmo lugar que Dimitria havia visitado alguns dias antes, quando a primeira criança foi encontrada.

Sob a luz fria da manhã, as fachadas coloridas e o chão de paralelepípedos pareciam irreais, etéreos, como se submersos em uma camada de sonho. Ao menos era assim que Dimitria se sentia, quanto mais se aproximava do arco de pedra que encimava a entrada da esquadra.

Exceto por alguns mercadores empurrando carroças, as ruas estavam vazias — ninguém queria estar do lado de fora em um dia tão frio —, mas havia dois guardas prostrados ao lado do portão, seus olhares afiados como as espadas que carregavam na cintura.

Vai mesmo entregá-la?

Só vou dizer o que sei.

Dimitria estava lutando consigo mesma desde que saíra de Winterhaugen, e ainda não tinha uma resposta. Ela sabia que o certo a se fazer era contar a verdade sobre Aurora, para que as autoridades se encarregassem de investigar o que de fato aconteceu. De mais a mais, Dimitria viu com seus próprios olhos: Aurora era a criatura.

Disso ela não tinha dúvidas.

A imagem da garra manchada de sangue surgiu em sua mente, gelada e inegavelmente sólida. Era uma imagem que rivalizava diretamente com os olhos doces, o rosto cheio de sardas, o toque suave e gentil. E, ainda assim, eram ambas reais — duas faces da mesma moeda que Dimitria não conseguia compreender.

Durante toda a sua vida, Dimitria tinha caçado — ela sabia o que era perigo quando o encontrava. E sabia exatamente o tipo de perigo que tinha visto na noite anterior, desenhado nos olhos astutos e nos dentes afiados de Aurora. Mesmo que houvesse um segundo monstro à solta por Nurensalem, um monstro humano — Aurora precisava ser contida. A presença de uma escuridão maior não negava a necessidade de conter aquela sombra em particular.

Ela sabia que aquilo ainda não explicava as pegadas de bota com marcas onduladas, mas ao menos era um começo — e o começo do fim para aquela fantasia perigosa à qual ela quase se entregou.

Dimitria encheu os pulmões de ar e coragem, e começou a caminhar até os guardas.

Então um par de mãos austeras agarrou seus braços, puxando-os para trás para imobilizá-la.

— Em nome de Clemente Brandenburgo, você está presa.

Dimitria não reconheceu a voz. Ela se contorceu, incapaz de se mover, as mãos do guarda como ferro ao redor de seus braços, e ele torceu o membro da garota para que qualquer movimento provocasse dor. Uma agulhada subiu pelo braço esquerdo de Dimitria, que sentiu o braço envergar perigosamente, quase a ponto de quebrar.

— Eu não fiz nada, presa pelo quê?

— A assassina se entrega. — Tristão surgiu em seu campo de visão, vestindo uma armadura pálida por cima de vestimentas de frio. Ele também vestia um sorriso que era quase tão brilhante quanto o metal sobre seu peitoral. Ele puxou um objeto do bolso — uma adaga — e a levantou para que ficasse na altura do olhar de Dimitria.

Não era qualquer adaga — era sua adaga, a mesma que ela tinha usado para atacar Tristão.

Sua forma era inconfundível — tanto quanto o brasão cobre marcado no cabo, o mesmo brasão que Igor colocava em todas as suas armas. Ela franziu a testa, pela primeira vez percebendo a falta do peso familiar da adaga em seu cinto. Talvez a tivesse deixado em casa na noite anterior, quando pegou a besta? Tristão, porém, parecia mostrar a adaga como se fosse um troféu: seus olhos brilhavam com triunfo maligno.

— Quem diria que você seria tão descuidada. Não me surpreende, considerando o intelecto. — Tristão usou a ponta da adaga para levantar o rosto de Dimitria, encarando-a por trás do cabo.

— De que merda você está falando?

— Não se faça de idiota. — Qualquer alegria que existia no rosto de Tristão dissipou, sendo substituída por um rancor explosivo. — Encontramos essa arma na casa dos Voniver. Você nos levou para uma busca fantasma, não é mesmo?

Cale a boca agora.

— Voniver? — Dimitria odiava repetir as palavras dele, mas era a única coisa em que conseguia pensar em sua confusão. O guarda que a segurava apertou mais seu braço e ela se contorceu, os olhos lacrimejando de dor.

— Eu devia ter percebido depois que você defendeu aquele animal no festival das luzes. Você faria qualquer coisa para vingar seu irmão.

Qualquer semblante de racionalidade pareceu fugir do mundo naquele segundo, e Dimitria conteve o impulso de gritar. O que estava acontecendo? Por que Tristão achava que ela tinha matado Heitor Voniver? E por que diabos tinham encontrado a faca dela em sua casa?

— E pensar que eu soube exatamente quem você era desde o primeiro dia em que te conheci. Uma mentirosa cheia de veneno. Deveria ter te matado naquela floresta.

E eu devia ter arrancado seus olhos quando prometi fazê-lo.

— Minha ideia era pisotear aquele barraco que você chama de casa e te trazer acorrentada até a esquadra, mas você se entregou por livre e espontânea vontade! — Tristão pressionou a ponta da faca contra o pescoço dela, fazendo-a inclinar a cabeça dolorosamente. — Algo a dizer em sua defesa?

— Eu... não fiz... nada. — Era difícil falar com o pescoço virado daquela maneira, e com o súbito bloqueio que parecia ocupar sua garganta. — Não sei de onde você tirou essa faca, mas...

— Cale a boca! — Num gesto violento, Tristão arremessou a faca no chão. A arma fincou-se na areia a poucos metros de Dimitria.

— Eu andei fazendo algumas perguntas, Coromandel, e para cada criança que morreu há uma ligação com você. Isadora Oleandro teve de abandonar o posto de aprendiz de Solomar para ajudar sua família depois que a irmã morreu. Todo mundo viu a cena entre você e Jocasta Carvalhal durante o festival. Isso sem falar em Aleixo Voniver...

Os nomes giravam ao redor da cabeça de Dimitria como abelhas, suas ferroadas doloridas. Oleandro. Carvalhal. Voniver.

Três famílias. Três crianças.

E, agora, um homem que tinha certeza que Dimitria as tinha assassinado

Dimitria sabia que devia sentir desespero, que devia implorar por sua inocência. A imagem de Aurora se transformando era nítida em sua mente, e ela sabia que essa seria sua saída: ela podia entregar Aurora, e ser livre.

Mas seu coração a traiu mais uma vez, e, em vez de desespero, a única coisa que Dimitria conseguia sentir foi raiva. A simples sugestão de que ela tinha sido capaz de fazer, com aquelas crianças, a mesma coisa feita com Denali... Aquilo era o suficiente para incandescer sua alma e queimar qualquer resquício de lógica que havia em Dimitria.

A única coisa em que ela pensava era em como fazer Tristão engolir suas palavras.

— 237 —

— Eu não matei ninguém! Me solta, me larga! — Dimitria sentiu seu corpo convulsionar à medida que tentava escapar, como alguém afogando-se em águas profundas. Ela cuspia, chutava, gritava, sua garganta rouca de tanto berrar. — Eu não matei ninguém!

Ela nem ao menos viu quando o punho de Tristão desceu sobre seu rosto, apagando-a instantaneamente.

* * *

Quando Dimitria acordou, o chão estava gelado sob seu rosto. Sua cabeça parecia feita de chumbo, e ela grunhiu ao tentar levantar — o máximo que conseguiu foi rolar o corpo, à medida que abria os olhos vagarosamente e encontrava um teto de pedra.

Ela estava em uma cela, o cubo oco de rocha sólida fechado por barras de metal soldado. O único respiro era uma janela estreita na parte alta do lugar, um retângulo fechado por ainda mais barras.

Pela janela, Dimitria conseguia ver uma réstia de céu estrelado, as luzes da aurora boreal dançando no céu.

As luzes.

— Não. Não! — Dimitria levantou-se bruscamente, ignorando a dor e a cabeça pulsando. A única coisa em que ela conseguia pensar era em Aurora, seu corpo contorcendo-se cruelmente e solidificando seus impulsos assassinos em forma de monstro. Ela correu até as barras da cela, agarrando-as com tanta força que suas juntas embranqueceram.

— Alguém me solte! Vocês cometeram um erro! — Dimitria sabia, pela maneira com a qual sua voz ecoava no corredor de pedra, que não havia nenhuma alma para ouvi-la.

Como ela tinha sido tão estúpida? Por que não falou nada sobre Aurora, sobre sua metamorfose?

Como tinha deixado que seus sentimentos governassem mais uma vez suas ações?

Naquela noite, Dimitria não conseguiu dormir. Seus pensamentos estavam dominados pela figura de um urso branco correndo atrás de uma criança indefesa.

* * *

Quando Miguel Custódio foi enfim visitá-la, a tarde caía novamente. Dimitria conseguia ver o retângulo de barras tingido de cor-de-rosa, anunciando um crepúsculo que logo começaria.

Ele tinha o semblante endurecido pela natureza de sua profissão, tendo servido como comissário-chefe de Nurensalem há pelo menos doze anos. Era alto, e sua disciplina o mantinha esbelto mesmo com seus sessenta e cinco anos. Ele não os carregava na pele, e sim nos olhos: escuros como sua tez, e enrugados de preocupação.

Tristão o acompanhava, obviamente, bem como dois guardas que flanqueavam o grupo.

Dimitria gostava de Custódio. Ele era um dos homens de Brandenburgo, é lógico, o que significava que sua lealdade tinha preço — mas, apesar disso, sempre tinha sido justo com os habitantes de Nurensalem. Não que Dimitria tivesse muito apreço pelo fato, especialmente estando do lado errado das barras.

— Boa tarde, Coromandel. Não esperava vê-la em minhas celas tão cedo.

— Nurensalem tem sido inesperada ultimamente. — Dimitria não olhou para Tristão: seu rosto ainda doía, e ela sabia que devia haver um hematoma feio começando a se formar por cima dos outros. — Mas posso te assegurar de que isso é um engano. Brandenburgo mirou em gato, mas acertou na lebre.

Tristão não pareceu apreciar o comentário.

— Palavras são baratas, seu verme. Como é que você explica sua faca na cena do crime?

Custódio não tinha rodeios, e parecia bem menos inclinado a ser suave com Tristão.

— Quem interroga os suspeitos sou eu, Brandenburgo. — Ele se voltou para Dimitria, a expressão serena. — Sua adaga estava na casa dos Voniver, Coromandel. E se o que Tristão diz for verdade, há motivos para sua animosidade com cada uma das famílias vitimadas.

Dimitria respirou fundo, sabendo que tinha uma única chance de contar a verdade. Tristão não a ouviria, mas Miguel Custódio era um bom homem. Ele saberia sentir o cheiro da verdade, mesmo que ela não fosse nem um pouco parecida com o que ele esperava encontrar.

Ademais, naquele momento, era Aurora ou ela.

— Senhor, eu acho que sei quem anda sequestrando as crianças. Parece impossível de acreditar, mas se você trouxer meu irmão ele poderá explicar a parte mágica da história.

— Mágica? Mais uma história de ninar, Coromandel? — Tristão sorriu, sarcástico, mas Dimitria só tinha olhos para Miguel Custódio.

— Eu vi Aurora van Vintermer se transformar em um urso durante a aurora boreal, há um dia. Suas pegadas são iguais às que coletei na cena do primeiro ataque. — Ela tirou seu caderno de anotações do bolso do casaco, mostrando as pegadas de urso que havia encontrado. — E eu também encontrei isso em seu armário.

Dimitria tateou em busca da garra de urso, mas ela parecia ter sido confiscada quando ela foi presa. Ainda assim, os dois homens responderam com silêncio, suas expressões vazias. Eles se entreolharam, e Dimitria percebeu que estava perdendo sua chance.

O problema não era a magia. O Cantão inteiro sabia da existência de magia, e a encarava como uma ciência especializada, algo que apenas os magos sabiam manusear — e que tinha limites definidos e regulados por esses mesmos magos.

Mas uma coisa era acreditar em armas encantadas e folhas medicinais. Outra, muito diferente, era acreditar que a jovem mais valiosa e nobre de Nurensalem era um monstro — que podia ou não estar assassinando crianças.

— Olha, vocês não precisam acreditar em mim. Mas a tragam aqui uma noite durante a aurora boreal. Vejam com seus próprios olhos, e eu tenho certeza de que...

— Você é uma imbecil. — A voz de Tristão pingava veneno e raiva.

— Coromandel. Chega. — Custódio suspirou fundo, parecendo desapontado. — Tenho certeza de que você acredita nessa história, mas é impossível que Aurora van Vintermer esteja por trás de todo esse circo. Simplesmente impossível.

— Eu sei o que parece, mas ela não tem consciência do que faz quando é um monstro. Aurora pode ser rica, mas...

— Isso nada tem a ver com ela ser rica. — O comissário levantou a voz, parecendo ofendido com a sugestão. — Aurora não pode estar roubando as crianças pelo mesmo motivo que você não pode. Hoje pela manhã, mais uma criança foi levada.

— Está vendo? É isso! Ontem foi noite de luzes do norte, isso significa...

— A criança desaparecida é Astra van Vintermer.

Capítulo 19

Se Aurora não era o monstro que estava sequestrando crianças... Quem era?

Dimitria andava de um lado para o outro na pequena cela, a mente rodando em círculos, no mesmo ritmo que seus passos.

Era óbvio que Custódio — e Tristão — tinham mudado sua teoria sobre Dimitria, mas não o suficiente para soltá-la. Era óbvio que Dimitria não era a assassina, visto que passou a noite em que Astra van Vintermer desapareceu na prisão, mas ainda assim sua adaga tinha sido encontrada na casa dos Voniver, o que só podia significar que ela sabia de alguma coisa que estava escondendo.

Ao menos, essa era a razão que Miguel Custódio tinha usado para manter Dimitria presa.

O problema é que, na realidade, ela não tinha escondido nada: sua última cartada era Aurora e sua metamorfose. Lógico, ela ainda tinha a informação sobre o bilhete de Tristão para Jocasta, mas sem bilhete — sem ao menos a memória completa do que ele dizia — para mostrar, era quase inútil.

E mesmo que fosse útil. O que ele diz? Tristão é infértil, mas isso não explica Azaleia, ou Heitor...

...Ou Astra.

Dimitria finalmente sentou-se no chão da cela, sentindo-se derrotada à medida que observava o recorte de céu na janela sangrando os vermelhos e laranja do pôr do sol.

Ela repassou o que sabia em sua mente, puxando o caderno de couro onde estavam suas anotações. Tinham levado seu lápis, mas tudo bem: ela só precisava pensar um pouco.

Três — não, quatro — crianças, cada uma relacionada a ela de alguma maneira. Uma faca com seu brasão encontrada na casa de uma das vítimas. A garra de Aurora, e sua metamorfose como por mágica em um urso. A única peça que parecia ligar todas essas coisas era ela mesma.

Bela vantagem ter ficado com os músculos da família, sendo que justamente hoje eu precisava do cérebro.

O cérebro dos Coromandel, é lógico, era Igor. Dimitria não conhecia ninguém mais esperto ou astuto que seu irmão. Mesmo dentro de uma cela gelada, sem esperança, Dimitria se preocupava com ele — ela esperava que ele estivesse se ocupando de alguma maneira, especialmente considerando o quanto Solomar estava o fazendo trabalhar.

Curioso. Solomar tinha trabalhado com Isadora Oleandro, a irmã de Azaleia, pelo que Tristão dissera. Dimitria se lembrava vagamente de Igor ter mencionado algo assim, mas, agora que pensava, era estranho que o irmão tivesse conseguido a vaga justamente por isso, não era? Especialmente considerando o fato de que Solomar tinha o preterido de início.

Uma sensação esquisita se instalou em seu estômago enquanto Dimitria pensava sobre o assunto, como se formigas corressem por dentro dela.

Também era curioso que as duas outras vítimas viessem de famílias que, de um jeito ou de outro, tinham incomodado os Coromandel. Ela nunca tinha gostado de Jocasta, e Aleixo e Igor não se deram exatamente bem no festival das luzes.

Você está perdendo o juízo.

Sim, ela devia mesmo estar perdendo o juízo.

— 243 —

Exceto que Igor era a única pessoa que fazia suas armas. E ela tinha usado sua adaga quando brigou com Tristão, alguns dias atrás. Então como justamente essa adaga tinha aparecido na casa dos Voniver? Uma arma daquelas não era comum.

E, falando em armas, havia a besta. A flecha encantada, que não errava o alvo, que nunca tinha errado o alvo desde que Igor começou a usar magia nas armas da irmã. Desde que ela confiava toda a sua destreza às mãos habilidosas do mago. E justamente na noite em que ela mais precisou, havia errado o alvo.

Por último, havia Aurora. A garota que seu irmão tinha amado desde que se entendia por gente. A garota doce, gentil, corajosa.

A garota por quem Dimitria tinha se apaixonado, e que, ela tinha bastante certeza, tinha se apaixonado por Dimitria de volta. Mesmo que isso significasse tirar dele a única pessoa que Igor queria, bem debaixo de seu nariz.

Uma certeza fria e horrível se instalou entre os ossos de Dimitria.

Ela sabia de apenas uma coisa: ela não podia esperar mais uma chance das luzes do norte aparecerem.

Ela precisava sair dali.

Dimitria foi até as barras da cela, segurando-as e gritando para o guarda no corredor:

— Ei! Você!

Ela ouviu os passos pesados antes que o guarda chegasse à sua frente, o semblante rígido e cínico. Não importava.

— Diga a Custódio que eu estou pronta para fazer um acordo. Vou levá-lo até o assassino.

* * *

Dimitria sabia que teria apenas uma chance de escapar.

Ela sentia sua nuca formigando enquanto caminhava pelas ruas de Nurensalem, os passos deliberadamente lentos e determinados. Os guardas de Custódio seguiam cada movimento seu, e ela podia sentir seus olhos fixos em suas costas, observando.

A única razão pela qual Custódio a tinha liberado era aquela: Dimitria prometeu conduzi-los em segredo até o assassino, para que então os guardas o emboscassem. Era um bom plano, mesmo que a ideia inicial de Miguel fosse fazer Tristão acompanhá-la.

— Ah, sim, ele não vai ficar nem um pouco desconfiado em me ver chegando com o capitão da guarda. — Dimitria riu ante a sugestão. — Ele é um homem muito inteligente, Custódio. Você quer pegá-lo, ou não?

O comissário sabia que, com a vida de Astra van Vintermer na linha, não havia negociação, e assentiu.

Dimitria engoliu o remorso por enganar o bom homem, mas também sabia que precisava encontrar o irmão a sós.

A sensação gelada que se instalou em seu estômago assim que o irmão surgiu em sua mente a acompanhava a cada passo, mais fria do que a névoa gélida que começava a se intensificar.

Era impossível de acreditar que seu irmão poderia estar por trás daquelas atrocidades, e Dimitria se agarrou na possibilidade de tudo ser apenas um mal-entendido.

Voltaria de bom grado para a cadeia se simplesmente tivesse a chance de ouvir Igor se explicar.

Em algum momento, porém, ela precisaria encontrar Aurora.

Dimitria sabia que era insanidade, é lógico. A partir do segundo em que sumisse, se é que conseguiria fugir, toda a cidade ficaria em polvorosa atrás dela. A fuga seria a culpa manifesta.

Mas Dimitria sabia que ela devia desculpas à garota que tinha acusado de um crime terrível.

Sim, pois no momento em que Dimitria ouviu que Astra havia sido sequestrada, a caçadora soube que seria impossível que ela fosse a assassina. Dimitria sabia disso com a mesma certeza que sentia o amor por seu irmão, se é que podia chamar de amor aquela força protetora e cega.

Ela sabia que não merecia perdão.

Dimitria sentiu o cheiro característico de cerveja e gente, e levantou os olhos para O Berrante. O bar fervilhava de movimento no início da noite, e Dimitria empurrou a porta, sentindo o calor humano envolvê-la. Os guardas logo a seguiriam, e ela sabia que só tinha alguns minutos.

— Quintas. — Dimitria foi direto até o balcão do bar, e seu amigo lançou um olhar preocupado ao semblante machucado dela.

— Quem você deflorou agora?

— É um pouco mais complicado dessa vez. Vou precisar criar um pouco de confusão, Quintas. Me desculpe, mas vou ficar te devendo essa. — Dimitria lançou um olhar por cima de seu ombro e viu a figura de um dos guardas, disfarçado de aldeão, passando em frente à janela. Quintas acompanhou seu olhar, assentindo.

— Eu estou acostumado. Que Deus te proteja, garota.

Num gesto fluido, Dimitria lançou-se por cima do balcão. Ela viu os dedos de Quintas deslizando por cima de um nódulo proeminente na madeira e, de repente, um painel deslizou, revelando uma abertura escura. Era a entrada da adega.

Dimitria murmurou um agradecimento para Quintas e desceu seu corpo pela abertura escura.

Não era o lugar mais agradável do mundo: a adega era abafada, seu teto baixo e paredes de pedra criando um ambiente claustrofóbico, e os tonéis de cerveja deixavam um cheiro acre de lúpulo no ar. Ainda assim, ela estava acostumada — tinha se escondido ali mais vezes do que gostava de admitir.

Naquele caso, era a diferença entre a liberdade e a cadeia.

Ela ainda conseguia ouvir os sons do bar — os passos ecoando acima de sua cabeça como tambores, a música e risos se misturando —, e então as vozes dos guardas preencheram o estabelecimento.

— Onde ela está?

— Parados, todos vocês!

— O que é que vocês estão querendo no meu bar?

Ela sorriu com a autoridade de Quintas, sabendo que ninguém passava por cima do estalajadeiro — nem mesmo os guardas de Nurensalem.

A caçadora seguiu pela adega, encontrando seu caminho no labirinto de tonéis e barris. Suas suspeitas, tão tolas à luz do dia, pareciam expandir no ambiente escuro e úmido, como fungos se multiplicando dentro de seu coração. Dimitria sabia que a noite estava caindo rapidamente, e que ela precisava chegar em Igor.

Finalmente, ela encontrou a porta que dava para o beco na parte de trás do bar. Ela virou sua capa ao contrário, puxando o capuz por cima do rosto e se certificando de que estava escondida. Por fim, Dimitria saiu para a noite fria e escura — se esgueirando nas sombras, em busca de formas que ela estava começando a compreender.

* * *

Sua cabana parecia apenas uma sombra à luz da lua, e Dimitria esgueirou-se até o lugar, certificando-se de que não havia nenhum guarda. Ela tinha esperado tempo suficiente para que os guardas viessem e fossem embora, sua casa sendo, naturalmente, o primeiro lugar em que a procuraram. Dimitria os observou embrenhada no mato escuro, esperando até que a casa ficasse deserta.

Ela sabia que estava perdendo horas preciosas — mas não podia correr o risco de ser encontrada. Por sorte (ou azar), seu irmão não estava em casa quando os guardas chegaram; ela esperava que ele estivesse com Solomar.

Após algumas horas, quando seus joelhos não passavam de massas congeladas e adormecidas, uma figura encapuzada se aproximou da cabana. Estava ao lado de um cavalo, cujo formato era familiar, mesmo que Dimitria não reconhecesse seus detalhes por causa da noite que escurecia rapidamente.

Seria Igor? Dimitria se aproximou, esgueirando-se pelo muro lateral.

Não era Igor. Um olhar para o rosto dentro do capuz, para as manchas brancas e caramelo de Cometa, e Dimitria reconheceu Aurora.

Mesmo com alguma distância, Dimitria conseguia ver que os olhos da garota estavam vermelhos, afundados em seu rosto como duas luminárias apagadas. Combinado com a perda de peso, que produzia sombras diagonais em seu rosto, Aurora parecia uma sombra da garota que Dimitria conhecera.

Ela olhava ao redor de maneira aflita, como se esperasse estar sendo seguida — e quase gritou quando Dimitria se aproximou dela, colocando a mão por cima de sua boca.

— Não grite. Sou eu.

Os olhos das duas se encontraram, e Dimitria conseguiu ler Aurora como a um livro. Havia dor, uma dor profunda e intensa, que criava um oceano de mágoa entre as duas. Havia medo, que a fazia tremer e coloria seus olhos de vermelho.

Havia outra coisa, escrita em uma língua que Dimitria não sabia ler.

A última coisa que ela queria era falar. Pedir desculpas nunca tinha sido seu forte, especialmente por que, de que adiantava? Tudo que havia entre elas, todas as mentiras e erros, não podia ser consertado com uma palavra, podia? Era inútil tentar. Ela sabia disso, sempre soubera. Consertar e construir nunca tinha sido seu forte.

Além disso, havia coisas mais urgentes a discutir, começando pelo motivo de Aurora estar ali. Pelo menos sua figura encapuzada fazia algum sentido: Bóris provavelmente tinha colocado guardas em todos os cantos de Winterhaugen, temendo que mais uma de suas filhas escapasse.

Mas sob a luz dos olhos de Aurora, sob sua sinceridade dolorosa — que ela carregava não somente em suas palavras, mas na totalidade de seu ser —, Dimitria não conseguia mentir. A garota — não, o monstro — derretia qualquer defesa que houvesse na caçadora, revelando sua verdadeira natureza com a facilidade com que o sol derretia o gelo no topo das montanhas que rodeavam Nurensalem.

Dimitria tirou a mão da boca de Aurora, e a torrente de palavras veio sem que conseguisse impedir:

— Não há nada que eu fale que possa apagar o que fiz. Nada que seja o suficiente para que você me perdoe, eu sei. Eu sei, porque quando eu estou com você sou forçada a ver o que é real. O que eu realmente sou. — Sua voz vacilava, engasgada sob o peso do que significavam. — E eu tenho medo, Aurora, tenho medo de quem você é e de quem você me faz ser... — Dimitria sabia que não era justo falar de si mesma naquele momento. — Eu jamais deveria ter te acusado. Nem por um segundo.

A muralha que Aurora construía ao redor de si, e que Dimitria parecia conhecer tão bem, pareceu estremecer.

— Eu não sei quem eu sou, Demi. Eu tive medo. Mas levaram Astra, e eu jamais faria nada com ela. Com ninguém. — Seu olhar era uma súplica muda, gêmea. Como se simplesmente ao olhar para ela Dimitria pudesse imputá-la ou absolvê-la.

Talvez isso fosse amor.

Dimitria segurou o rosto de Aurora nas mãos, sentindo as lágrimas queimarem seus olhos.

— Eu tive medo do que você escondeu de mim. E usei esse medo contra você. Eu te chamei de monstro. Isso não é justo, e eu jamais posso desfazer isso.

Aurora assentiu, seus cachos loiros refletindo a luz prateada da lua. Havia uma qualidade de realeza sobre ela — a maneira sutil que ela mantinha sua postura, como se todo o peso do mundo pudesse se abater contra seus ombros.

Como se houvesse duas Auroras — quem ela era, e quem ela queria ser. Dimitria não sabia se estava vendo ou inventando aquilo, mas sabia que havia algo raro em Aurora — algo brilhante, duro como diamante.

Mas Aurora parecia se esquivar de sua própria luz.

— Mas você tinha razão, Demi. Eu sou um monstro. — Sua voz era trêmula como o vento gelado que castigava as duas. — Toda a minha vida, eu só soube ser uma coisa: a filha de Bóris van Vintermer.

249

As palavras que esperavam ouvir de mim, eu as disse. Os gestos que queriam de mim, eu os fiz. Os pensamentos que incutiram em mim, eu os pensei, e os repeti até conseguir me enganar e achar que eram meus pensamentos. Até que eu me tornei uma casca vazia e dourada.

Dimitria limpou as lágrimas que rolavam pelo rosto dela, quase congelando sob o frio.

— E então eu conheci você, e todo o meu desejo rompeu qualquer semblante de casca. Desde que eu te conheci, tudo que eu faço é para estar perto de você. As palavras, os gestos, os pensamentos. Eles são todos seus.

Será que era possível? Será que ela estava mesmo dizendo o que Dimitria achava que ela estava dizendo?

— Aurora, eu...

— E justamente quando eu te conheci, meu corpo começou a se transformar. Desde o nosso primeiro beijo, eu tenho me tornado irreconhecível para mim mesma. Tenho passado noites inteiras acordada, exceto pelo fato de que não me lembro de nada no dia seguinte. Tenho sentido meu corpo refém de algo. De alguém. — Sua voz soava estrangulada, e Aurora estremecia.

Ela enfiou a mão na bolsa que levava consigo e puxou de seu interior um maço de pergaminhos. Suas mãos tremiam, e ela entregou os pergaminhos a Dimitria.

— Eu achei que era você.

Dimitria desenrolou um dos pergaminhos, que trazia uma mensagem escrita em uma caligrafia fina e precisa:

À oeste do lago de Edda há uma floresta. Siga a trilha até o lago, continue por duas milhas. Lá, há uma caverna. Me encontre lá. Sozinha.

Abaixo da mensagem havia o brasão de Dimitria — ou, melhor dizendo, o brasão dos Coromandel. O mesmo brasão que Dimitria levava em todas as suas armas, o mesmo que a havia incriminado na casa dos Voniver.

Quanto à mensagem? Ela não precisou de um segundo olhar para saber que aquela era a letra de seu irmão, Igor Coromandel.

— 250 —

Capítulo 20

Era bom que Aurora cavalgasse, pois Dimitria não conseguia desviar os olhos do céu. Ela segurava com força na cintura da garota, tanto para evitar que caísse quanto para sentir qualquer início de transformação.

Não que fosse a melhor ideia de todas ir atrás de Igor ao lado de uma pessoa que se transformava em um urso faminto durante a aurora boreal — mas ninguém seria capaz de convencer Aurora a ficar para trás enquanto Dimitria tentava salvar Astra.

Ainda assim, Dimitria mantinha os olhos fixos na abóbada escura e salpicada de estrelas, sabendo que qualquer vestígio de aurora boreal poderia significar seu fim.

Ela tinha sido esperta o suficiente para apanhar uma faca, é lógico, mas esperava não precisar usá-la — não contra o homem que as havia feito.

Dimitria tinha pego outra coisa, também, e a sentia quente contra o bolso do casaco.

O vento frio chicoteava contra o rosto das duas à medida que Aurora ganhava velocidade, Cometa avançando rapidamente pela trilha paralela à estrada. Dimitria sabia que todos os cavaleiros de Nurensalem estariam procurando pelas duas: duas fugitivas, mesmo que por motivos diferentes.

Dimitria parecia ter gasto todas as suas palavras, e agora entre as duas só havia silêncio. Talvez fosse o que tinha sobrado, após toda a dor. E depois daquela noite, talvez...

Ela não conseguia pensar no "depois". A única coisa que restava era aquela noite, aquela caverna onde seu irmão estava esperando.

Cometa desacelerou seu galope, e Dimitria percebeu que a paisagem à direita das duas convertia-se em um lago cristalino, que refletia as estrelas e a lua como um espelho. O corpo de Aurora estremeceu contra o de Dimitria, talvez por conta do vento frio que soprava vindo do lago, e ela envolveu a cintura da garota com mais força, trazendo-a para perto de si.

— Quando eu era pequena, minha mãe costumava dizer que um monstro morava no fundo desse lago. Ela sabia que eu era curiosa o suficiente para dar um jeito de mergulhar se ela só dissesse que era fundo, então usava minha imaginação fértil contra mim.

— Você tinha medo de monstros?

— Sempre tive medo de tudo que não consigo compreender. — Dimitria respirou fundo, o ar gelado invadindo suas narinas e pulmão. O cheiro da floresta misturava-se ao odor de lavanda e figos. — Tudo que fica escondido abaixo da superfície.

— Você sempre me pareceu uma pessoa corajosa.

— É fácil ser corajosa quando você sempre assume o pior. Se eu me convencer de que existe um monstro do lago, não preciso nadar. E se de fato houver um monstro, ele nunca conseguiria me assustar.

Dimitria sorriu, mas Aurora não reagiu da mesma maneira. Ela parecia tensa quando enfim falou:

— Isso explica.

— O quê?

— Porque você teve certeza de que eu era um monstro.

Dimitria estava prestes a responder, e foi então que Cometa parou — em uma clareira, que se abria até a entrada de uma caverna.

A caverna era uma abertura afiada na rocha, úmida e escura.

Era grande o suficiente para que as duas passassem, embora fosse difícil imaginar que a ursa em que Aurora se transformava conseguisse desbravar a passagem estreita. Círculos concêntricos na pedra formavam o caminho do túnel, escurecendo até perder qualquer resquício de definição e se tornarem uma boca preta infinita.

Dimitria desceu do cavalo, afagando Cometa delicadamente antes de analisar a clareira.

Na entrada da caverna, alguém havia deixado uma bolsa — e Dimitria imediatamente reconheceu os pertences de seu irmão. A sacola entreaberta revelava um livro, e ela foi até o objeto, puxando-o com delicadeza pela abertura.

— *Teriantropia: A Submissão da Mente pela Submissão do Corpo, ou a Escura Arte da Transformação Humana.*

O título foi o suficiente para provocar arrepios em Dimitria. Ela folheou o exemplar, seus dedos ágeis nas páginas gastas e amarelas. Uma das páginas tinha uma gravura de urso, seus traços realistas chamando sua atenção. Dimitria leu em voz alta:

"A transformação alheia requer bruxos disciplinados e comprometidos na magia de sangue. O feiticeiro deve ter domínio da matéria física do objeto de sua transformação, obtido de maneira legítima. A energia necessária deve ser obtida através de fontes naturais, como observa-se no diagrama a seguir."

Logo abaixo do parágrafo havia o desenho de um pentagrama. Em cada uma das pontas havia um símbolo inscrito, sendo que quatro eram uma cruz invertida. O último, encabeçando o pentagrama, era uma flor-de-lis.

Em seguida, uma tabela explicava a legenda de cada um dos símbolos.

"A flor-de-lis representa a matéria física do indivíduo a ser transformado.

Recomenda-se um objeto próximo, dado pelo próprio indivíduo e imbuído de boa vontade — ele não pode ser roubado."

Dimitria se lembrou do fatídico jantar em Winterhaugen, do broche que Aurora lhe deu de boa vontade. Da mesma maneira que Dimitria o fez, quando Igor lhe pediu.

Dimitria não conseguia desgrudar os olhos do livro, e a próxima linha da tabela explicava o significado das cruzes invertidas.

"Em cada um dos rituais das luzes deve-se oferecer um sacrifício. Sangue inocente, tirado à força, é um poderoso conduíte de energia."

Três inocentes, quatro cruzes.

Dimitria não quis pensar em Astra, na caverna à sua frente, no destino das três crianças que estiveram ali antes dela. Ela avançou para o último parágrafo, seu coração rugindo no peito.

"Embora transformações súbitas possam acontecer de maneira inesperada durante o curso do ritual, a transformação total e subsequente controle da mente e do coração do objeto só será possível após o quarto e último sacrifício."

Controle da mente e do coração. Transformação total.

Foi como se um relâmpago tivesse atingido Dimitria, eletrizando seu corpo.

— Aurora. Nós temos que — Dimitria não conseguiu completar a frase, pois foi lançada para longe com uma patada violenta.

Seu corpo ricocheteou no tronco de uma árvore. A caçadora não precisou lançar mais que um olhar para o céu para perceber que as luzes boreais dançavam no azul escuro, e que Aurora — agora uma ursa — avançava novamente contra ela.

Dessa vez, Dimitria foi mais rápida, desviando da ursa com uma rolada lateral. Com um gesto ela desembainhou sua faca, cravando a lâmina na panturrilha da ursa, que urrou de dor.

Tinha sido apenas uma distração, ela sabia, e o animal rapidamente voltou a assomar-se contra ela.

Dimitria aproveitou o momento para puxar a adaga de volta para si e correr para uma árvore, escalando agilmente até um galho metros acima.

As garras da ursa desfiavam a árvore, como se feita de manteiga. Dimitria tentou respirar fundo, procurando encontrar os olhos do animal.

— Aurora. Por favor. Sou eu.

Se havia algum indício de Aurora ali, ela não estava ouvindo. A ursa arreganhou os dentes, rugindo com ódio e dando mais uma patada contra Dimitria. A pouca distância entre a altura do galho e a ursa conferia alguma vantagem a Dimitria, mas ela sabia que não podia ficar ali para sempre.

Ela arriscou um olhar para o céu, e embora algumas nuvens ameaçassem cobrir as luzes, elas continuavam cintilando. Esperar que elas fossem embora não era uma opção, e Dimitria nunca fora muito de esperar.

Ela voltou seus olhos para Aurora, cuja violência ameaçava partir a árvore ao meio. Em um segundo, a caçadora tomou uma decisão.

Dimitria lançou-se da árvore com um impulso, o pé em direção à cabeça da ursa. Ela sentiu o impacto de sua sola contra o crânio do animal. A ursa urrou, e Dimitria agarrou seu pescoço, usando o apoio para montar nela como a um cavalo.

Aurora se debatia, chicoteando o corpo para tentar arremessar Dimitria para longe, mas a caçadora agarrou seu pelo com mais força, travando os joelhos ao redor de seu flanco. Ela empurrou o pânico que subia por seu peito e imprimiu mais força no braço, tentando sufocar a ursa — sem muito sucesso, visto que os músculos ao redor da garganta dela eram fortes como uma muralha.

— Aurora, me escuta. Me escuta. — Dimitria tentou uma última vez, sentindo suas mãos escorregando a cada segundo que passava. — Você não é esse monstro. Não é. Você é minha garota.

A ursa desacelerou seu movimento, parecendo finalmente escutar as palavras de Dimitria, mesmo que ainda estivesse tentando lançá-la para longe. Era como se houvessem rédeas puxando o animal, restringindo-o o máximo possível. Dimitria tomou fôlego, sabendo que precisava aproveitar a chance.

— Eu te amo, Aurora.

A floresta pareceu ficar em silêncio, congelada na imensidão daquelas palavras.

Dimitria soube que era verdade, tão real quanto a neve branca que cobria o chão, quanto as estrelas salpicadas no céu.

Aurora interrompeu seus movimentos, a respiração saindo em um resfolegar rarefeito, e seus olhos de bicho pareceram adquirir um brilho verde familiar. Dimitria procurou seu olhar, respirando fundo.

— Me desculpe.

Com um golpe brusco e toda a sua força, ela deu um murro na cabeça da ursa, dois dedos acima de sua têmpora direita.

O animal desfaleceu ao chão, desmaiado.

Dimitria pulou da ursa, plantando firmemente os pés no chão, os músculos de suas pernas trêmulos como pudim de amêndoas.

Ela foi até o focinho de Aurora e respirou aliviada ao ver uma névoa branca da respiração condensada da ursa. No céu, as luzes continuavam avançando — com alguma sorte, Aurora ficaria desmaiada pelas próximas horas.

Mesmo assim, Dimitria não queria confiar em sua sorte. Ela alcançou o bolso do casaco e tirou o frasco quente e vermelho de licor de papoulas, que Aurora lhe tinha dado algumas noites atrás.

Ela pingou quatro gotas na bocarra aberta do urso, esperando que as papoulas fossem o suficiente para que não precisasse se preocupar.

Dimitria desviou o olhar para a entrada da caverna, engolindo em seco. Ela sabia bem com quem tinha que se preocupar agora.

A caçadora não sabia se ia ter coragem de fazer o que precisava ser feito — ela jamais tinha sido muito boa em enfrentar aquilo de que realmente tinha medo, afinal de contas. Uma parte de si ainda acreditava que aquilo tudo poderia ser um grande mal entendido, e que logo Igor e ela estariam pedindo desculpas um ao outro...

Outra parte, muito maior, rezava para que Astra ainda estivesse viva — e foi com esse pensamento que Dimitria entrou na caverna, sozinha, sendo engolida pelas sombras em direção a seu irmão.

Capítulo 21

O som de seus passos ecoava em todas as direções. A caverna era escura e úmida, e um cheiro metálico e antigo permeava pelo ar — Dimitria levou apenas alguns segundos para reconhecer o odor pungente de sangue.

Ela apertou o cabo de sua adaga, avançando caverna adentro.

Dimitria também sentia o cheiro de outra coisa. Na verdade, não exatamente um cheiro, mas algo que ela sentia no céu da boca, uma vibração incômoda que subia por sua garganta e gelava seu estômago.

Não era algo a que ela estivesse acostumada, e por isso mesmo foi difícil nomeá-lo. Ela só percebeu o que era quando um morcego passou voando por cima de sua cabeça, sua asa cadavérica raspando em seus cabelos.

Seu coração pareceu mergulhado em água gelada, e Dimitria soube que aquela sensação era o medo.

As sombras na caverna pareciam sólidas, feitas de algo mais escuro do que o céu noturno. Mesmo sua própria sombra, que a acompanhava como um espelho na parede cavernosa, parecia estranha e hostil — seus movimentos bruscos e agudos tal qual uma marionete.

A pouca luz que produzia as sombras não parecia vir de lugar nenhum que Dimitria pudesse ver. Era um brilho fantasmagórico, quase uma névoa que flutuava perto de seus pés.

Aquela, Dimitria soube, era a magia — e, a julgar por sua sensação fria e viscosa, não era uma magia que ela gostaria de encontrar.

Por quanto tempo ela andou, não soube dizer. O caminho, que se curvava para dentro e para baixo, seguiu pelo que pareceram horas, até que Dimitria chegou a uma abertura larga na pedra. Ela dava para uma espécie de câmara redonda, sua abóbada elevada a pelo menos quinze metros do chão.

Uma voz ecoava continuamente pela caverna, tão fria e úmida quanto a rocha que fazia o som reverberar, e Dimitria sentiu a tensão em seu peito afrouxar por um segundo. Era uma voz grave, masculina, mas não a voz que ela conhecia tão bem.

Não era a voz de Igor.

Dimitria pressionou as costas contra a parede rochosa, sentindo as protuberâncias contra sua pele, e esgueirou-se para dentro da cavidade na tentativa de ver o que se passava no interior da câmara.

No centro da sala, uma figura coberta por um capuz revelava-se sobre um sarcófago de pedra, as mãos levantadas em prece. Dimitria conseguia ver apenas as costas da figura e o contorno do sarcófago, mas percebeu que ambos estavam envoltos pela mesma névoa que a tinha acompanhado até ali.

O homem voltou a falar, sua voz ganhando força, parecendo misturar-se ao murmúrio de outras vozes.

— *Ecce sanguinis innocentis: et ego Dominus ad mi cor tuum. Corpus, anima, est anima. Core: quam in quattuor quattuor sunt, in antiquum lumen et unus Deus.*

Dimitria não sabia latim, mas reconheceu imediatamente as palavras "sangue" e "inocente". Ela não precisava disso para saber que tinha que impedir o homem, que levantava uma faca de aparência perversa sobre o sarcófago.

Ela desembainhou sua faca, mirando nas costas do homem encapuzado. Ela não estava tão longe, mesmo que não mais confiasse na mira mágica das armas de Igor.

Dimitria apontou a faca, puxando o braço para trás como quem tensiona a corda de um arco, e lançou a arma em uma trajetória perfeita.

E pela segunda vez em uma semana, Dimitria errou.

A faca desviou do homem por um milímetro, passando por cima de seu ombro e se perdendo na escuridão. Dimitria engoliu em seco, seu coração parecendo congelar no peito.

O homem encapuzado riu, a risada tão diferente da voz que ele havia usado até então — e antes mesmo que ela se virasse, Dimitria sabia que aquele por trás do capuz era seu irmão.

— Se você acha que eu deixaria as minhas próprias armas me atacarem, você é mais burra do que pensei.

Dimitria não conseguia respirar. Ela se aproximou do irmão a passos vacilantes. Por trás dele, a figura no sarcófago ficou nítida, quase um cadáver de tão pálida, seus cachos ruivos sujos de lama e sangue.

A caçadora tentou ignorar o pânico que crescia em seu peito à medida que Igor virava-se para encará-la, fazendo com que os dois irmãos ficassem frente a frente.

Olhar para ele sempre tinha sido como olhar para um espelho — mas, dessa vez, ao pousar os olhos na face marrom distorcida pelo ódio (e algo a mais, algo mais sombrio, que ela mal conseguia encarar), Dimitria só conseguiu ver o abismo de diferença que se instalara entre os dois.

— Você tinha que tentar estragar tudo, não é? Não era o suficiente roubar o amor da minha vida e mentir pra mim. — O veneno pingava de cada palavra, e Igor ergueu a própria adaga em direção a ela. — *Qualquer garota seria sortuda em tê-lo.*

Dimitria teria reconhecido suas próprias palavras mesmo sem o falsete odioso de Igor.

— *Você não é fraco. Você é forte para cacete. E inteligente. E um mago absolutamente fantástico.* Bom, quanto a isso você tinha razão. Eu sou um mago fantástico. Nem mesmo Solomar conseguiu me segurar.

— 259 —

Dimitria tentava aplacar o ódio puro que emanava do irmão.

— Gui, você não sabe o quanto eu quis te contar...

— Ah, é lógico! — Ele parecia desvairado, riscando a faca no ar. — Imagino que tenha sido difícil para você esconder que seduzia minha futura esposa. Quão difícil foi, Dimitria?

Quão triste foi dividir a cama com Aurora, mesmo contra sua vontade?

— Eu não fiz nada contra a vontade dela. — Dimitria engoliu em seco, sabendo que não podia morder aquela isca; mas a simples sugestão de que ela tinha forçado Aurora a alguma coisa subia como bile por sua garganta.

— Eu sabia que você era uma traidora miserável, mas iludida? Por favor, Dimitria. Aurora é uma princesa. Ela jamais daria atenção a alguém como você. Uma mulher suja, egoísta, burra. Ela pode, sim, ter satisfeito desejos carnais por algumas semanas, mas não é isso o que ela realmente quer.

— Como você sabe o que ela realmente quer? Você mal a conhece.

— Eu a conheço muito mais do que você imagina. Acompanho Aurora há anos, irmã. Eu sei do que ela gosta, o que ela faz quando a noite cai. Conheço sua rotina como a palma de minha mão. Por isso mesmo descobri sua traição. Ou você acha mesmo que é a única que consegue se esgueirar por Winterhaugen?

Dimitria soube que o asco estava estampado em seu rosto mesmo enquanto tentava impedi-lo. A simples ideia de que Igor estivesse observando as duas há semanas enchia seu corpo de uma repulsa intensa e primitiva — que obsessão era aquela que seu irmão nutria há tanto tempo por Aurora?

Pior ainda: como ela nunca tinha percebido? Todos os olhares que ela havia sentido sobre si, as vezes em que sua nuca formigou ante a sensação de alguém, sempre atento, as observando.

Tudo isso tinha sido Igor.

— A pior parte é que eu confiei em você. Mas eu soube, desde que você a levou à casa de Solomar, que seu único objetivo era me destruir. Para que Aurora nunca pudesse escolher o verdadeiro dono de seu coração.

Ele falava como um desequilibrado, ou um monstro. Ou as duas coisas.

— Quando eu terminar meu ritual — Igor apontou a faca para o sarcófago, e Dimitria viu que a névoa se avolumava ao redor de suas mãos —, Aurora vai finalmente ficar onde sempre pertenceu: ao meu lado. Nada pode ficar entre nosso amor. Nada.

Dimitria fez um movimento como se avançasse para cima de Igor, mas suas mãos desnudas não eram páreo para a magia e a faca de seu irmão. Ele atiçou a lâmina em advertência, e Astra se mexeu no sarcófago, gemendo de dor.

Viva. Ela estava viva. Dimitria só precisava salvá-la, e tudo ficaria bem.

— Você matou três crianças, Igor. — Dimitria era cautelosa, como se estivesse em cima de uma ponte precária e quebradiça. — Três famílias que nunca mais serão as mesmas. Como você espera ganhar o amor de Aurora sendo o assassino de sua irmã?

— Ela vai sobreviver, e descobrir as maravilhas de ser filha única. Astra sempre competiu pela atenção de Bóris, de uma maneira ou de outra. — Ele acariciava o cabo da adaga. — E Aurora nunca saberá que fui eu.

Igor lançou um olhar de desdém para Astra no interior do sarcófago, elevando a faca mais uma vez. Dimitria precisava dizer alguma coisa.

— Você não se lembra de Denali?

De repente, Igor lançou a faca em direção a Dimitria. A lâmina cravou diretamente em seu ombro, e o agudo de dor se fez ouvir no grito que ela não conseguiu conter.

— Não fale de Denali! Você não tem o direito! — Ele gritava com a força de um antigo ressentimento. — Denali morreu por sua culpa. Tudo aconteceu por sua culpa! — Dimitria sentiu a visão ficando turva.

— 261 —

— Papai nunca conseguiu me amar, e mamãe desistiu de nós. A única pessoa inocente sou eu, e você ainda tem coragem de falar o nome dela?

O corpo de Dimitria se dobrou e ela caiu de joelhos no chão, arquejando. A faca parecia estar enterrada em sua alma, e mesmo com sua visão turva ela pôde ver a névoa cinza envolvendo seu corpo.

— A vida não é justa, e aquelas famílias irão aprender isso. Nenhum deles é inocente. Com sorte, os acidentes irão torná-los tão fortes quanto eu me tornei. Forte o suficiente para fazer o que fosse preciso pelo amor.

Dimitria não conseguia responder. Ela sentia sua respiração esfriando, solidificando-se em seu pulmão como se fosse gelo, queimando suas entranhas e se espalhando como veneno. Ela mal ouviu os passos que ecoavam atrás de si.

— Ah! Bom, infelizmente teremos que encurtar nossa conversa, Demi. Uma convidada ilustre acaba de chegar. — Ele acenou para a figura atrás de Dimitria, e a caçadora virou o corpo com dificuldade.

Uma ursa branca e ensanguentada assomava na entrada do túnel, seus olhos verdes cravados em Dimitria. Seu corpo preparado para dar o bote.

Aurora se lançou pelo ar.

Dimitria sentiu as garras rasgando sua carne, os dentes enterrando-se em sua pele macia e tirando sangue, a dor espalhando-se como ácido — tudo antes mesmo que Aurora encostasse nela. A caçadora tinha os olhos firmemente fechados.

Por mais que tivesse negado aquilo a vida inteira, a verdade daquele momento era simples, revelando tudo que Dimitria escondia em seu coração. Ela amara Denali. Ainda amava, com a permanência de um amor que não foi testado pela dor e pelo tempo, um amor preservado na memória como gelo. Por Igor, sentia outra coisa — mais primitivo e mais profundo, menos sentimento do que parte de seu corpo. Dimitria viu os olhos de Hipátia se misturarem aos de Galego, as pessoas que deveriam tê-la protegido, tão entregues a seus próprios medos que foram incapazes de cuidar dela.

E no centro de tudo havia Aurora — seu algoz em mais de uma maneira. A pessoa que a havia salvo de uma vida sem legado, e agora o encerraria.

Dimitria soube então que tinha medo da morte, como se o medo fosse um velho amigo que ela tinha reencontrado entre as paredes úmidas de pedra escura.

Dimitria deu adeus a seu amigo, e preparou-se para morrer.

* * *

E então.

O impacto não veio.

Dimitria sentiu o corpo da ursa saltando por cima dela, avançando para algo além. A caçadora abriu os olhos ao som do baque surdo contra o chão de pedra, e viu que o animal estava por cima de Igor, imobilizando o mago com o peso de seu corpo.

Sua vista ainda estava turva — cortesia da faca que, Dimitria sabia, era enfeitiçada especialmente para ela —, mas era impossível ignorar o corpanzil branco e peludo rosnando para Igor. Os olhos do irmão estavam arregalados, cheios do mesmo medo que Dimitria tinha sentido alguns segundos atrás.

Aurora mantinha os olhos cravados em Igor, e Dimitria soube antes que ele falasse o motivo pelo qual a ursa a havia poupado.

— V-você... você a ama? — A voz de Igor tremia como do mesmo modo que o restante de seu corpo, e ele soltou um soluço estrangulado. — Eu tinha certeza de que era mentira.

Com um esforço quase hercúleo, Dimitria arrancou a faca enter·rada em seu ombro, lançando-a para longe e sentindo o vácuo ferido encher-se de sangue que escorria por seu corpo. Dimitria se arrastou no chão, tentando se aproximar dos dois.

Um urso, e seu irmão.

Alguém que ela amava. E um monstro.

— 263 —

Curioso como eram o oposto do que ela achava que seria.

Ainda assim, havia uma parte de si — a parte que pareceu despertar quando a ferida da faca tinha feito adormecer todas as outras, a parte pequena que ainda se mantinha como uma criança — que se quebrava ao tomar conhecimento do único destino possível para o homem em quem seu irmão tinha se tornado.

Ela sabia que ele era um assassino. Não deixava de doer.

Um rosnado baixo reverberou pela garganta da ursa, e ela abriu a boca lentamente, virando o rosto para Dimitria. Mesmo através da névoa turva, Dimitria conseguia ver os dois pontos verdes que ela conhecia tão bem. Aurora.

A caçadora estava tão perdida nos olhos de Aurora que quase não viu Igor tateando nas dobras de suas vestes, e só percebeu o que era quando o brilho metálico da faca cintilou sob a névoa.

— Aurora, cuidado!

Igor levantou a lâmina, descendo-a bruscamente em direção a seu próprio coração.

* * *

— Demi. Demi, pelo amor de tudo que é mais sagrado, eu vou te matar se você estiver morta. Por favor, acorda...

Os olhos de Aurora foram a primeira coisa que Dimitria viu quando abriu os seus, uma visão momentânea, pois assim que ela acordou a loira envolveu-a num abraço feroz.

Obviamente, ela não era mais um urso. Seus braços nus tremiam ao redor de Dimitria, que não conseguia se mover nem ao menos para abraçar Aurora de volta. Era como se seu corpo estivesse envolto em estática, uma energia vazia e oca.

— Astra? — Foi a única coisa que ela conseguiu dizer, enquanto tentava olhar para dentro do sarcófago.

— Ela está bem, graças a Deus. Está dormindo, parece que ele deu algo para fazê-la desmaiar, mas, tirando isso, está ilesa. Você está sangrando, Demi.

O alívio que parecia lavar sua alma foi substituído por outra coisa — mais sombria — quando Dimitria percebeu o sangue que começava a formar uma poça perto do sarcófago. Por cima do ombro de Aurora ela conseguia ver o corpo de Igor.

Ele estava inerte, o sangue ensopando suas vestes e fazendo-as grudarem em seu peito. Os dois sempre tinham sido tão parecidos. Vê-lo daquele jeito era se olhar no espelho, encarar a morte como algo tão real quanto um reflexo.

Dimitria enterrou o rosto nos cabelos de Aurora e, antes que pudesse perceber, estava soluçando. Todo o medo e mágoa e dor pareciam se desfazer em lágrimas, rolando por seu rosto em uma torrente incontrolável.

Aurora hesitou brevemente, e então seu abraço ficou mais forte, mais sólido. Mais feroz.

— Ele era meu irmão. Meu irmãozinho. Eu o transformei em um monstro, Aurora. Eu o traí. Ele não teve escolha... — Os soluços de Dimitria ecoavam pela caverna, tão solitários quanto ela própria se sentia.

Por um momento, Aurora não respondeu. Seus dedos acariciavam os cabelos de Dimitria, e ela se desvencilhou levemente da garota, buscando seus olhos. Havia um brilho curioso neles — algo que Dimitria não conseguia identificar, mas que era assombrosamente parecido com o brilho das luzes no céu.

— Alguém me disse uma vez que não importam as histórias que as pessoas contam sobre nós. Que somos os únicos responsáveis por escrevê-la. É muito fácil se esconder na crença de que não temos escolhas. Mas todo mundo tem escolhas, Demi. — Aurora deslizou os dedos e segurou o rosto de Dimitria, limpando as lágrimas dela com os polegares. — Ninguém consegue transformar uma pessoa em um monstro. Nem com magia, nem com uma maldição. O nosso coração escolhe o que acha que merece.

Dimitria respondeu com um engasgo, sua voz vulnerável como a de uma criança.

— Eu não tenho mais ninguém.

— Você tem a mim. E eu te amo.

Dimitria franziu a testa, tentando compreender. Tentando lembrar da última vez que alguém lhe dissera aquilo.

De certa forma, era como o inverno.

O inverno anunciava sua chegada em Nurensalem como quem manda uma carta para avisar seus planos. Um dia, as pessoas acordavam e percebiam que o ar estava mais vivo, que a luz dourada do sol tinha se transformado em algo pálido e gelado. Ninguém nada dizia, mas, à noite, todos esperavam as luzes que acendiam os céus. O inverno chegava de mansinho, e de repente tingia de branco as montanhas e fazia cintilar as nuvens.

Foi assim que as palavras de Aurora chegaram. Quatro palavras, e tudo mudou.

Foi simples, leve como os flocos de neve que caíam no primeiro dia do inverno. Foi doce, como figos e mel e o céu limpo e azul depois de uma nevasca. Foi o conforto de uma lareira acesa no dia mais frio do ano, quando o mundo parecia suspenso em gelo e vento.

Foi o suficiente para que Dimitria soubesse, de uma só vez, que havia alguém naquele mundo que pertencia a seu lado, e a nenhum outro lugar.

Os lábios das duas se encontraram em mútuo desejo, e juntos ficaram. Como deveria ser.

Capítulo 22

Quando o dia começou a raiar, Aurora e Dimitria saíram da caverna. Juntas.

Aurora carregava Astra, e mesmo mancando de leve, certamente pelo ferimento sofrido enquanto ursa, ainda estava em melhor estado que Dimitria, para quem cada passo parecia uma queda em potencial.

Ainda assim, ela caminhava.

De vez em quando, Dimitria lançava um olhar preocupado para Astra — como se receasse que a garotinha fosse desfalecer à sua frente. Exceto sua compleição pálida, porém, ela parecia bem — e quando as três aproximaram-se da borda da floresta, seus olhos tremularam e abriram.

— Que... Que horas são? Por que você tá me carregando? — Ela soava sonolenta, mas conseguia ainda assim produzir uma quantidade imensa de perguntas por segundo. — Que floresta é essa? Porque estamos aqui? Onde está a Princesa Tornada...?

— Ei. — Aurora deu um beijo na cabeça de Astra, sorrindo, lágrimas furtivas brilhando no canto de seus olhos. — Você não quer respirar um minuto que seja, não?

— Eca. — Astra fez uma careta. — Estou respirando, muito obrigada. Oi, Dimitria! — Ela finalmente viu que a caçadora caminhava ao lado das duas, e seu sorriso se abriu.

— Oi, Astra. É bom te ver.

Com uma agilidade nada condizente com o estado em que estava apenas alguns minutos atrás, Astra saltou do colo de Aurora.

— Que bom que você tá aqui. Preciso de alguém que me ajude a colocar juízo na cabeça da minha irmã.

— Juízo não é minha especialidade, Astra.

— Mesmo assim. Ela não funciona direito sem você. — Astra deu de ombros, e Dimitria e Aurora trocaram olhares cúmplices. — Eu tô com fome. Quando vamos voltar pra casa?

Aparentemente, elas não precisariam esperar muito. As árvores começaram a rarear, os contornos do campo além da floresta difusos sob a luz diáfana da manhã. Também ficaram à vista os guardas de Nurensalem, suas espadas em riste. Tristão, Bóris e Clemente estavam à frente do grupo, e correram em direção a Aurora e Dimitria assim que suas figuras tornaram-se visíveis.

Bóris van Vintermer se aproximou, ofegante pela curta corrida. Seus olhos azuis estavam pálidos e envoltos em bordas vermelhas, como um homem que havia visto um fantasma. Assim que ele viu as filhas, puxou-as a para si num abraço gregário.

— Meus bens. Meus amores. Eu tive certeza... Eu achei que tivesse perdido vocês duas. — Sua voz tremulava, e ele nem percebeu quando Tristão avançou para além dele.

— Alto! Coromandel, largue suas armas! — Tristão agarrou Dimitria pela gola da blusa. — Você está presa, em nome de...

— Solte-a! — Aurora se desvencilhou de Bóris e colocou-se em frente a Tristão, plantando firmemente as duas mãos em seu peito. — Não vê que ela está machucada? Ela é uma heroína!

— Heroína? Ela é uma fugitiva de Nurensalem. — Tristão parecia confuso, e Bóris acenou com a cabeça, lançando um olhar feio para Dimitria.

— E pensar que eu confiei em você.

— Não se culpe, Bóris. — Clemente interveio, maldoso. — Essa laia consegue surpreender até mesmo a nós, velhos de guerra.

— 268 —

Dimitria sabia bem o que ele queria dizer com "laia".

— Chega!

Era tão pouco característico que Aurora levantasse a voz daquela maneira que até mesmo os passarinhos pararam de cantar.

— Em primeiro lugar: Dimitria salvou minha vida e a de Astra. Se não fosse por ela, nenhuma de nós duas estaríamos vivas.

— Aurora, Coromandel é uma plebeia...

— Ela pode não ter dinheiro, mas você me ensinou que o valor de uma pessoa não se mede por suas posses. Espero que você não tenha se esquecido disso.

Tristão parecia inconformado.

— Aurora, querida, eu te peço para que deixe os homens capazes cuidarem disso...

— Em segundo lugar! — Aurora se virou para Tristão, e Dimitria viu a agilidade da ursa refletida em seus movimentos, sua postura de predadora nítida como o dia. — Os homens dessa cidade têm feito um serviço medíocre na condução da justiça. Tanto que prenderam uma inocente.

A loira tomou fôlego, interrompendo Tristão antes que ele pudesse fazê-lo.

— E, por último, eu não sou sua querida, Tristão. A cada tentativa sua de me conquistar, fica mais óbvio para mim que nós não poderíamos ser mais incompatíveis. Eu não tenho e nem nunca terei desejo de ficar com você. Ademais, meu coração pertence a outra pessoa.

O peito de Dimitria ameaçava abrir sob a intensidade com que seu coração martelava.

A dor da facada, o frio da manhã — nada disso era comparado ao fogo que vibrava dentro de si, especialmente quando Aurora encontrou seu olhar e caminhou até ela. A loira alcançou sua mão, entrelaçando os dedos nos seus, o gesto nítido.

Bóris sorriu de lado, conflito parecendo pesar em seu rosto como uma máscara. Ele depositou um beijo suave na cabeça da filha, acariciando seus cachos, e estudou Aurora e Dimitria com um olhar sério. Antes que pudesse falar, Clemente o cortou, a voz ácida, e dirigiu-se a Aurora:

— Isso é uma piada. Uma moça de sua estirpe não pode se envolver com a criadagem, mesmo que seja um caso inconsequente entre duas crianças. — Ele se voltou para Bóris, impaciente. — Espero que se lembre do que conversamos no jantar, Van Vintermer. Nossa união...

— Sim, sim. Fortalecer a linhagem. — Mas Bóris não parecia muito convencido.

— Duas mulheres não irão te dar o que você busca, Bóris. — Clemente Brandenburgo adulava o homem, embora Tristão parecesse corar debaixo das manchas vermelhas em sua pele. Ele parecia prestes a dizer algo quando Dimitria o interrompeu:

— Nem Tristão.

— Como é? — Bóris franziu a testa.

Dimitria esperou que Tristão dissesse algo, sentindo um prazer perverso ao vê-lo se contorcer sob o frio matinal.

— Tristão anda escondendo um pequeno segredo. Ele é infértil. — Ela deu de ombros. — Não exatamente muito bem qualificado para dar prosseguimento a uma linhagem.

A boca de Bóris se reduziu a uma linha fina quando ele encarou Clemente Brandenburgo.

— Como é, Clemente?

— Veja bem, Bóris, nosso acordo...

— Não me faça de idiota. Nosso "acordo" não vale nada se for baseado em uma mentira!

Aurora interrompeu a briga, dirigindo-se a Bóris.

— Papai, eu aprecio tudo o que você me deu até agora, mas sou adulta o suficiente para fazer minhas próprias escolhas sem que você me venda como a um cavalo! — Ela estufou o peito, um desafio escancarado ao pai.

— Você me equipou com todas as habilidades necessárias para que eu as faça de maneira sábia, seguindo meu coração. E isso é o que meu coração quer. Eu não me importo com linhagem, com coisa nenhuma. A única coisa que eu quero é ela.

O tempo pareceu congelar naquele instante, suspenso na surpresa estampada no rosto dos três homens. Algo quebrou o silêncio: uma risada de criança, tilintando de alegria na manhã fria.

— Eu sabia! Eu sabia sabia sabia. — Astra dançava, rodopiando na neve. Ela agarrou a mão de Bóris, seu sorriso o suficiente para derreter até mesmo uma montanha de gelo. — Você sempre disse que não achava que a Romândia tinha alguém à altura de Aurora. Mas Dimitria é corajosa, leal. Ela salvou minha vida, papai. E a de Princesa, não esquece.

Bóris vestia uma expressão insondável, fitando Aurora com olhos novos. Como se a visse pela primeira vez.

— Você não está pedindo minha permissão.

Não era uma pergunta, e Aurora apenas acenou negativamente. Bóris pareceu triste, mas Aurora interveio, suave:

— Mas eu adoraria sua bênção.

— Sim... Sim, minha bênção.

Bóris caminhou até as duas, analisando Dimitria. Ela sentia o ferimento da faca pulsando, mas segurou o ímpeto de desfalecer no chão, sabendo que o homem estudava cada fração de seus movimentos.

— Você a ama, Coromandel?

Dimitria não precisou pensar para responder.

— Com todo o meu coração.

Bóris considerou a resposta pelo que pareceu uma eternidade. Então seus lábios curvaram-se em um sorriso — quase imperceptível, mas ali.

— É evidente que você não é a pessoa que eu escolheria para minha filha, Coromandel. Mas a vida me mostra constantemente que mesmo um tubarão como eu pode estar errado, vez ou outra. — Ele deu de ombros, os olhos brilhantes. — E você salvou a vida de minhas filhas.

— E a de Princesa, papai! — Astra soava ofendida com o esquecimento.

— E a de Princesa. — Bóris assentiu, subitamente um homem cansado para muito além de seus anos. — Eu jamais terei dinheiro suficiente para pagá-la, Coromandel. Então ofereço minha benção.

— Isso é um absurdo! — Tristão parecia uma chaleira prestes a explodir. — E o seu acordo com meu pai, Van Vintermer? Se você acha que terá alguma influência em

Nurensalem, pode esperar sentado! Me humilhar na frente de uma... uma caçadorazinha!

Bóris mediu o jovem de cima a baixo, o nariz franzido em desgosto.

— Você ouviu Aurora, Tristão. Acredito que ninguém melhor do que o dono do coração para dizer a quem ele pertence.

Clemente também arregalava os olhos na cara vermelha.

— Bóris...

— E se você continuar me pressionando, Brandenburgo, sua pequena mentira vai se espalhar como fogo em palha. Quanto a isso você tem minha palavra.

— Isso é uma ameaça?

Dimitria quis responder, mas Bóris van Vintermer parecia ter a resposta perfeita na ponta da língua:

— É uma promessa.

Dimitria nem ao menos percebeu que Tristão e Clemente foram embora, batendo os pés em um ultraje evidente.

A caçadora sentia seu coração cansado, temeroso, em luto pelo que ela havia perdido. Sabia que em breve todos iriam querer saber detalhes sobre o que tinha acontecido, e ela teria que contar os pecados inomináveis que seu irmão tinha cometido. Mais do que isso: ela mesma teria que enfrentar os fatos, tudo que aconteceu naquele inverno.

Será que seria possível, ela se perguntava, esquecer tudo aquilo? Será que ela queria esquecer? O monstro não era quem ela achou que seria, e, ainda assim, será que Igor tinha sido só um monstro? Aurora não era somente um urso, não é? Será que Igor tinha sido somente um assassino?

Será que os traumas que o moldaram residiam no sangue dela, também?

Dimitria sentiu as lágrimas pinicarem o canto de seus olhos, transbordarem para fora de si como uma torrente de chuva de verão. Não, não era só de sombra que seu irmão tinha sido feito. Se ela sabia de uma coisa, era daquilo: a mesma sombra que habitava nele também habitava em si. Se ela podia domá-la, ele também poderia — não nessa vida, talvez, mas em uma além desta.

A caçadora se destacou dos Van Vintermer, que uniam-se em um abraço aliviado, e virou o corpo em direção à floresta. Em algum momento, ela teria que buscar o corpo do irmão — salvá-lo, para que seu coração sentisse que estava salvando sua alma. Seus pecados não tinham sido contra ela para que Dimitria o perdoasse, e ela nem ao menos sabia se conseguiria. As imagens de seu irmão — seu irmãozinho, a criança pequena de olhos brilhantes, o garotinho cheio de esperança — se sobrepunham às vítimas do Igor adulto, seu coração cruel e infeliz. De certa forma, Dimitria sabia que ele havia matado aquele garotinho, também.

Ela também sabia que o que ele havia levado não podia ser devolvido. Que as famílias de quem ele tinha roubado jamais seriam as mesmas.

E ainda assim... Ainda assim seus olhos encontraram os de Aurora, esmagada entre os braços de Bóris e Astra, e ela sorriu. Sim, haveria tempo para lidar com a tristeza, e a perda, e a dor.

Ela sabia de tudo isso — mas naquele momento, com as mãos de Aurora nas suas, sob a luz do sol, ela teve certeza de uma coisa: o futuro parecia tão florido e certeiro quanto a primavera.

Quase um ano depois

Uma luz suave e branca entrava pela janela, banhando o rosto de Dimitria — na verdade, foi isso que a acordou.

Sem abrir os olhos, ela farejou o ar, sentindo o frio invadir suas narinas e pulmões. Era o último dia do verão — o que, no Norte, significava que o inverno estava prestes a fazer sua cama alva e gélida.

Lógico, ainda havia o outono por vir — as árvores ficariam secas, perdendo seu viço para queimarem em laranja e vermelho —, mas isso tudo aconteceria no espaço de semanas. O povo de Nurensalem sabia que, na realidade, o vale só tinha duas estações: o frio, e a espera por ele.

Mas era o último dia do verão — e aquele tinha sido o melhor verão da vida de Dimitria. Ela não iria pensar no inverno, não ainda; o inverno tinha deixado de ser um mau presságio, agora que ela tinha mais dinheiro do que jamais poderia gastar.

Dimitria inalou de novo, e dessa vez o cheiro de bordo, figos e lavanda a fez sorrir. Ela envolveu os braços ao redor da figura com quem dividia a cama — mas não era pele que ela sentia, mas uma pelagem macia e quente.

Ela abriu os olhos. Um urso — não, uma ursa — estava adormecido, esticado no tapete a seu lado.

Não tinha sido a luz da manhã que a acordou, então: Dimitria levantou o olhar para a janela, e viu que as luzes do norte brilhavam contra o manto escuro da madrugada.

Era quase manhã, e o céu era uma explosão de aurora e estrelas. De onde elas estavam, Dimitria conseguia ainda ver os pontos brilhantes, quase eclipsados pelos raios tímidos do sol, que formavam a constelação de Órion, o caçador.

Ela não pôde deixar de sorrir.

Dimitria e Aurora ainda não tinham conseguido reverter o encantamento de Igor — Solomar tinha sido incapaz de ajudá-las, e havia poucos magos na região com um nível de habilidade parecido.

Ainda assim, Dimitria tinha que admitir que pouco se incomodava — era um preço baixo a pagar, afinal de contas, pela felicidade que ela e Aurora compartilhavam. E, de mais a mais, as luzes só apareciam nas estações frias.

A aurora mingou aos poucos, desfazendo-se no céu e sumindo sem deixar vestígios — e então Dimitria não estava mais envolvendo um urso, e sim o corpo nu de Aurora.

Ela beijou a constelação de sardas no ombro da garota, inalando o aroma inebriante de figos. A pele das duas apresentava um contraste, que lhe parecia a coisa mais linda do mundo sob a luz etérea da noite.

— Hummmm...

Aurora virou o corpo em direção a Dimitria. Ela sentiu seu corpo responder de imediato — uma sensação que incendiava suas entranhas e fazia o espaço entre as duas parecer inexistente. A caçadora deslizou as mãos pela cintura de Aurora, fechando a distância que o corpo de urso anteriormente ocupava.

— As luzes?

Dimitria assentiu, deixando um beijo casto no rosto dela.

— Sim, e com o inverno chegando logo precisar comprar mais um tapete. Você precisa parar de soltar pelo nos meus. — Ela piscou para mostrar que estava brincando, e Aurora ecoou seu riso.

— Vou manter isso em mente da próxima vez que for para a tosa.

Dimitria estudou o rosto de Aurora, como se para memorizar cada detalhe que ela tanto amava.

— Você é tão linda.

— Você sempre diz isso. — Aurora revirou os olhos, sorrindo ainda assim. Ela tomou o rosto de Dimitria nas mãos, puxando-o para si para selar um beijo.

— É a verdade. — Dimitria falou contra seus lábios, sentindo que seu corpo pedia mais do que uma conversa. Ela entrelaçou os dedos nos cachos loiros da garota, penteando-os delicadamente. — Eu só digo a verdade.

— Então me diga, caçadora. — Os olhos de Aurora se encheram de uma seriedade calma, como a superfície límpida de um lago. — É verdade que você é o amor da minha vida?

Dimitria deixou que um beijo respondesse àquela pergunta. Para ela, aquela noite não precisava acabar nunca.

Agradecimentos

Luzes do Norte é, acima de tudo, um livro sobre o amor — e eu não poderia tê-lo imaginado sem a abundância do sentimento em minha vida. Quem me ensinou a amar foram meus pais, e, por isso, é a eles que preciso agradecer primeiro.

Depois, nenhum livro nasce pronto — e *Luzes* passou pelas mãos cuidadosas de madrinhas, padrinhos, tios e tias que o alimentaram com críticas e afeto, mensagens no WhatsApp e leituras relâmpago. Eu jamais seria capaz de fazer o que faço sem o apoio incondicional dos amigos que escutam minhas histórias, e que as leem antes de todos: Nana, Fer, Marcela, Ju, Dimi (cujo nome eu emprestei à minha protagonista). *Luzes* não seria o que é sem todo o amor que vocês me deram sem esperar nada em troca.

Transformar uma história em livro requer habilidades que vão muito além da escrita, e se esse é um processo solitário, todos os que me auxiliam no ofício editorial são parte integral de seu sucesso. Destaco aqui minha agente, Guta Bauer, cujo apoio incondicional tornou o longo processo até o "vem aí" o melhor possível. Não posso deixar de agradecer ao match celestial que fez esse sonho se tornar realidade: Rafa Machado, editora que acredita em mim e nas minhas histórias, e a quem não posso dizer nada além de obrigada. Também preciso agradecer a toda equipe editorial da Galera Record, especialmente a Stella Carneiro, Juliana de Oliveira, Isabel Rodrigues, Lígia Almeida, Manoela Alves e à diagramadora Mayara Kelly, cujo trabalho transformou uma sequência de palavras em um livro. Destaco aqui também a Augusta, minha sogra e revisora da primeira versão desse livro, e a Taíssa Maia, ilustradora que transformou meus sonhos na capa perfeita de *Luzes*.

Um livro não é lido se ninguém o conhece, então também quero agradecer à melhor equipe de marketing editorial desse Brasil: Everson, Beatriz, Débora, Marina, Ro e Ana Rosa (que, além de TikToker & YouTuber & escritora, emprestou sua sensibilidade singular para a primeira versão publicada de *Luzes*).

A arte de escrever é como uma faca, e afiá-la tem sido o melhor uso do meu tempo. Por isso, preciso agradecer a todo o booktwitter, cuja comunidade de escritores me acompanhou durante toda a trajetória de *Luzes do Norte*, desde quando ele era apenas um e-book independente e cheio de sonhos. Os amigos que fiz no caminho e colegas que conheci são parte integral da minha história, e eu não sei o que faria sem eles! Preciso agradecer em especial ao meu mentor Fábio Barreto e à maravilhosa Jana Bianchi. Aos meus amigos, vocês sabem quem são: conhecer vocês foi o maior presente que o Twitter me deu. Sou muito grata à comunidade de escritores de ficção especulativa, em especial à Associação Boreal, que tanto faz pela literatura com foco em personagens LGBTQ+. Também preciso agradecer aos portais e criadores incansáveis na hora de dar espaço a histórias cheias de representatividade, em especial o Sem Spoiler e o Cadê LGBT.

Esse livro não teria sido escrito sem meu marido Mateus, que me deixa ficar perdida por horas atrás do teclado, no frio de Nurensalem, enquanto cuida da nossa casa e me apoia com todo seu coração. Todas as discussões sobre como tornar minha história mais forte, comentários sobre as personagens, leitura de cada capítulo, frase, sinopse, e até mesmo esse agradecimento — tudo isso me torna uma escritora, profissional e pessoa mais completa e melhor. Minha vida é a maior inspiração para minhas histórias, e você é a melhor coisa que acontece nela. Eu espero que você nunca canse de ouvir o que eu escrevo, já que eu nunca vou me cansar de pedir a sua opinião. Eu te amo tanto que até dói (mesmo que você sempre diga que não é pra doer).

Durante o processo de publicação desse livro, muita gente me disse que a história era incrível — mas que emplacar fantasia no Brasil era difícil. Vê-lo sendo publicado por um titã como a Galera Record, com todo o acolhimento incrível que *Luzes* recebeu desde sua época independente, me faz ter uma certeza: a fantasia no Brasil vive, e se ela vive é por causa de você, que a lê, consome e apoia. Todo o amor que essa história recebeu fez ela chegar onde chegou, e meu coração expande um pouquinho cada vez que vejo o quanto o amor da Demi e da Aurora faz diferença. Por isso, o último e maior agradecimento vai para os meus leitores, sem os quais nem faz sentido escrever. Afinal, falar pro nada é coisa de maluco, e eu sou tão normal quanto uma escritora pode ser.

(Ou seja, nem um pouquinho).

Obrigada pelo privilégio do seu tempo. Eu sou eternamente grata.

O ÚLTIMO SOLSTÍCIO

um conto de *Luzes do Norte*

por Giulianna Domingues

Do alto de seus oito anos, Dimitria Coromandel não desejava muita coisa. Sua casa simples era esparsa de brinquedos (especialmente depois que a mãe havia dado luz ao magrelo e faminto Igor, que comia seu peso em carne de veado e sopa de osso) e o frio intenso de Nurensalem penetrava pelas frestas sem fim da cabana, que o pai prometia consertar, mas, ainda assim, ela não reclamava. Dimitria tinha olhos astutos, uma energia infindável e uma grande amiga em sua irmã. Mas o Dia do Solstício se aproximava, e Dimitria não queria perder a oportunidade de escolher um presente — afinal, a bênção de Ororo só acontecia uma vez por ano, e qualquer criança seria tola se a desperdiçasse.

Era em momentos como aquele que Dimitria desejava ser mais prática, como Denali: sua irmã havia escolhido um livro de magia avançada que, embora raro, estava ao alcance de Hipátia através de suas conexões com outros magos do Cantão da Romândia. Talvez ela só conseguisse cópias de alguns feitiços em páginas soltas, mas ainda assim era um presente factível. Até mesmo Igor, com seus quatro anos e seriedade de um senhor de 80, pedira um presente simples: um balanço de madeira, que Galego poderia construir com as sobras de lenha que trazia da floresta.

Dimitria já tinha idade para saber que a "bênção de Ororo" nada mais era do que fruto do trabalho duro de seus pais. Por isso mesmo era aquele tipo de coisa que queria desejar, algo que coubesse na vida dos Coromandel sem exigir mais da mãe — que passava os dias fazendo feitiços para os endinheirados da cidade, mas cuja generosidade sempre se estendia mais do que sua renda — ou do pai, que acordava no alvorecer para caçar, e temia a escassez do inverno com um silêncio ensurdecedor. Algo realmente caro, como um arco e flecha, estaria fora de questão. Mesmo aos oito anos, Dimitria sabia que qualquer demanda dos filhos colocaria mais peso no orçamento delicado da casa, e nos ombros dos pais que ela tanto amava.

Mas, ainda assim, Dimitria não conseguia deixar de imaginar como seria se seus pais pudessem lhe dar um cavalo.

Não precisava ser um brabantino, como os que Bóris van Vintermer usava para atender aos comerciantes de cidades vizinhas, ou o manga-larga marchador que o filho do chefe da Junta Comunal já sabia montar com destreza. Dimitria não tinha nenhuma ilusão quanto à possibilidade de ter um animal daquele porte, mesmo que admirasse a elegância que os cavalos tinham ao cruzar o centro de Nurensalem.

Não, um pequeno quarto de milha já seria de bom tamanho — mesmo que fosse manchado, o que a elite de Nurensalem considerava que "empobrecia" o animal. Dimitria não ligava para isso: desde que o bicho fosse manso o suficiente para que ela pudesse levá-lo floresta adentro, nas caçadas que ela certamente lideraria quando seu pai julgasse que ela já poderia fazê-lo sozinha, já estava bom.

Faltavam alguns dias para o Solstício, o que significava que o inverno de Nurensalem já soprava a plenos pulmões, cobrindo o pequeno terreno aos fundos da cabana dos Coromandel de neve branca e espessa, mas Dimitria ignorava o frio, deitada em um pequeno banco de madeira e observando as nuvens que deslizavam no céu. Ela tentava manter a mente em coisas práticas que poderia pedir — uma lanterna a óleo para as noites escuras do inverno, um novo cobertor para substituir a pelagem de lobo gasta que ela tinha desde pequena —, mas seu desejo acabava surgindo nas divagações, invadia as ideias de presentes perfeitamente aceitáveis aos trotes.

Em seu devaneio, as nuvens eram o seu cavalo — o focinho redondo aqui, as manchas em seu peito ali, na outra nuvem. Ela imaginava o quão longe poderiam ir juntos; talvez galopasse até Nova Eldorado, no centro do continente. Talvez, ela pensou dando um sorriso de prazer, com um cavalo ela pudesse ir até o mar, na costa quente de Ancoragem, e ver as ondas quebrando sobre as praias de areia, como nos livros infantis que seu irmão gostava de ler.

Era uma fantasia inútil, e ela sabia. Não tinha coragem de pedir um cavalo aos pais: já conseguia imaginar as feições sorridentes mas temerosas com as quais eles a responderiam, como quando Dimitria havia quebrado o cabo de sua adaga no verão passado e Galego tivera de substituí-lo, abrindo mão de uma nova aljava para si.

Igor era pequeno demais para notar, e Denali gastava toda sua atenção nos feitiços e na magia, então a tarefa de segurar o peso invisível de sua família caía sob os pequenos ombros de Dimitria — uma tarefa que ela recentemente havia tomado para si, e que era impossível de ignorar.

— Você está preocupada — Denali se aproximou silenciosamente, lendo a expressão perdida de Dimitria com uma exatidão que seria assustadora se não fosse tão comum. — Ainda não escolheu seu presente?

Dimitria ergueu o corpo do banco, encarando a irmã e suas feições inteligentes e altivas. Ela sabia que, na teoria, as duas eram iguais — era o que todos diziam, o que fazia sentido para gêmeas idênticas. Mas Dimitria não conseguia enxergar em si a mesma beleza que desenhava os traços da irmã, a elegância de seu nariz reto e da boca larga e sarcástica. Denali era uma criança bonita, e Dimitria usaria um milhão de outras palavras para descrever a si mesma antes de chegar à beleza, e ainda assim seus oito anos de vida não lhe permitiam sentir nem um pingo de autocrítica com relação àquilo. Eram feitas do mesmo pano por dentro, e era isso o que importava — o que fazia Denali ser tão boa em ler os pensamentos que Dimitria fazia de tudo para esconder.

— Não — ela mentiu, tomando cuidado para não morder a boca (hábito que, segundo Nali, ela tinha ao mentir). — Ainda dá tempo.

— Não sei, não. — Denali largou o corpo no banco, ao lado de Dimitria, e deitou-se no colo da irmã. — Faltam três dias pro Solstício, Demi. Se quer que mamãe arranje um cavalo até lá, precisa falar logo.

— Dois dias — Dimitria corrigiu, e logo em seguida percebeu o que a irmã havia dito. — E quem disse que eu quero um cavalo?

Denali arqueou as sobrancelhas.

— Você quer, não quer?

— Eles não têm dinheiro pra um cavalo — Dimitria censurou, sentindo-se infinitamente mais madura do que a outra. — Alguns de nós prestam atenção no que se passa nessa casa, Nali.

Denali riu do tom prepotente da irmã.

— E alguns de nós acham que estão sendo discretos quando não estão. Toda vez que o mercador de peles vem aqui, você fica olhando pro cavalo dele como um lobo uivando pra lua, Demi. Acha que ninguém percebeu?

— Você é uma chata. — Dimitria empurrou a irmã do colo, irritada.

Será que ela tinha sido tão óbvia assim? Denali rolou na neve, ainda dando risada, e sentou-se em meio ao cobertor branco que cobria seus cabelos revoltos e pretos.

— Uma chata com razão. — Denali deu de ombros, e o rostinho marrom corou com o frio. Ela esfregou as mãos e murmurou algumas palavras, e suas luvas emitiram um brilho alaranjado e suave. Mesmo sem saber um pingo de magia, Dimitria reconhecia um feitiço de calor quando via um, e segurou um sorriso de admiração à irmã, que continuava falando. — Eu só acho que você deveria ter um plano B. Eu pedi ingredientes pra uma poção de desaparecimento, além dos tratados de magia.

— Adoraria que você tomasse essa poção agora — Dimitria respondeu, rabugenta, e Denali jogou neve em sua direção.

— Larga mão de ser assim. Você sabe que eu tenho razão. A pior culpa que você poderia dar ao papai e à mamãe é a de ficar sem presente para abrir no Solstí...

— Didi, aí está você. — A porta dos fundos da cabana se abriu, batendo contra a moldura, e Galego apareceu por ela. — O que é que tem o Solstício, meu bem?

O rosto de Dimitria se iluminou ao ver o pai e ao ouvi-lo usar o apelido que só ele podia usar com ela. Galego era um ótimo pai, ainda que um pouco atrapalhado, e amava todos os filhos — mas Dimitria tinha um lugar especial no coração dele, e sabia disso. Do mesmo jeito que Hipátia e Denali eram unidas pela magia, a caça unia Dimitria e Galego, e ela se orgulhava do laço desde que começara a ter idade suficiente para reparar nele.

— Nada, pai. — Denali deu uma piscadinha para Dimitria e ergueu-se da neve, dando um meio abraço em Galego. — Demi e eu estávamos falando que queremos que a bênção de Ororo chegue logo.

— Humm, esperar é bom, filha, mas não demais. Ansiar por algo é...

— ... Sofrer em dobro. — Denali suspirou fundo, completando a frase que já havia ouvido duzentas e setenta vezes. — Eu sei, pai.

Galego deu um beijo na cabeça da filha, e voltou-se para Dimitria.

— Eu preciso de companhia para ir até o centro. Tenho que levar uns pacotes de carne seca, o pessoal ficou preocupado com essa nevasca... Você vem comigo? Seria bom ter um par de mãos extra. Você também, Nali.

— Eu tenho que ajudar a mamãe com a ceia, agora que o Solomar foi embora, mas divirtam-se. — Denali deu um último abraço no pai, e adentrou na cabana.

Dimitria ergueu-se de um salto. Havia pouco que ela gostasse mais do que ir à cidade, exceto, talvez, os piqueniques em família no começo do verão, quando os campos ao redor da cabana ficavam cheios de flores e abelhas zunindo. Era ainda melhor ir em companhia do pai, especialmente quando ele explicava sobre a vida em Nurensalem, contando as histórias e intrigas com a certeza de ter audiência cativa na filha. Além de excelente caçador, Galego era um fofoqueiro incorrigível, e Dimitria adorava ouvir suas histórias enquanto faziam a ronda entre os mercadores e compradores de pele e caça que encomendavam sua mercadoria.

— Vamos! — Dimitria deixou de lado os pensamentos sobre cavalos e presentes de Solstício; aquilo podia esperar. Ela sorriu para o pai, apreciando o jeito tão parecido de sorrir dos dois, mesmo que a compleição clara e loira do homem fosse tão distinta da pele marrom e dos cabelos escuros que Dimitria havia herdado de Hipátia. Ainda assim, era impossível dizer que não eram pai e filha: a herança de Galego estava escrita nos malares altos de Dimitria, em seu queixo pontudo e definido, mesmo com a gordura remanescente da infância.

— Vem, vamos pegar seu irmão. — Galego puxou-a pela mão, dando a volta na cabana, e Dimitria o acompanhou.

— Igor vai também? — Dimitria gostava do irmão, e, mais do que isso, sentia que era seu dever protegê-lo, e tentou reprimir a pequena faísca de ciúmes que surgiu em seu peito quando percebeu que não seriam só ela e o pai. Era irracional, ela sabia, mas não conseguia deixar de pensar que, pelo simples fato de ser homem, Igor pudesse tomar seu lugar no coração de Galego. Ela tentava não transparecer, e era fácil deixar que a afeição pelo caçula se sobrepusesse ao ciúme, mas, em momentos como aquele, Dimitria sentia falta da harmonia simples que havia antes de Igor nascer.

A verdade é que, quando o assunto era Igor, nenhum sentimento de Dimitria era leve. Seu coração se enchera de um fogo protetor e intenso quando o irmão nascera, muito diferente da camaradagem que ela sentia por Denali. Mesmo criança, Dimitria entendia que o pequeno bebê que a mãe carregava para lá e para cá precisava dela mesma, também. Ela encarava os deveres de irmã mais velha com a mesma seriedade que Denali tinha com seus estudos de magia.

— Sua mãe precisa de um tempo cozinhando sem distrações — ele disse, dando um meio sorriso. — Ei. Você ainda é minha favorita, está bem?

Se fosse mais velha, Dimitria talvez soubesse que aquilo não era algo tão gentil de se dizer, mas ela se agarrou ao sentimento de posse intenso e egoísta em seu peito, e sorriu para o pai. Podia não ser um sentimento bonito, o de posse, mas, naquele momento, a aquecia como um casaco de pele de arminho.

Caminharam até a frente da cabana, onde uma pequena carroça esperava pelos dois. Dimitria viu que o pai esquadrinhava o conteúdo da carroça com olhar crítico, murmurando uma contagem para si mesmo, e, mesmo sendo nova, Dimitria percebia o cálculo preciso

— 289 —

que seu pai estava fazendo, como se cada um daqueles fardos fosse preciso para garantir um inverno seguro à família. Não era fácil ser um caçador em Nurensalem — especialmente quando o inverno fazia sua cama branca e gelada.

Igor já estava sentado em meio aos pacotes de palha e tecido, aninhado com um livro ilustrado que Hipátia havia conseguido para ele, o olhar atento e sério nas páginas, como se fosse um tratado político, mas Dimitria só tinha olhos para o cavalo magro e pintado que pateava o chão e fuçava em busca de algum vestígio de grama que tivesse resistido ao frio.

Para todos os efeitos, o animal era tão feio que doía: magro e pequeno demais, as patas curtas e tortas, as orelhas tão grandes em comparação ao focinho magrelo que mais parecia uma lebre. Seus olhos eram baixos demais na face achatada, evidenciando ainda mais a semelhança com um leporídeo, e ele cheirava a neve, estupidamente lambendo os flocos brancos como se fosse incapaz de entender a diferença entre gelo e capim.

Era a criatura mais majestosa que Dimitria já havia visto.

— Quem é ele? — ela perguntou, exultante, aproximando-se do cavalo com reverência silenciosa.

— Isso? — O pai ergueu uma sobrancelha, preparando os arreios e a cela. — É emprestado. Os Oleandro compraram uns cavalos no verão passado e isso veio junto com o plantel. Fizeram a gentileza de emprestar, já que cruzar a estrada com neve seria difícil demais. Jandê queria vendê-lo, mas eu a convenci a esperar um pouquinho.

— Vender? — Dimitria franziu a testa, sem entender como alguém venderia aquele cavalo.

— As coisas no mercado não andam boas. — Galego suspirou, e o gesto provocou uma onda de condensação à frente do seu rosto, escurecendo suas feições tanto quanto o peso súbito em sua expressão.

— Está difícil para Jandê e a família, especialmente agora que Brandenburgo subiu os impostos. O inverno chega para todos, e é difícil justificar isso — Galego apontou para o cavalo, com resignação aparente em seu gesto — quando os rios estão congelados. — Ele deu de ombros, e era óbvio que o comentário se aplicava aos Coromandel, também. A perspectiva do inverno pouco próspero encheu Dimitria de arrepios que não podiam ser justificados pela brisa gelada que soprava ao lado da cabana.

Os Coromandel já haviam vivido invernos escassos na vida, e ela não desejava repeti-los. Não que Dimitria de fato entendesse o que o espectro da pobreza gerava em seu pai, ou o medo que o mantinha acordado durante a noite. Ela só via a sombra do sentimento, refletida nos olhos que tanto amava, e era o suficiente.

— Ele tem nome? — Dimitria voltou a atenção para o cavalo, ignorando o uso repetido da palavra "isso" que seu pai usava para descrevê-lo; certamente não estava acostumado a falar de uma criatura tão elegante. Galego deu um riso engasgado quando a filha fez a pergunta, e Dimitria o encarou com seriedade, mostrando que falava sério.

— Jandê Oleandro chamou ele de Alfafa, mas...

— Alfafa. — Dimitria nem ouviu o restante da frase. Ela ergueu a mão para acariciar a crina emaranhada do animal, que enfim ergueu o focinho do chão para encará-la com olhos estúpidos que não pareciam trair a presença de nem ao menos um pensamento entre as orelhas grandes demais. — Ele é lindo.

Galego franziu a testa, e era evidente que havia dezenas de outras palavras que ele pensaria em usar para descrever o cavalo, mas nada disse. Ao invés disso, ergueu a filha pela cintura e a encaixou na cela de Alfafa, entregando os arreios em suas mãos pequeninas.

Dimitria sentiu as palmas ficando geladas, mais ainda do que o frio do inverno sugeria, e encolheu-se no casaco de pele. Ela nunca tinha conduzido um cavalo antes, especialmente um como Alfafa. Seu pai, porém, percebeu a hesitação, e montou por trás da filha, envolvendo-a com braços quentes e protetores. Ele cobriu as mãos de Dimitria, segurando os arreios junto com ela.

— Um dia, vou te ensinar a cavalgar como uma caçadora. — Ele beijou o topo da cabeça da filha e, dando a mais leve das sacudidas no arreio, fez com que Alfafa avançasse estrada afora.

Em pouco tempo, o centro de Nurensalem se avistava no horizonte. As casas estavam decoradas com pequenas lamparinas de fogoperpétuo, e brilhavam como vaga-lumes na pouca luz invernal, fazendo com que a cidade parecesse um altar de velas acesas e bruxuleantes. Dimitria inalou o ar gelado e sentiu o cheiro das especiarias enchendo o ar — canela, cúrcuma, noz-moscada, nomes que ela conhecia por ouvir sua mãe recitando-os como uma prece —, e, tanto quanto o tempero, uma sensação festiva e alegre se fazia presente, assim como os pequenos flocos de neve que caíam em redemoinhos em direção ao chão.

Nada se comparava à majestosidade de Alfafa, porém. Dimitria não conseguia entender como seu pai o conduzia, mas sentia o cavalo obedecer aos toques incisivos e gentis de Galego, os estalos suaves que dava com a língua, sons sutis que produziam um visível efeito nos músculos do animal. Ela apoiou a mãozinha no flanco exposto de Alfafa, sentindo-o trotar em direção à praça central e apreciando a aspereza quente de sua pelagem sarapintada. Sua cadência não era suave, mas mesmo no balanço manco e desigual de Alfafa, Dimitria sentia-se em casa: ela pensou em todos os caminhos que desbravariam juntos, todas as aventuras que poderiam viver. A floresta conseguia ser um lugar solitário, mas talvez Alfafa pudesse torná-la menos inóspita e hostil — talvez o mundo fosse menos inóspito e hostil se Dimitria pudesse cavalgar por ele.

Enfim, Galego guiou Alfafa até um pequeno bebedouro onde outros cavalos estavam esperando seus donos. A praça estava cheia

— sem dúvida, os Nurensalenhos estavam fazendo as últimas compras para o Solstício, buscando presentes e especiarias para os pratos típicos. Pernil assado com fios de ovos, cerejas em conserva, hadoque defumado... Dimitria sabia que a mesa da família não era mais tão farta quanto antes, mas não importava: estariam juntos, ao redor de um prato delicioso que Denali e Hipátia estavam preparando, e isso era o suficiente para fazê-la sorrir.

Dimitria saltou de Alfafa e esperou enquanto o pai amarrava o cavalo no poste ao lado dos bebedouros e descarregava a carroça. Ela olhou ao redor, para a praça mais adiante e para os grupos de pessoas que iam e voltavam como enxames de abelhas ocupadas. Seu olhar variava entre a praça e o cavalo, e ela se perguntava quanto os Oleandro cobrariam por Alfafa, e quantos barris de carne-seca ela precisaria vender para comprá-lo. Estava tão absorta que nem percebeu o garoto loiro se aproximar, e só soube que tinha companhia quando ele falou, a voz carregada de um desdém tão habitual quanto as roupas imaculadamente brancas que usava.

— O que é *isso*? — Uma voz fina soou pelo local, as palavras tão carregadas de desdém que um desavisado poderia achar que estava se referindo a um inseto.

Ela nem precisou olhá-lo para saber quem era, mas o fez mesmo assim, e lá estava Tristão Brandenburgo, no alto de seus dez anos de pura arrogância, olhando Dimitria e Alfafa como se estivesse encarando um saco de lixo. Ele era muito bonito, com cabelos loiros perfeitamente alinhados sobre um belo e gelado par de olhos azuis, mas Dimitria já o havia visto ser rude o suficiente com seus criados para saber que o jovem não era flor que se cheirasse.

Não só isso: Dimitria tinha pouca paciência para o jeito que Tristão desfilava por Nurensalem, como se mandasse no lugar — mesmo que ainda estivesse muito longe de substituir o pai no comando.

— 293 —

— *Ele* — corrigiu Dimitria, já sentindo a costumeira irritação que quase sempre acompanhava seus poucos encontros com o filho do chefe da Junta Comunal — é meu cavalo.

Uma mentira, mas necessária ao lidar com pessoas do tipo de Tristão. Não que os dois interagissem muito: Tristão e Dimitria tinham realidades absolutamente distintas, mesmo que dividissem a mesma Nurensalem como casa. Ainda assim, Dimitria não estava disposta a ver a expressão que Tristão faria ao ouvir que Alfafa era emprestado.

— Não teria tanta certeza de que é um cavalo, se eu fosse você. — Tristão rodeou Alfafa com o queixo erguido, olhando-o por cima do nariz. — Meu pai tem doze estábulos e acho que a coisa mais próxima a esse negócio que há dentro deles são os ratos.

— Pois fique sabendo que Alfafa é um tipo especial de cavalo. — Dimitria sabia que devia controlar seus sentimentos, mas era mais forte do que ela; a raiva era uma chaleira em seu peito, constantemente em fogo alto. — Não acho que seu pai conheceria.

— Didi — Dimitria sentiu a mão do pai pousando em seu ombro, e tentou disfarçar a postura de briga que sentiu seu corpo assumir. Ele carregava alguns fardos de carne-seca e pele em um pequeno carrinho de madeira; no outro braço, Igor se aninhava. — Ah, Tristão. Feliz Solstício.

O tom educado e seco foi o suficiente para fazer Tristão se calar, cruzando os braços em evidente desafio.

— Feliz Solstício. Meu pai está terminando negócios importantes na Junta Comunal — ele acrescentou, como se fosse necessário — enquanto eu escolho meu presente.

— E o que você vai ganhar? — Galego perguntou, cansado, mas evidentemente querendo respeitar o filho do homem mais influente da cidade.

A expressão de Tristão ficou pensativa por um segundo, e então os olhos estreitaram-se em fendas astutas. Dimitria entendeu o que ele estava prestes a fazer antes que o fizesse, e sentiu o pânico borbulhando no peito enquanto pensava em como evitar a iminente colisão. Quando Tristão abriu a boca, era tarde demais.

— Ela estava me falando que esse cavalo é de uma espécie rara — ele disse, apontando para Alfafa com reverência fingida. — Ora, meu pai coleciona cavalos e eu disse que nunca vi nada do tipo em nossos estábulos. Acho que seria um belo presente de Solstício, não acha?

— não! — Dimitria gritou, e viu que o pai a encarava com uma expressão confusa. — Pai, ele não pode ter o Alfafa. — Ela ignorou o olhar maldoso de Tristão, e virou-se então para Galego, o rosto contorcido em súplica. Seu coração se debatia no peito, um passarinho engaiolado, e por um segundo Dimitria imaginou como Alfafa ficaria deslocado nos estábulos opulentos de Brandenburgo. A imagem lhe causava repulsa.

Para seu alívio, Galego sacudiu a cabeça em negativa.

— Receio que Dimitria tenha razão — ele respondeu, puxando-a para mais perto de si. — O... Alfafa — ele usou o nome do animal com cuidado — não é nosso. É emprestado dos Oleandro.

Tristão ergueu a sobrancelha, e nada disse por um segundo. Em seguida, enfiou a mão por baixo da capa azul de veludo, puxando, com um tilintar convidativo, uma bolsa presa ao cinto.

O garoto virou a bolsa nas mãos, contando moedas de ouro como se fossem pedaços de doce. Dimitria sabia que seu pai esperava ganhar apenas uma daquelas com a venda das peles, e sentiu mais do que viu o olhar ávido que Galego dedicava às moedas. Tristão contou quatro delas e esticou-as em direção à família.

— Isso seria o suficiente para pagar aos Oleandro e lhe garantir uma bela comissão, não é? Acho que é o suficiente para um cavalo raro, mesmo que seja tão feio.

Era só um cavalo, e ainda assim Dimitria sentiu os olhos enchendo de lágrimas, o coração batendo no peito como um zangão. Ela se virou para o pai, que encarava a mão de Tristão com um olhar dolorido de quem sabia o quanto aquelas moedas poderiam ajudar durante o inverno. Galego suspirou fundo, negando com a cabeça.

— Olhe, Tristão, esse é apenas um cavalo malnutrido e manco. Não há nada de especial que faça com que ele valha...

Tristão verteu o restante das moedas na mão, contabilizando doze discos dourados, que pareciam atrair para si as luzes de fogoperpétuo e reluzir na tarde fria e inóspita. A cada moeda que caía, Dimitria sentia o estômago apertando mais e mais, como se já soubesse o rumo inevitável daquela conversa.

Tristão lançou outro olhar para Dimitria e Galego, o desafio escrito nas linhas de seu rosto.

— Eu quero o cavalo. É o suficiente agora?

Galego ficou em silêncio por um segundo. Ele apertou Igor contra si e fitou Dimitria, os olhos escuros ainda mais sombreados pelo peso das sobrancelhas loiras unidas em sua testa. Ela queria protestar, dizer que a única coisa que queria de Solstício era um cavalo — e não qualquer cavalo, mas aquele cavalo, com suas manchas desbotadas e pernas tortas, que a levasse para todos os lugares e pudesse ser seu amigo.

Galego a encarou com cuidado, os olhos cintilando, e Dimitria não precisava que dissesse nada para que soubesse que era um pedido de desculpas. O pai rompeu o silêncio com um sorriso forçado, e Dimitria tentou engolir o choro, mordendo o lábio inferior até que a dor interrompesse as lágrimas que ameaçavam verter de seus olhos.

— Bom, Tristão, você acaba de nos dar um jantar de faisões nesse Solstício. Vendido, sem dúvida. — Ele pegou as moedas com cuidado, como se fossem quebrar sob seu toque, e Dimitria teve certeza de que nem duzentos faisões seriam tão valiosos quanto Alfafa. — E pode ficar com a carne-seca, e as peles...

— Pode largar. — Tristão pegou os arreios gastos de Alfafa, e um sorriso lento e satisfeito surgiu em seu rosto. — Espero que o faisão que vocês encontrem seja mais bonito do que essa coisa... Meu pai vai chorar de rir com o quão feio ele é.

Dimitria ficou em silêncio por um segundo, sem saber o que dizer. Ela se voltou para Alfafa, procurando sua cara estúpida de coelho, a inocência com que continuava procurando grama no solo bem ao lado do bebedouro, pateando o chão com as pernas tortas e magricelas.

Ela pensou em todos os caminhos que ela e Alfafa nunca fariam, nas aventuras que teriam seu fim ali, e reprimiu o choro. Tristão podia ter comprado seu cavalo, mas não compraria suas lágrimas.

— O nome dele é Alfafa — ela disse, sem olhar na cara do garoto, baixando a voz para que o pai não ouvisse, e a raiva escapou de seu tom como o vapor de uma chaleira. — E acho que seu pai está acostumado a criaturas feias, já que sua mãe pariu você.

Dimitria saboreou a expressão absolutamente perdida de Tristão, como se tivesse levado um soco na cara, e essa foi a única coisa boa daquele começo de tarde.

* * *

Depois de uma passada na peixaria, onde Galego dividiu os espólios de Alfafa com uma Jandê Oleandro surpresa e estupefata, Dimitria aguardava o pai na frente do balcão do açougueiro — afinal, como Galego mesmo havia dito, a ceia de Solstício naquele ano teria faisão e peru nobre. Mesmo que o cavalo fosse dos Oleandro, Jandê havia feito questão de dividir o pagamento em partes iguais, e seis moedas de ouro eram uma riqueza inédita para os Coromandel — ainda mais no inverno, quando a caça era escassa e os viajantes tinham dificuldade de cruzar os campos nevados para consultar-se com Hipátia.

Para Dimitria, não chegavam nem perto de cobrir o vazio que Alfafa havia deixado em seu coraçãozinho.

Ela observava o irmão, que tentava, com um olhar taciturno, montar um boneco com uma pequena pilha de neve. Ela sabia que era besteira — as seis moedas de ouro eram evidentemente mais valiosas do que um cavalo feioso e manco —, mas era difícil esquecer a sensação de liberdade que havia sentido ao segurar os arreios, ou de como o mundo em cima de um cavalo parecia mais aberto e amplo, como uma página de livro aberta e convidativa.

Um dia, eu vou comprar o Alfafa de volta. Eu vou ser a melhor caçadora da Romândia, e ter muito mais do que seis moedas de ouro, e Tristão vai engolir aquela risada metida à besta. Um dia, ele vai ver...

Ela só percebeu que estava chorando quando as lágrimas deslizaram por seu rosto, derretendo o frio e inundando sua boca com gosto de sal.

— Você tá chorando? — uma voz suave a interrompeu, como se vinda do céu. Dimitria ergueu os olhos e viu que uma garota loira a observava com delicadeza. Ela parecia um anjo de neve, vestida com um colete de pele de raposa das neves por cima de um vestido branco que acentuava o tom de sua pele. O vestido tinha ricos detalhes de um bordado cuidadoso, e os canutilhos que decoravam a barra e as mangas capturavam a luz do crepúsculo, cintilando levemente como a neve recém-caída no chão.

A garota carregava uma cesta de palha cheia de ramalhetes de flores, amarradas delicadamente por fitas verdes que tinham o mesmo tom de seus olhos inquisitivos e suaves. Ela parecia feita de aquarela, com seus tons pastel como a primavera, tão fora de lugar na tarde fria que Dimitria piscou algumas vezes, confusa. Ela nunca havia visto alguém tão bonito, tão perfeitamente desenhado que parecia saído das páginas de um livro. Estudou as feições da garota, suas bochechas coradas e cheias de pequenas sardas, as únicas constelações no céu de seu rosto emoldurado pelos cabelos de sol.

Até mesmo Igor pareceu atraído pelas cores da menina; ele deixou a pilha de neve de lado e caminhou até as duas, cambaleando em suas perninhas de criança. A garota sorriu, e entregou um ramalhete de flores para o menino.

— Bom Solstício — ela disse, sorrindo, e quando o fez as bochechas ficaram gordinhas e ainda mais vermelhas. — E um próspero ano para vocês.

— Posso pegar um também? — Dimitria disse, dando um meio sorriso, pois era impossível não responder ao gesto sincero e doce da garota, como um girassol que procurava o astro-rei. Ela ergueu uma das mãos, pedindo que esperasse.

— Deixa eu escolher um pra você. — A loira remexeu nos ramalhetes por alguns segundos e tirou um pequeno buquê de flores vermelhas, como o casaco de Dimitria, que sentiu as bochechas tingindo-se da mesma cor. Ela apanhou o ramalhete e viu que a fita verde estava bordada com o nome 'Van Vintermer'.

Aquela devia ser a filha reclusa do maior mercador da cidade, então. Desde que sua esposa morrera, alguns anos antes, corria à boca pequena que ele mantinha as duas filhas em casa, protegidas do mundo e dos malefícios que haviam levado sua esposa.

Se Dimitria lembrava bem, o nome da garota era Aurora.

Foi esse o nome que cortou o ar quando passou uma carruagem puxada por dois cavalos pretos e brilhantes, como se fossem feitos de óleo derramado. *Alfafa era mais bonito*, mentiu Dimitria para si mesma, enquanto a menina se virou para a carruagem ao ser chamada.

— Já vai! — Ela deu mais um sorriso para Dimitria, dando de ombros como se quisesse ficar mais tempo. — Não chora, tá? Vai ficar tudo bem. O Solstício é dia de esperança, pelo que meu pai me diz...

É fácil ter esperança quando sua carruagem é puxada por aqueles cavalos, Dimitria pensou, mas não o disse. Na verdade, o que ela queria era conversar mais com a menina, se aquecer sob o sol primaveril de sua presença, mas a voz na carruagem chamou de novo, mais insistente.

— Feliz Solstício — foi apenas o que ela disse, observando Aurora correr em direção à carruagem, os cabelos loiros ondulando à brisa fria do inverno.

— Bonita — disse Igor, o olhar vidrado na carruagem, e Dimitria concordou silenciosamente. Ela não queria manchar a memória de Alfafa, mas talvez a menina com as flores fosse a coisa mais bonita que ela havia visto naquele dia.

A carruagem já estava distante quando Galego saiu do açougue, os braços ocupados pelo maior faisão que Dimitria já havia visto — e um sorriso do mesmo tamanho. Ele também tinha cabelos loiros que ondulavam na brisa, mas seu sorriso não era fácil como o da garota — e talvez por isso Dimitria se reconhecesse nele, e perdoasse o pai por ter vendido seu amigo.

— Vamos para casa — ele disse, abraçando os filhos. — Hoje vamos comer faisão, graças a Alfafa!

* * *

A casa dos Coromandel era pequena e rústica, e, depois que Igor nascera, frequentemente bagunçada, cheia de sons de choro, broncas e crianças tomando o espaço como se fosse um campo de guerra. Hipátia era ocupada e intensa, Galego exigia muito dela, e Denali muitas vezes vivia em seu próprio mundo, parecendo alheia a tudo que acontecia entre as quatro paredes da cabana. A família era tudo que ela conhecia, e ainda assim não deixava de enlouquecê-la de vez em quando, especialmente porque Dimitria estava na idade de entender que sua infância estava acabando, e que a vida em família tinha o potencial de ficar muito mais complicada.

Mas aquela era a ceia do Solstício, e havia faisão e peru e fios de ovos na mesa — e em sua barriga, cheia até que tivesse que abrir o botão das calças de cotelê — e papel do presente de Igor espalhado pelo pequeno chalé. A lareira lançava sombras difusas na parede, aquecendo a casa como um pequeno coração — mas o verdadeiro coração estava no encontro de Hipátia e Galego, abraçados junto ao fogo enquanto Denali abria os tratados mágicos que havia pedido.

— Mamãe! Um grimório de feitiços, como você sabia que eu queria? — ela gritou, lançando os braços ao redor da mãe e perdendo-se no colo de Hipátia. Denali ainda era criança, mas Dimitria sabia que as duas eram parecidas com a mãe, com sua pele marrom e cabelos escuros e a boca larga e bem-humorada.

— Eu sei mais do que você pensa, boba. — Hipátia sorriu, beijando as duas bochechas da filha com tanta força que provocou um "ai!" estrangulado de Denali. Em meio a risos e protestos, ela abraçou o grimório encadernado em couro como se fosse um filhote de cachorro.

Igor brincava com um conjunto de blocos de madeira que havia acabado de desembrulhar, os olhinhos de criança pesados por causa da comida e do calor da lareira, e estava quase dormindo no colo de Galego — portanto, só faltava Dimitria, que sentiu um nó em seu estômago ao lembrar que não havia pedido coisa alguma.

Nada parecia um presente tão bom quanto Alfafa.

— Agora você, Demi. — Sua mãe puxou um embrulho longo e retangular da pilha de presentes, e Dimitria franziu a testa, olhando os pais com descrença.

— Mas eu não pedi nada esse ano.

— E você achou mesmo que ia ficar sem presente, é? — Galego puxou a filha para si, beijando sua testa e dando um sorriso. — Você realmente não confia nos seus velhos.

— Velho é você! Eu estou na flor da idade — Hipátia corrigiu, rindo, e lançou um beijo para o marido. — Nós conhecemos a filha que temos, Demi.

Dimitria pegou o embrulho com as mãos hesitantes. Ela sabia que não era um cavalo — nem mesmo Alfafa, com suas pernas tortas e seu corpo desnutrido, caberia em um embrulho daqueles —, e o desfez com cuidado, sem saber o que esperar.

— É um... — ela disse enquanto desembrulhava aos poucos, tentando adivinhar.

Todo ano ela pedia por algo prático: botas de neve, uma rede de pesca, ornamentos para suas tranças. Naquele ano, ela queria fazer a mesma coisa, mesmo que fosse impossível escolher algo que ela precisava ter, ao invés do que queria. A lembrança de Alfafa ainda estava fresca em sua memória, e talvez por isso Dimitria não tivesse se deixado sonhar com o que seja que seus pais tivessem escolhido. Geralmente, ela conseguia adivinhar com certa precisão — seus olhos de caçadora eram treinados para reconhecer formas, e os ouvidos atentos garantiam que ela escutasse as conversas sussurradas entre seus pais.

Daquela vez, porém, Dimitria não soube o que era até ver a ponta elegante de madeira despontar pelo embrulho.

Um arco. Mas não um arco qualquer, ou a arma rústica que ela estava acostumada a usar enquanto acompanhava o pai. Aquele era um arco de verdade, cuja madeira polida refletia as luzes da lareira e pesava em suas mãos. O cheiro de carvalho-bravo entrou pelas narinas de Dimitria, misturando-se à lenha queimando, e seus dedos desenharam as curvas suaves da arma, apreciando sua textura lisa e luxuosa.

Era perfeito.

— Acho que você já tem idade suficiente para ter uma arma de verdade. Ainda mais com o jeito que você atira, esse arco é perfeito. Mandamos fazer especialmente para você — Galego disse, nitidamente ansioso para saber o que ela tinha achado. Dimitria sentiu o peito estufar de orgulho, e uma outra sensação que ela não sabia bem nomear.

— Você gostou, meu amor? — Hipátia sorriu, as sobrancelhas unidas. — Sabemos que você queria um cavalo, mas...

— É perfeito — Dimitria disse, com medo de que eles não soubessem o quanto ela era grata por aquele presente; não, por aquela família. Era perfeito, e, mais do que o presente, a perfeição estava em ter os Coromandel felizes, rindo juntos ao redor do fogo, celebrando a última noite do Solstício que passariam em família.

Não que Dimitria soubesse disso, é lógico. Naquele momento, só havia aquela noite — que, como todo último momento feliz, não anuncia ser o último. Ele vem quieto, silencioso, fazendo a cortesia de sair sem fazer alarde, deixando para trás memórias que têm gosto, cheiro e sensação.

Naquela noite, Dimitria dormiu abraçada com o arco e com o pai, e a cabana dos Coromandel ficou cheia de calor, apesar do inverno feroz que rugia do lado de fora. Do alto de seus oito anos, Dimitria não desejava muita coisa — exceto o sono tranquilo de quem sabe que, embora o coração não tenha sempre o que quer, por vezes a vida consegue entregar exatamente o que ele precisa.

FIM

Este livro foi composto na tipografia Sabon LT Pro,
em corpo 11/16,5, e impresso em
papel off-white no Sistema Cameron da
Divisão Gráfica da Distribuidora Record.